천하무적

천하무적 3

이나원 新무협 판타지 소설

초판 1쇄 찍은 날 § 2003년 8월 14일
초판 1쇄 펴낸 날 § 2003년 8월 22일

지은이 § 이나원
펴낸이 § 서경석

편집장 § 문혜영
편집책임 § 박영주
편집 § 장상수 · 유경화
마케팅 § 정필 · 강양원 · 이선구 · 김규진 · 홍현경
펴낸곳 § 도서출판 청어람
등록번호 § 제1081-1-89호
등록일자 § 1999. 5. 31
어람번호 § 제2-0243호

주소 § 경기도 부천시 원미구 심곡1동 350-1 남성B/D 3F (우) 420-011
전화 § 032-656-4452   팩스 § 032-656-4453
http://www.chungeoram.com
E-mail § eoram99@chollian.net

ⓒ 이나원, 2003

값 7,500원

ISBN 89-5505-720-2 04810
ISBN 89-5505-717-2 (SET)

천하무적

이나원
新무협 판타지 소설

3 복면산선(覆面山仙)

3

도서출판

청어람

목
차

제24장

영웅무제의 첫 시합

보통 국수(國手)들이라 불리는 바둑 고수들이 두는 바둑에는 시간 개념이 없지만, 영웅문제에서는 그 시간을 정해 승부를 낼 수 있게 조정하였는데 그 시간은 세 시진이다. 영웅문제는 무관의 그것과 달리 넓은 장소가 필요 없고 바둑판 하나만 있으면 되지만, 영웅무제보다 훨씬 많은 시간이 소요되기에 어쩔 수 없이 행한 조치였다.

수업이 끝난 후 미시(未時) 초부터 시작해서 해시(亥時) 전까지 이어지는 시합은 문관사의 참관 하에 승부를 하게 되는데, 한 번에 대략 백여 명 정도가 서로 상대를 하여 두게 된다. 그 때문에 시합이 벌어지는 이곳에 있는 이들은 대부분이 시합 참가자들이다.

간혹 문관생이 아닌 예관에 적을 둔 바둑을 배우는 관생들이 영웅문제에 참가한 관생을 응원하기 위해서 단체로 참관을 하는 경우도 있다. 개중에는 바둑을 밥 먹는 것보다도 좋아하는 몇몇이 있어 어찌 보면 무관생들의 비무보다 더 격렬한 전투에 흥분하여 조용해야 할 시합장이 소란스러워지기도 했다.

　단청은 자신의 앞에 있는 꼬맹이를 보고 피식 웃어 보였다.
　아무리 자신이 지금 폴리모프하여 20대 초반의 인간으로 변신했다 해도 자신은 만 오천 년을 살아온 존재인데 상대는 겨우 열 살 남짓해 보이는 꼬마인지라 바둑으로 승부할 맛이 나지 않는단 생각이 머리 속을 꽉 채운 것이다.
　'바둑은 머리가 좋다고 이기는 것이 아니라 인생을 깊이 아는 자가 승리하는 것이다' 라고 나일에게 가르쳤던 자신이고 보면 당연한 일인지도 모른다.
　바둑판을 놓고 서로 착석하자 자색 빛 띠는 옷을 입은 문관사 한 명이 나와서 문관대전 중 첫 시합의 개시를 알렸다. 선공은 흑을 쥔 노진이 먼저 시작했다.
　바둑에서 포석이 끝나면 상대방 진영과 내 편 진영 사이의 경계가 윤곽을 드러내는데, 이 정도가 되면 서로의 실력을 가늠할 수 있다. 그리고 지금 단청은 자신이 미세하게 뒤처져 있다는 사실에 은근히 놀라고 있었다. 물론 자신할 수는 있다. '승리는 나에게 올 것이다' 라고. 하나 그런 생각 외중에도 방심했던 마음을 다잡아가는 것이 가장 필요했다.
　'이 꼬맹이 보통이 아닌데? 그래, 이놈은 꼬맹이가 아니야. 방심하지 말자. 꼬맹이를 천하제일의 국수로 상상하면서 두는 거야.'
　바둑이 중반으로 접어들수록 단청의 놀라움은 커져 갔다.
　노진은 지금껏 자신과 바둑을 둔 인간 중에서 다섯 손가락 안에 들

정도로 뛰어난 실력을 보여주고 있었기 때문이다.

　선수를 놓치지 않고, 물러나야 할 시기에는 추호의 미련이 없었다. 거기에 군건한 기세와 모험심을 잘 조합해서 자신이 초반 방심으로 만들어진 미세한 약점을 사정없이 파고들었다.

　공피고아(功疲顧芽).
　상대방을 공격하고자 할 때는 먼저 나 자신을 한번 돌아보라.

　단청은 자신의 세력을 묵묵히 단단하게 틀어막아 갔다. 그리고 서서히 노진의 흑돌을 유혹했다.
　맞은편에 앉아 있는 노진 또한 가슴이 두근거렸다. 그것은 미지의 세계에 대한 호기심에서 오는 그런 종류의 기쁨과 불안함이었다. 노진은 지금 앞에 있는 상대의 기력(棋力)을 가늠할 수가 없었다. 무릇 바둑이라는 것이 상대방의 허와 실을 알아채고, 방어하고, 공격함으로써 무인들의 무공과 비슷한 방법으로 간접적인 승부를 내기 때문에 그동안 자신의 성품이나 경험들이 축적되어 바둑의 힘, 즉 기력으로 나타나게 된다. 그런데 자신의 앞에 있는 상대는 초반에는 허술해 보였지만 어느 시점이 지나자 단단하기 그지없는 철옹성을 쌓아 자신의 돌이 치고 들어갈 틈을 차단하고 역공을 취하는 것이었다. 지금은 마치 자신이 그 철옹성에 갇힌 듯 까마득한 심정을 느끼고 있는 중이었다. 황궁제 일국수로 손꼽히는 자신의 할아버지 황궁 학사 노림도 이렇게까지 할 수는 없다. 그 누구라도 초반 미세하지만 불리한 포석에서, 그리고 선수를 여지껏 쥐고 있는 자신을 이렇게까지 궁지로 몰아넣을 순 없다는 게 그의 솔직한 심정이었다.

자신이 세 살 때 바둑돌을 쥔 이후로 스스로가 승리를 예견했던 바둑에서 이렇게 처절한 절망감에 빠진 적은 맹세코 없다. 이제는 승부를 던져야 한다. 기필코 승리해야 하는 사명이 자신에게는 있다. '반드시'라고 말할 정도로 이 문관대전에서 우승해야 하는데 첫 번째 관문에서 이렇게 쉽게 무너질 수는 없다. 그리고 지금 기다리던 그 기회가 왔다고 생각한 노진의 흑돌은 단청의 세력권으로 뛰어들었다.

단청과 노진의 이 일전은 각 대국을 돌아다니며 구경하고 있던 문관사 금인환과 마현석, 그리고 예관사인 중진화의 발길까지도 잡았다. 사실 그들은 영웅학관 개관 이래 최고의 신동이라는 노진의 일국에 관심을 가지고 시합장을 돌아다니던 터였다.

초반부에는 나름대로 백중세로 느껴졌지만 초반에서 중반으로 넘어가면서 그야말로 반상 위에서는 용쟁호투(龍爭虎鬪)의 대결이 펼쳐진 바, 자신들의 예상을 뛰어넘는 행마들의 움직임이 눈부셨다. 그들의 기예는 대결을 하나의 예술로 승화시켰다. 하나 예술은 결코 승부를 낼 수 없다. 다만 많은 사람들에게 자신의 모든 것을 공감시킬 수 있을 뿐이다. 그렇기에 그들은 결말을 보기 위해 단청과 노진이 전투를 벌이는 반상 위에서 눈길을 거두지 못했다.

'걸려들었군.'

단청은 속으로 사악한 웃음을 짓고는 노진이 문 먹이를 거둬들였다. 반대쪽의 끊어지는 듯 살아 나가는 돌이 노진이 뛰어든 흑돌을 협공하는 절묘한 자리에 자신의 돌을 바둑판 위에 놓았다.

'아뿔사, 이런!'

노진이 자신의 실수를 발견한 것은, 아니, 자신 앞에 있는 상대가 너무나 거대해서 바라볼 수 없는 존재로 느껴진 것은 촌각에 불과했다.

단 한 수…….

승리에 대한 탐욕이 부른 화에 스스로 무너져 버릴 수밖에 없다는 것을 알게 되었다. 하지만 결코 자신은 돌을 던질 수 없다. 패배가 굳어지더라도 끝까지 물고 늘어져야 한다는 긴박감만이 노진의 가슴속에 자리 잡았다.

단청은 어느 순간부터 자신이 두는 바둑판을 주시하는 관객들이 서서히 늘어나고 있다는 것을 알 수 있었다.

맨 처음에는 자신보다 훨씬 어린 노진이라는 이 녀석과 초절정 미남인 자신의 바둑인지라 사람들의 눈에 띄기 때문이라고 생각했다. 그런데 그들의 눈빛이 호기심에서 감탄의 눈빛으로 바뀌어가는 그 순간부터, 아니, 노진에게 자신이 방심하며 두었다 해도 초반 포석에서 밀리지 않고 완벽하게 바둑돌을 바둑판 위에 옮겨놓으면서부터 이 조그만 꼬맹이가 보통 녀석이 아니라는 생각이 들었다.

이 정도의 수준을 보여주는 꼬맹이가 현 시대에 평범한 존재라면 더이상 바둑이란 것은 존재하지 않을 거란 게 솔직한 자신의 심정이었으니까…….

아무튼 이 바둑에 유독 관심을 가지고 관전하는 문·예관사나 관생들이 많았던 것이 자신의 외모나 꼬맹이의 나이에 대한 호기심이 아닌, 꼬맹이의 기력에 대한 사람들의 호기심이었다는 것을 깨달은 것이다. 물론 단청은 자신 앞에 있는 꼬맹이가 영웅학관 최연소 입관자이며, 천고의 기재란 소문이 자자한 황궁 학사 노림의 손자 노진이란 사실을 모르고 있지만 말이다.

노진의 머리 속에 떠오른 단어는 '부득탐승(不得貪勝)'이었다.

'너무 이기려고만 들지 말라'는 격언.

바둑은 승부를 다투는 경기이므로 바둑을 둘 때는 필승(必勝)의 신념(信念)을 갖고 자신있게 두어가야 한다. 필승의 신념과 이기려는 마음은 언뜻 들으면 거의 똑같은 말 같지만 사실은 정반대의 것이다. 필승의 신념이 있으면 과감하게 나가야 할 때 과감할 수 있고, 모험을 해야 할 상황이라면 모험도 불사할 수가 있다. 그러나 꼭 이기려고 하는 마음은 심리적인 위축을 가져온다. 마음의 여유를 잃게 만드는 원흉인 것이다. 그리하여 종국에는 바둑의 파멸을 가져오게 된다. 머리에 든 잡념을 버리고 어깨에 힘을 빼야 한다. 그저 마음이 가는 대로, 손길이 가리키는 곳으로 두었다면…….

'휴우~ 정말 아쉽네……'

입맛을 다시며 노진이 하늘을 올려보았다. 천장 때문에 시원한 하늘이 보이진 않지만 느낄 수는 있었다. 조금만 일찍 여유를 가졌다면 이렇게 쉽게 허물어지지는 않았을 것이다. 자신 앞의 단청이란 거대한 벽과 같이 느껴지는 사람이 있다 해도 이렇게 쉽게 허물어질 수는 없었다. 결국 자신은 '부득탐승'이란 바둑의 가장 기본적인 마음 자세를 잠시 망각한 탓에 무너지고 말았다. 그렇지만 돌을 던질 수는 없다. 황궁의 안위가 자신의 손에 달려 있다고 생각하니 쉽사리 돌을 던져 패배할 수는 없었다.

끝내 마지막 한 점까지 둔 후 너무 차이가 많이 나 계가를 하지 않은 상태에서 노진은 자신의 앞에 있는 단청에게 고개를 숙여 보였다.

"졌습니다."

실제 나이 열세 살. 그렇지만 열 살 정도 돼 보이는 앳된 얼굴과 체격에서는 인생 다 산 노인들의 몸에서나 나올 법한 참담함이 풍기었다.

"꼬맹이도 좀 두던데……."

거만하기 짝이 없는 단청의 입에서 나온 승자의 말 한마디는 참담한 표정을 짓고 있던 노진에게 절망까지 안겨주기에 충분했다. 말없이 단청을 쳐다보며 일어서서 노진은 한참 동안 자신이 둔 바둑판을 응시하고는 연무관을 빠져나갔다. 그러자 단청도 나일에게 자신의 첫 승리를 알리기 위해 방을 나섰다.

노진의 패배는 소리 소문 없이 널리 퍼져 나갔다.

나이가 어려서 비록 천고의 기재라는 소문이 퍼져 있었지만 자신들보다 대여섯 살 아래의 운이 좋아 영웅학관에 입관한 어린 기재일 뿐 자신들도 충분히 그럴 수 있는 신동이었다라고 자신하는 기재들이 득실거리는 영웅학관이었다. 그래서 겉으로는 노진에 대한 관심이 없는 듯 보였지만 저마다 속으로는 현재의 노진이 영웅칠룡 중 문관의 두 마리 용인 신기진룡 제갈현가 무징왕룡 주연발에 비교하여도 손색없다는 것이 그들 대부분의 생각이었다. 더군다나 이번 영웅삼관 문관제의 수석 합격자이며 기력도 문에 걸맞게 엄청난 실력을 보유했다고 알려져 있었다. 그래서 노진이 영웅문제에 1차 관문도 이기지 못하고 졌다는 것, 그것은 노진이 어렸을 때부터 불려왔던 명성을 깎아내기에 충분했다.

하나 노진의 대국 상대자였던 단청에 관해서는 잘생긴 얼굴에 노진을 패배시킨 실력 등으로 인해 부풀려질 법도 한데, 노진의 패배에 가려 나이가 어리고 경험이 적은 상대를 꺾은 평범한 기재라는 이야기만 나올 뿐이었다. 왜냐하면 단청에게 뛰어난 재능이 있었다면 영웅삼관을 뚫고 선발되었을 것이다. 그런데 그곳에서 그의 모습을 본 이가 없었기에 추천서를 제출하고 입관한 인물이라는 결론이 나온다. 상대적으로 추천서 입관자를 우대하는 무관과 다른 문관 특유의 분위기 덕에 아직까지 단청을 주목하는 이는 그다지 없었다.

한편 단청의 시합이 있던 그 시각에 나일은 느긋함을 즐기고 있었다. 나일은 자신의 첫 무관대전이 가까워지자 모처럼만에 단청의 품에서 빠져나온 자유를 만끽하고 있었다. 육포 쪼가리를 사 가지고 무관 기재들이 펼칠 비무를 보기 위해 연무장이 가장 잘 보이는 맨 앞줄 가운데 자리로 향했다.

철썩.

"얌마, 일어나!"

단청만 없으면 욕구불만(欲求不滿)을 표출하고 싶어하던 나일은 자신이 멀리서 찜해둔 명당자리에서 비무를 관전하던 민대머리 중의 머리를 때리며 소리쳤다.

나일이 친 민대머리 중, 즉 학관생들에게 찬권운룡(鑽拳雲龍)이라 불리는 혜진(慧眞)은 자신의 뒤통수를 향해 무언가 날아오는 기척을 느끼며 머리를 피하려 했다. 그렇지만 한순간 무형의 무언가에 갇혀 자신이 맞을 수밖에 없는 상황에 놓인 것을 알아챘다. 그 순간은 극히 짧았다. 적당히 손을 쓰지 못할 정도의 기운으로 자신을 압박하고, 또 적당히 사람 기분이 나빠질 정도의 타격음과 아픔을 선사하려는 주먹.

그것을 알고도 피할 수도, 막을 수도 없었다. 덕분에 소림 방장인 자신의 사부 현증 대사도 아직까지 건드려 보지 못한 미지의 뒤통수를 남에게 맞는 불상사를 당하고 말았다.

'고수다'라는 느낌보다는 어쩐지 한줄기 바람이 닿는 듯한 자연스러운 분위기랄까?

그런 것들이 더 강하게 느껴졌다.

그래서 한순간 경계심의 끈을 놓았고, 자신의 머리에서 '파악'이라는 소리가 들리면서 그런 분위기가 깨진 후에야 혜진은 자신의 뒤통수 때린 사내를 볼 수 있었다.

"뭘 봐, 임마! 비켜. 거긴 내가 찜해둔 자리야."

상당한 시비조.

아니, 명백한 도전조의 말투를 들으며 혜진은 그 사내를 유심히 관찰했다.

평범한 이들보다 두 척이나 큰 자신보다는 조금 작아 보였지만 잘 빠진 몸매를 소유하고 있었다. 얼굴은 강인해 보이면서도 어딘가 모르게 거만한 분위기를 풍겼다. 온몸에서는 '나, 동네 건달 하다가 영웅학관에 입관했다. 떱냐?'라는 기세가 당당하게 전해지는 녀석이었다.

혜진은 소림의 장문 제자였다. 우선온 자신이 낮은 불상사를 당했지만 불제자다운 이량을 베풀기로 하고 합장하면서 '무슨 일이신지?'라고 정중하게 물어야 한다고 언뜻 생각했다. 그렇지만 입에서는 전혀 다른 말이 튀어나오고 있었다. 아마도 태어날 때부터 가지고 나온 성격 탓이리라.

"니가 내 뒤통수를 쳤냐?"

혜진이 말이 얼마나 컸던지 한순간 혜진의 주위에서 비무를 관전하던 관생들과 비무대 위에 있는 비무자 공동(崆峒)의 기헌과 하남(河南) 철지문(徹之門)의 정태호조차도 비무를 멈추었다.

그리고 장내는 기이하게 싸악거리는 분위기를 풍겨냈다.

찬권운룡 혜진이 누구인가?

구대문파 중 무림의 태산북두(泰山北斗)라 칭해지는 소림의 장문 제자이며, 그와 동시에 소림 역사상 세 번째로 어린 나이에 사대금강(四大金剛)에 뽑힌 인재였다. 기재들만 모인 영웅학관에서도 그 재주가 뭇 기재들을 압도하여 영웅칠룡에 포함되었고, 찬권운룡이라 불려지기에 부족함이 없는 이인 것이다. 하나 불문의 제자답지 않게 그 성품이 호탕하고, 자신을 드러내기에 부족함이 없는 재주를 발휘하여 뜻하지 않는 사고를 만들기에 찬권운룡이라는 명호 대신 권신운견(拳神雲犬)이라 불릴 때가 많은 다혈질의 성품을 가졌다.

그 혜진이 큰 소리로 누군가를 가리키며 화가 난 표정을 지었다. 혜진의 한마디로 인해 무관대전의 제 구십팔조의 첫 시합이 벌어지던 이십사연무장에는 살벌한 기운이 감돌았다.

"그래, 바로 이 나으리다. 이 나으리가 왔으면 척하고 자리를 내줘야지. 중이 명당자리에 앉아서 구경을 하면 쓰나? 자고로 중은 편하면 안 돼. 다 너를 위한 것이야. 수행이 편해서야 쓰겠어? 그리고 뒤에서 보는 사람들이 불쾌하게⋯⋯."

당연하게도 나일의 말은 자신의 명을 재촉하는 말뿐이라는 것이 연무장에 모인 모든 이들의 공통된 생각이었다.

"내가 중인 것에 대해 보태준 거 있느냐? 늦게 왔으면 빈자리에 찌그러져서 구경이나 할 것이지."

'나는 불제자다. 나는 소림의 승려이니 남보다 참을성을 길러야 한다. 한 번만 더 사고치면 사부가 나를 죽이려 들지도 모른다'. 이렇게 속으로 되뇌고 제 딴에는 화를 억지로 참으며 혜진이 말했건만 나일은 여전히 자신에게 시비를 걸고 있었다.

"야, 임마! 중이 이 학관에 있는 것도 못마땅하지만 왜 하필 그 자리야? 거긴 내가 찜했으니까 빨랑 꺼져라. 이 나으리가 지금 기분이 좋거든. 안 때릴 테니까 빨랑 꺼져라."

이 말을 듣고 참는다면 천하의 권신운건, 아니, 찬권운룡 혜진이 아니다. 속으로 '아미타불'을 딱 한 번 외친 후 혜진은 두 손을 이용한 소림금나수의 수법을 이용해 나일을 제압해 나가려 했고, 그 짧은 순간에 나일이 자신의 두 손에 잡히리라는 예상까지도 했다.

"멈춰라!"

간신히 마음을 진정시켜 공격해 들어갔던 손을 회수하며 혜진은 비무대 위에서 들려온 그 말에 따랐다. 그랬건만 나일은 그 말을 못 들은 척 주먹을 날렸다. 비무대 위에서 공동의 기헌과 철지문의 정태호의 비무를 관전하던 무관사 적안마검 하동구는 무관대전의 비무를 멈추게 하고 오히려 비무대 아래에서 드잡이질하려던 혜진을 향해 소리친 것이다. 순간 비무대 위의 기헌과 성태호가 자신들의 검을 검집에 집어넣었다. 그들이 비무를 멈춘 것이다.

하동구가 고개를 돌려 우선 비무를 멈춘 기헌과 정태호를 보며 검을 꺼내라는 시늉을 해보였다.

"야, 너희는 계속 싸워야지! 너희 말고 얘네."

하동구는 말을 하면서 나일과 혜진 사이에 뛰어들었지만 이미 하동구가 그쪽으로 갔을 때는 나일에게 배에 주먹 한 방, 옆구리에 발차기 한 방으로 비무대 위까지 날아간 혜진과 혜진이 앉았던 자리에 앉은 나일… 이렇게 상황이 종결되어 가고 있었다.

웅성웅성대는 기재들은 지금 자신들이 본 장면이 꿈은 아니었는지 확인하며 저마다 입을 벌리고 집단 공황 상태에 빠져 버렸다.

찬권운룡 혜진이 비무대 위에서 나뒹굴고 있다니. 이런 일이…….

무관대전의 우승 후보로까지 거론되는 혜진이 무참히 나가떨어졌다는 것은 감히 그들로서 꿈도 꿀 수 없었던 일이기에 제24연무장의 집단 공황은 계속 이어질 뻔했다.

"이것 보게!"

무관사 하동구가 적절한 시간에 일갈을 터뜨리지 않았다면 그들은 자신들이 현실에 있는 것이 아니라고 착각했을 것이다.

"영웅의원은 빨리 저 애를 치료하시오."

하동구가 혜진을 가리키며 소리치자 부상자들을 치료하기 위해 대기하던 영웅의원은 비무대 위로 뛰어올라 갔다. 그러나 영웅의원이 비무대 위에 올라섰을 때 용수철처럼 혜진이 일어났다.

"야, 멈추랬는데… 감히 나를 쳐! 죽고 싶다 이거지!"

나일을 향해 중단지 않게 삿대질하며 본래의 성질을 회복한 혜진을 본 관생들은 그러면 그렇지 하는 심정으로 자신들의 가슴을 쓸어 내렸다.

"너나 내려가. 너 때문에 애들이 시합을 못하잖아! 내려가서는 조용히 해. 넌 저쪽 끝, 넌 이쪽 끝."

적안마검 하동구는 혜진의 뒤통수를 갈기고 비무대 위에서 비무 중이던 기헌과 정태호를 가리켜 보였다. 그리고 혜진과 나일을 비무대 양 끝으로 가라고 지시하며 자신의 자리로 돌아가려 했다.

"싫은데요. 난 이 자리가 좋은데."

나일은 감히, 말 그대로 감히 무관사 하동구의 말에 거역의 뜻을 표시했다. 하지만…

"고 녀석 참, 내 말을 안 들으면 시합 참가 자격 박탈이야. 그럼 돈을 돌려받을 수 없겠지!"

하동구의 전음은 완강히 그 자리를 지킬 것 같던 나일을 저 먼 구석 자리로 보내기에 충분했다.

"야, 빨리 싸워! 왜 안 싸워!"

비무란 게 관중들이 응원하고 환호하는 맛도 있어야 자신의 모든 것을 드러내며 싸우는 것이다. 모든 관중들의 관심이 이미 자신들에게서 떠났다는 걸 느끼고 있는 비무자들은 입맛을 다시며 검을 찔러 들어갔다. 너무나 시원치 않은 무공의 대결! 그리고 김이 빠진 시합은 공동파 기헌의 승리로 끝났다.

두 번의 시합이 더 열리고 나서 다음 비무 상대를 호명하기 위해 심사위원석에 앉아 있던 무관사 중 한 명이 일어났다.

"제5시합 비무자인! 권전의 혜진과 도전의 나일은 비무대 위로 올라오시오."

무관사의 말이 떨어지자 왼쪽 구석에서 찬권운룡이라 불리는 혜진이 기세등등하게 무대 위로 걸어갔다.

그 장면을 본 비무대 아래에서 관전하던 기재들은 또다시 웅성대기 시작했다.

"나일이 누군지는 몰라도 기권하는 게 좋겠는데……."

"그러게 말이야. 다혈질인 혜진이 권신운건으로 변신할 텐데. 몸 성히 보전하려면 아무래도 기권하는 게 이로울 거야."

"저 얼굴 좀 봐. 아까 멋모르던 애송이 때문에 난 화가 아직도 풀어지지 않은 것 같아. 괜한 화풀이를 당할 텐데."

그렇게 웅성대던 분위기가 나일이 비무대 위로 올라가자 일순 차가워지며 주위엔 정적만 감돌았다.

모두들 말은 하지 않았지만 혜진의 상대인 나일이 아까 혜진에게 멋모르고 시비 걸던 애송이임을 확인한 후 공통적으로 속으로 이런 말을 하고 있을 것이다.

'오늘 초상 치르겠구나.'

심사위원석의 무관사들도 이번 시합이 피가 튀고 살이 떨어져 나가지는 않더라도 영웅칠룡 중 하나인 찬권운룡 혜진의 처절한 복수전이 되리라 예상했다. 그래서 그들끼리 시합 결과가 드러나면 곧바로 시합을 중지시키기로 합의를 보았다. 적안마검 하동구는 일단 시합 개시를 알린 후 공력을 최대한으로 운기시켜 놓았다.

비록 관생이라 해도 찬권운룡이라 불리는 혜진의 주먹은 자신보다 약하지만 결코 얕볼 수 없는 수준이었다.

"네놈이었냐? 오늘 일진이 사납다 했지만 결국 부처님의 도움으로 네놈에게 빚진 걸 다 갚게 되겠구나!"

혜진은 나일을 노려보면서 기필코 아까 나일이 벌였던 행동의 대가를 받게 해주겠다고 다짐했다.

"뭐, 이 중 대머리야? 그건 내가 할 말이다. 간만에 몸에 묵힌 체증을 다 털어내야겠다."

그리곤 나일은 시정잡배들이나 하는 손가락 꺾기와 목을 좌우로 흔드는 행동을 하곤 마지막으로, 침을 뱉어 결전에 임할 준비를 해 보였다. 그리고 나서는 더욱 오만하게 혜진을 향해 손가락을 까닥였다.

"자, 와보라구!"

혜진의 코에서 김이 나기 시작했다. 화가 머리끝까지 치밀었다.

그러다가 무엇을 보았는지 나일의 눈이 순간 흔들렸다.

"이런, 제기랄!"

막 혜진에게 단청을 위해 봉사하며 보낸 세월을 해소하려던 나일은 연무장 안으로 들어오고 있는 단청을 발견해 버렸다.

"나일 이겨라!"

나이를 생각해서, 아니, 겉모습은 이십 대 초반의 미공자니까 그렇다 쳐도 '나일 이겨라' 라니, 쪽팔리게… 이게 동네 운동회도 아니고, 장기 자랑도 아닌데 티나게 큰 소리로 혼자서 자신의 이름을 부른 것이 나일은 창피했다. 더군다나 단청이 이 시합을 지켜보고 있다는 사실에 적당히 대충 싸워야지 압도적인 실력 차이를 보여주며 체중을 풀 수도 없어 짜증마저 솟구친 나일이었다.

"아직도 저런 응원을 받냐?"

입가에 비웃음을 띠며 나일에게 다가선 혜진은 아까 다 펼치지 못하고 애석하게 멈춰야 했던 소림칠십이절기 중 하나인 소림금나수(少林擒拿手)를 펼치려 손가락을 구부렸다. 그리고 절제된 동작으로 나일의 인후혈(人後穴)과 손목의 맥문을 잡아채 갔다.

"쌍룡출해(雙龍出海)!"

명문정파의 제자답게 싸움에 임해서는 흐트러진 마음을 잡아 차갑고 냉정한 모습으로 변신한 혜진이 나일을 압박해 들어갔다. 나일은 두 손을 주먹으로 변화시켜서 가볍게 틀어막고는 강호에 흔한 정완각(貞婉脚)의 각법으로 가까이 다가오는 혜진을 걷어차 버렸다. 아주 단순한 방법으로 혜진의 손을 막은 상태에서 오른발로 그의 사타구니를 걸어 찬 것이다.

퍼덕!

이렇게 흔한 일초에 어이없게도 혜진은 얻어맞고 말았다. 그것도 그 한 방에 무려 이 장을 하늘로 솟구친 혜진이 다시 비무대를 만났을 때에야 겨우 끓어오르는 기혈을 다잡고 비무대 끝에 설 수 있었다.

'이게 아닌데… 이건 저 나일이란 놈이 일부러 봐줬기에 간신히 비무대 아래로 떨어지는 걸 모면했을 뿐이다. 먼저 손을 쓴 내가 간단히 후발제인의 수법으로 당한 것은… 나일이란 저자가 나보다 강하단 말인가?'

찬권운룡 혜진은 순간 불신의 눈빛으로 나일을 주시했고, 비무대 아래에서 지켜보던 관전자들조차도 믿을 수 없다는 듯 침음을 삼켰다. 그러자 단청이 재빨리 나일을 향해 전음을 날렸다.

"내가 뭐라 그랬어? 적당히, 대충 막상막하(莫上莫下), 겨우겨우 이기라고 그렇게 신신당부를 했는데 네가 내 말을 무시해? 좋아! 오늘부터 이 사형의 말 안 들었을 때 일어나게 될 여러 가지 상황과 그 결과에 대한 실험을 시작해 볼까?"

단청의 전음에 나일은 자신도 모르게 움찔거리며 마지못해 단청 쪽을 향해 고개를 가로저어 보였다.

"제가 어찌 감히 말을 안 들을 수 있겠어요. 저놈이 생각보다 약해서 그랬어요."

나일의 전음이 단청의 귀에 들려오는 순간 혜진은 성난 멧돼지처럼 자신의 권력을 모아 나일을 치기 시작했고, 나일이 그것을 간단히 막으려는 순간 단청은 재빨리 나일에게 전음을 날렸다.

"일단은 적당히 맞고 쓰러지는 척해. 안 그러면 나한테 맞는 불상사가 생긴다."

"만리강타(萬里强打)!"

혜진의 손에 실린 경력은 소림의 자랑인 백보신권 중의 일초를 듬뿍 담아서 나일의 온몸을 강타했다. 이 초식은 끝없는 경력이 계속적으로 밀려들어 상대를 만 리 밖으로 보내는 것이 압권이다.

털썩.

나일은 단청의 말대로 비무대 위로 쓰러졌다.

그 후 나일이 쓰러지자마자, 적안마검 하동구가 나타나 나일의 쓰러진 몸에 계속적으로 충격을 발하는 백보신권의 경력을 막아내며 고래고래 소리를 질렀다.

"영웅의원, 어서 빨리 치료해! 녀석이 죽는단 말이야!"

장내가 온통 혼란스러움과 이리저리 뛰어오는 영웅의원들 때문에 아수라장이 되어가는 상황에서 나일은 힘이 드는 듯 몸을 일으켰다.

"이 녀석아! 좀 더 누워 있어. 시합은 중지야! 지금 네놈 몸은 시합할 수 있는 상태가 아니야. 어서 영웅의원, 빨리!"

하동구는 언신 나일이 곧 죽어도 이상할 게 없을 것처럼 행동하며 의원을 불러댔다.

"끄윽, 할 수 있어요……."

가까스로, 아니, 간신히 내뱉는 나일의 말에 하동구는 자신의 눈을 믿지 못하겠는 듯 비벼댔고, 단청은 나일의 저 찬란하고 황홀한 완숙미에 접어든 연기력을 보며 마음속에서 찬탄을 보낼 수밖에 없었다.

"할 수 있습니다."

이번에는 제법 또렷하고 정신을 차린 듯한 어조로 말했기에 하동구는 다시 한 번 나일을 쳐다보았다. 나일은 하동구가 자신을 쳐다보지 하동구에게 전음을 보냈다.

"만약 시합을 중지시키면 우리의 내기는 무효니까 돈을 돌려주던가, 시합을 다시 속개시켜 주세요."

나일에 전음 속에는 자신감이 배어 있었다. 그렇기에 하동구는 어쩔 수 없다는 듯 이 일은 네가 자초한 거니 알아서 하라는 뜻으로 가볍게 나일의 어깨를 치며 다시 심사위원석으로 들어갔다. 그리고는 시합 속개를 외칠 수밖에 없었다.

찬권운룡 혜진은 비무대 끝에서 백보신권을 펼친 후 믿을 수 없는 느낌에 자신의 주먹을 바라보고 있던 중이었다. 관전자는 알 수 없지만 직접 허공을 격하고 쳐낸 백보신권이 마치 아주 단단한 금강석덩어리를 친 것 같은 느낌이 들었다. 그것도 모자라서 자신이 쳐낸 경력이 다시 자신에게 밀려오는 진동을 느껴 넋이 빠져 있었다.

'사람이… 어찌 피와 살로 만들어진 사람을 온 내공을 담아 쳤는데 오히려 내 주먹이 아프다니… 금강불괴(金剛不壞)… 아니야, 그럴 수는 없어. 그래, 내가 산공독이나 이상한 약물을 나도 모르게 먹어서 약해진 거야. 그것이 틀림없어.'

혜진은 속으로 이리저리 머리를 굴리면서 나일을 돌보기 위해 비무대 위로 올라온 영웅의원을 급하게 불렀다.

"나 좀 진찰해 줘요."

이상한 눈빛으로 혜진을 보는 영웅의원에게 혜진은 자신의 몸 상태를 전음으로 설명했다.

"무언가 내 몸에 이상이 있는 듯해요."

그 말에 영웅의원은 나일이 겨우 몸을 일으키는 동안 혜진을 진찰했다.

"음… 손목 탈골, 몸은 정상이고, 체내의 운기도 정상인데 이상하군.

왜 손목이 탈골됐지?"

영웅의원은 혜진의 손목을 가볍게 맞춰주며 혜진에게만 들리도록 이야기를 해주었다.

"네? 그럴 리가……."

분명 자신도 모르게 이상한 약물을 먹어서 턱없이 뼈가 약해진 것이라 믿었던 혜진은 나일을 쳐다보았고, 그런 혜진을 보며 나일은 사악한 미소를 흘려보냈다.

"시합 재개시!"

적안마검 하동구의 외침이 있었음에도 이미 싸울 의욕을 잃은 혜진을 향해 나일은 힘겨운 몸짓으로 달려가서는 주먹을 뻗었다.

관중석의 사람들한테도 보이는 평범한 주먹질에 대항하기 위해 혜진은 팔을 들어 막으려 했다. 그렇지만 마치 무형의 무엇인가에 잡혀 있는 듯 자신의 팔은 움직일 생각도 하지 않았다. 그리고 나일의 주먹은 혜진의 안면 중 정가운데인 코에 정확하게 적중해서 코피를 터뜨려 버렸다.

"크악!"

어처구니없는 몸의 반응에 혜진은 노호성을 터뜨려 의지로써 통제하려 했지만 나일의 천천히 뻗어오는 주먹질에 다시 한 번 얼굴 한복판의 코를 내줄 수밖에 없었다.

쌍코피…….

30년 전통의 무관대전 비무 중에 쌍코피가 난 관생은 자신밖에 없을 거란 생각이 불현듯 혜진의 뇌리를 스쳐 갔지만 여전히 자신의 몸은 움직일 수 없었다.

더욱 이상한 것은 헉헉대면서도 연신 뻗어오는 나일의 주먹질을 막아내며 나일을 때리고, 다시 나일이 휘두른 느려 터진 주먹을 맞는 자신의 육체였다. 이제 혜진은 자신이 통제할 수 없는 움직임을 보이는 육체를 바라보며 체념을 터뜨릴 수밖에 없었다.

관중들의 입장에서 보면 이 시합은 무관대전 사상 최악의 삼류시합으로 기억될 것이다. 조악한 주먹과 발길질이 치열하게 오갔던 비무. 초식을 외치지도 않고, 주먹이나 발길질에 내공을 담은 것처럼 보이지도 않는 막싸움! 그 이상도 그 이하도 아니었다. 그리고 찬권운룡 혜진은 그 시합에서 패배자가 되었다.

쪽팔리게……

무언가 환한 빛이 자신의 몸 쪽으로 다가오는 것을 느꼈다. 곧 이어 그것은 하나의 주먹이 되어 자신의 안면을 부수듯이 쳐왔다.

그 순간 혜진은 엄청난 고통을 느끼며 정신을 차리고는 벌떡 일어섰다. 하지만 이어지는 더욱 큰 고통에 신음하며 다시 누워야만 했다. 이때 누군가 말하는 소리가 어렴풋이 들려왔다. 소리가 들리는 쪽으로 고개를 돌렸으나 희미한 기척만이 느껴졌다. 눈앞에 어른거리던 것들이 또렷한 형상을 보이기 시작한 것은 자신이 깨어나고도 무려 한 시진 후였다.

"이제 정신이 드느냐."

자애로운 음성이 들려왔다. 그리고 하나의 손길이 혜진의 이마를 짚었다. 상대를 편안하게 해주는 따뜻한 손길.

혜진은 그 음성의 주인이 무관사이며 자신의 사숙인 현정 대사인 것을 알 수 있었다.

"끄으응, 제가 왜 이곳에 누워 있죠?"

한바탕 나쁜 꿈을 꾼 듯한데, 정신을 차려보니 영웅약전에 누워 있다는 것을 깨닫고는 현정 대사에게 물었다.

"너는 비무에서 졌단다."

담담하게 말을 뱉는 현정 대사였지만, 그것을 받아들이는 혜진까지 담담해질 수는 없었다.

"그렇다면 그것이 꿈이 아니었단 말씀입니까?"

혜진의 물음에 광정 대사는 한숨을 들이마시고는 안타까움이 물씬 담긴 음성으로 혜진이 꿈이라 생각한 현실을 이야기해 주었다.

"너는 정말 치열한 육박전 끝에 쓰러졌단다."

"그렇다면 저와 싸웠던 나일이라는 자는요?"

혜진의 물음에 광정 대사는 혜진이 들으면 자존심이 상할 만한 껄끄러운 말들을 꺼냈다.

"그는 비무 후에 자신의 사형이라는 자의 어깨에 기대어 간신히 비무대를 빠져나갔다. 그리고…….."

광정 대사는 혜진이 잠든 동안에도 나일이 주루 이층에서 술을 마시고 기숙사 식당에서 편하게 밥을 먹고 있었다는 걸 목격했다는 것까지 이야기했다.

"나조차도 누워 있어야 할 그 아이가 어떻게 그럴 수 있었는지 상상이 되지 않는구나…….."

혜진은 사숙의 이야기를 들으며 골똘히 무언가를 생각하다가 자신의 몸을 급하게 뒤척였다.

"사숙, 제 몸에 이상한 약물이 투입된 흔적은 없었나요?"

"영웅의원의 말을 듣고 너의 상처를 치유하면서 구석구석을 둘러봤지만 그저 타격에 의한 혼절일 뿐 이상한 흔적은 발견할 수 없었단다."

"하하하!"

혜진은 갑자기 미친 듯이 웃음을 터뜨렸고, 현정 대사는 그런 혜진을 어처구니없다는 듯 쳐다보았다.

"왜 웃느냐?"

현정 대사의 물음에 혜진이 호쾌한 웃음을 멈췄다.

"우선은 몸에 이상이 없으니 제가 약해진 게 아니란 사실에 기뻐서 웃었고, 두 번째는 그 녀석이 저보다 훨씬 강하다는 사실을 깨닫고 기뻐서 웃었습니다. 언젠가 통쾌하게 복수할 상상을 하니 너무 웃겨서. 히히하!"

혜진의 눈빛은 새로운 시작을 알리는 듯 투명하고 확신에 차 있었다. 과연 찬권운룡 혜진이라 불릴 만하다.

*　　　　*　　　　*

영웅학관 본관 건물은 우아한 곡선미를 자랑하는 삼층 건물이다. 입구에 영웅각이라는 편액을 내건 이 건물 삼층에는 영웅학관 관생과 각관의 관사들, 그리고 학관 내에서 잡일을 하는 사람을 포함한 사천여 명의 우두머리인 영웅학관 제7대 총관주 의천태검(義天太劍) 도현의 기처가 있다. 지금 그곳에는 세 명의 인물이 모여서 남만에서 가져와 학관에서 직접 찻잎을 말린 화설차(火泄茶)를 앞에 두고 심각한 표정을 짓고 있었다.

"그래, 자네의 뜻은 알겠네. 무림과 관이 겉으론 서로 간섭하지 않는 불문율이 있지만 속으로 서로를 자신의 영향 하에 두려고 했던 건 인정하네. 하지만 다만 그뿐일세. 그 이상도 이하도 아니었다네."

"총관주, 그렇게 생각하시면 안 됩니다. 이렇게 보고만 있다간 나라의 기틀이 무너져 내릴 것입니다. 연왕을 따라 같이 움직여서 변화시켜야만 백성들이 편안히 살 수 있습니다. 이것이 대세입니다."

"크음……"

흰 수염을 길렀지만 근엄하기보단 어딘지 모르게 장난스러운 분위기를 풍기는 도현 도장은 이마에 손을 갖다 대며 침음을 삼켰다.

"그분이 여자라는 소문 때문이오?"

"여인은 나라를 움직일 만한 능력이 없습니다. 그가 대명을 잇는다면 그 후에는 누가 이 대명을 잇겠습니까? 그분의, 아니, 그녀의 아들입니까? 그럼 그것이 대명입니까? 그녀의 아들이 이 나라를 잇게 되면 대명을 건국한 주 황조(皇朝)가 무너지고 다른 성(姓)이 나라를 여는 것이나 진배없습니다. 그럴 수는 없습니다. 비록 그분이 황가의 직계는 아니지만 넓은 포용력과 과감한 결단력, 뛰어난 연륜 등을 볼 때 황제의 그릇이란 것은 이미 잘 알려진 사실입니다. 그분을 황위에 올려 피 튀기고 백성이 고난당할 후일의 정쟁을 미연에 막아내는 것이 바로 무림이 백성을 돕는 것입니다."

열변을 토해내던 사내는 할 말을 마쳤는지 그제야 자리에 앉아 화설차를 들었다.

"문관주, 당신의 생각은 어떻소?"

여전히 이마에 손을 짚은 채 도현 도장이 고개를 돌리며 물었다. 백의에 단정한 서생건을 두른 의젓하고 고고해 보이는 중년인이 잠시 침묵 후 입을 열었다.

"우선 사실 확인이 먼저입니다."

그러자 열변을 토해낸 후 화설차를 들던 중년인이 찻잔을 거칠게 탁자 위에 내려놓으며 소리쳤다.

"그 소문은 사실이오! 그건 내가 보증하겠소!"

중년인의 말에 문관주라 불린 사내가 조용히 중년인을 쳐다보았다.

"사실이라 칩시다. 어떻게 증명할 것이오?"

"그것은……."

일순 말이 떠오르지 않아 더듬거리던 중년인이 탁자를 다시 한 번 강하게 치며 소리쳤다. 그리고는 자신의 가슴을 두들겼다.

"내가 증명하겠소!"

"좋소, 확실한 증명을 보여주시오. 그렇지만 당신의 말대로 그분이 여인의 몸이라 해도 이미 황태자의 지위를 누리고 있는 이상 우리는 황궁의 정쟁에 간섭하지 않는 게 좋을 것 같소만……."

"그렇게 된다면 백성들의 피를 보게 되는 게 필연(必然)이란 말이오. 민초들을 고난에서 구하기 위해 영웅학관이 설립된 것이지 않소? 그 힘을 지금 사용하자는 말이오!"

점점 두 사람 간의 언쟁이 커지자, 도현 도장은 이마에 짚었던 손을 탁자에 올려놓고는 일어섰다.

"그만, 그만. 이 문제는 잠시 시간을 두고 지켜본 후 영웅학관 대표 회의에서 다시 이야기를 하도록 합시다. 다들 물러가시오."

도현 도장의 말에 두 사람은 각자의 생각으로 어두운 표정을 드러내 며 총관주실을 나섰다.

여명이 밝아오는 아침이 되자마자 정염이 머물고 있는 북경의 동창 대영반부로 지난밤 문관주라 불렸던 중년인이 찾아들었다.

"오셨는가? 그래, 요즘 분위기는 어떤가?"

정염의 물음에 중년인은 어두운 기색을 드러내었다.

"그래, 무슨 일이 있기는 있는 것 같군."

중년인의 안색을 살피며 정염이 차를 권했다.

"우선 제가 먼저 묻고 싶은 게 있습니다, 대영반 각하."

평상시보다 심각한 분위기를 감지한 정염이 하고 싶은 말을 말하라고 손짓을 하자, 머뭇거리던 중년인이 입을 열었다.

"대명제국의 신하 전(前) 동창부영반 권보성은 각하께서 어떤 대답을 한다 하셔도 대명제국과 황제 폐하에 대한 충성은 영원히 변치 않을 것입니다."

무릎을 꿇으며 말하는 권보성을 정염이 일으켜 세웠다.

"얘기하게나."

"각하께 감히 한 가지 여쭙겠습니다. 황태자 전하께서 여인의 몸이라는 것이 사실이옵니까?"

권보성의 말은 너무도 직접적이고, 급작스럽게 이루어졌다. 그리고 설마 하니 이런 비밀 사안을 직접적으로 물어볼까 싶었던 정염은 할 말을 잃은 채 권보성과 자신 사이에 놓여진 촛대만을 쳐다볼 뿐이었다.

문득 이런 비밀이 어디서 새어 나갔는지 치밀어오는 궁금증을 참지 못해 정염이 먼저 말문을 열었다. 아니, 사실 정염도 그 소문의 진원지는 알고 있었지만 이렇게 빨리 퍼진 것에 적이 당황스러웠다.

"어디서… 들었는가?"

"사실이었군요. 이럴 수가……."

정염의 말에서 그 이야기가 진실임을 확인한 권보성은 믿기지 않는다는 표정으로 다시 한 번 물었다.

"정녕 사실이란 말입니까?"

가타부타 긍정도, 부정도 하지 않은 채 정염은 엄숙하고, 어찌 보면

고뇌하는 듯한 표정을 지어 보였다.

"어디서 들었는가?"

점점 굳어져 가는 정염을 보며 권보성은 자신이 영웅학관 총관주실에서 들었던 이야기들을 하나하나 꺼내 보였다.

"대명은 황제 폐하의 적통인 황태자 전하께서 황위를 물려받을 것이다. 이의 있는가, 전 동창부영반 권보성?"

나직하지만 힘있고 신념이 느껴지는 목소리로 정염이 권보성에게 물으니, 이는 권보성으로서 대꾸할 수 있는 말이 아니었다.

"만약 황태자 전하께 조금이라도 해 끼치는 행동을 할 경우 자네는 물론 일가친척을 포함한 구족이 역모라는 죄명을 쓰고 참수형에 처해질 걸세. 대명의 충신 권보성, 자네는 황태자 전하께 충성하겠는가?"

가공할 만한 협박으로 공포를 조장하는 정염의 말투였지만 그것에 말려들지 않고 권보성은 침착하게 정염을 바라보며 말했다.

"대명의 신하 권보성은 나라에 충성하고 황제 폐하께 충성할 뿐입니다. 설령 각하께서 저를 황태자 전하의 곁으로 끌어들이려 한다 해도 저는 오직 황제 폐하의 명만을 따를 뿐입니다. 마찬가지로 연왕 전하의 세력이 강하다 하여도 저는 오직 대명 황제 폐하의 명만을 따를 것입니다. 그리고 지금의 제게 황제 폐하께선 영웅학관을 위해 일하라고 했을 뿐입니다."

권보성의 장황한 말뜻은, 자신은 황권 다툼엔 관심이 없다. 오직 황제의 명만을 따를 뿐, 누가 황제의 위에 오를지는 관심없단 뜻이다. 지금 자신은 황제의 명령으로 영웅학관을 지킬 뿐이니 자신을 끌어들이지 말라는 완곡한 거부의 말이기도 했다.

그런 권보성을 보며 정염은 그의 어깨를 두드려 주었다.

"그래, 어쩌면 자네가 이 나라에 있어서는 진정한 충신일지 모르겠군. 하지만 현재 우리 측에는 한 사람이라도 필요한 상황이란 걸 잘 알지 않나. 부디 황태자 전하의 편에 서주게."

정염은 간절히 권보성을 바라보았지만 권보성은 끝내 어떠한 대답도 주지 않고 고개를 숙이며 물러섰다. 그리고는 방문을 나서다 정염을 향해 의미심장한 말을 던져 주었다.

"나라를 위하고, 황제 폐하께 폐를 끼치지 않는 길이 있다면 그 길을 가고 싶습니다."

정염은 문득 씁쓸한 느낌을 지우지 못하고 권보성이 사라진 방문을 바라봤다.

"나 역시 그런 길을 가고 싶네."

그렇게 중얼거리면서……

단청이 출전한 문관대전의 두 번째 상대는 문관 상전의 목금보였다.

목금보는 금룡회의 한 축을 담당하는 목씨세가의 소주로서 황금만 밝히는 진짜 돼지라는 의미의 금돈진유(金豚眞柚)란 별호를 가진 영웅학관 삼 년 차의 노련한 관생이다. 여기서 노련하단 의미는 상대의 정보를 미리 파악하고 그 정보를 이용할 줄 아는 고단수 상인의 자식이란 뜻이다. 목금보는 단청과 이 대국을 벌이기 전에 미리 그를 찾아와 은 열 냥을 흔들어 보이며 자신에게 져줄 것을 은밀히 유혹했었다. 당연히 돈이 궁하기는 했지만 이 문관대전에 무려 일만 이천 냥, 정확히 얘기하면 만 이천사백 냥이 걸려 있는 단청은 일언지하에 거절했다.

일주일 만에 열린 문관대전에서 단청은 그 정보와 협상의 귀재 목금보에게 백을 잡고 백오십삼수 만에 불계승을 거두었다. 그렇지만 아직도 단청의 실력이 엄청나게 뛰어나다라 생각하는 사람은 드물었고 그저 복병쯤으로 생각하는 사람이 대부분이었다. 왜냐하면 목금보가 실력은 없고 승부를 사려고만 한다는 사실이 학관 내에 잘 알려져 있었기 때문이다.

단청의 세 번째 상대는 문관 정전의 임현영이라는 고관대작의 아들이었다. 이 바둑이란 것은 생사를 직접적으로 겨루는 무공처럼 살벌한 분위기를 풍기진 않지만 그에 버금가는 신기한 부분이 있다. 무공의 겨룸에서는 초식이 화려하고 상대의 틈을 잘 찾아 들어간다 하여도, 내력이 부족하면 초식의 운용 도중 틈이 보이기 마련이다. 그리고 내력이 강하다면 화려한 초식 대신에 간단한 초식으로도 실효를 거둘 수 있고 초식의 부족함을 보충할 수도 있다. 반면 바둑이란 것은 내력 없이 오직 초식만을 겨루는 무공 대결이라 할 수 있다.

반상 위에서 자신이 가진 화려한 공격력과 때로는 방어력 같은 초식을 바탕으로 찌르고, 막고 할 수 있기에 누가 얼마나 더 상황에 맞는 초식을 사용하느냐에 따라 승패를 가늠할 수 있다. 이 바둑은 고수라 하여 일방적으로 자신만 두는 것이 아니라 한 수 한 수 번갈아가면서 두기 때문에 상대방의 생각을 읽고, 자신의 생각을 읽히지 않는 것이 무엇보다 중요하다. 그 한 수 한 수에는 은연중 자신의 성품이 드러나는 경우가 많은데, 말하자면 이 임현영이란 자의 기예에서 이자가 얼마나 많은 인내심과 소심함을 가지고 있는지를 보여주고 있었다.

시합이 벌어지는 바둑판은 포석과 세력권을 형성한 중반부를 지나 종반부를 향해가고 있지만 여전히 이렇다 할 전투 없이 흘러가고 있었다.

어느 틈엔가 단청도 주위 사람들이 견제하는 문관대전의 8강 안에 들어갈 복병으로 지목되고 있기에 지나가는 사람들이 힐끔힐끔 바둑판을 쳐다보고 있었다. 그러나 이 바둑은 사람들이 구경할 만한 바둑이 아니었다. 흑을 쥔 단청이 초반부터 종반인 지금까지도 여전히 열 집 정도의 차이를 두고 별 충돌 없이 흘러가고 있었다.

'어라, 이 녀석 보게. 이거 너무 싱겁게 두는 거 아니야?'

물론 옛부터 바둑을 두다 보면 좋은 벗과 화목을 얻는 득호우(得好友), 득인화(得人和)는 물론이요, 바둑을 통해 일생의 교훈과 깨달음까지 얻고, 나아가 천수를 누리게 한다고 했다. 하지만 이건 시합인데 너무 맹숭했다.

단청은 예상외로 너무 편안하게 바둑이 흘러가는 데 실망을 감추지 못하며 오히려 싸움을 걸기 위해 백돌의 세력권인 우하귀 쪽으로 돌을 뻗어 보았다.

'이런, 걸려들긴 걸려들었는데 이걸 잡으러 가야 하나? 아니야, 잡다가 실패하면 차이가 크게 날 텐데. 여기까지 내가 올라온 것도 한 번의 부전승과 추천서로 입관한 금룡회의 지식 덕분인데… 괜히 큰 차이로 지면 쪽팔리니까 막아서 작은 집 차이로 지자.'

임현영은 '자신의 적당히 지자. 여기까지 오른 것만 해도 잘한 것이다' 라는 일념으로 지고 있음을 보여주며 뚜렷한 반격을 하지 않았다.

결국 끝까지 승부수를 던지지 못하고 단청의 승리로 시합은 끝나고 말았다.

*　　　　*　　　　*

영웅학관은 그 규모의 장엄함으로 보아도 결코 하루이틀 사이에 이루어진 것이 아니었다. 오 년여의 공사 기간 동안 무려 십만 명의 인원이 동원되어서야 그 위용을 드러냈고, 아직도 영웅학관의 방학 기간인 십일월이 되면 건물들을 새로 지어 그 규모 늘리는 작업을 계속하고 있었다.

그리고 오늘 나일이 무관대전 시합을 벌일 제31연무장은 작년에 지어져서 그런지 최신식의 연무장을 표방하고 있으며, 다른 곳엔 없는 무공 익히는 관생들의 모습을 구경하는 자리까지 마련해 놓고 있었다. 거기에다 오늘은 그 연무장 바깥 지대에 부드러운 재질의 천이 의자들을 덮고 있어 구경하기에도 편안해 보였다.

나일도 자신이 찬권운룡 혜진과의 사투 끝에 혜진을 물리치고 무관의 새롭게 떠오르는 기재라고 사람들 입에 오르내리고 있다는 사실과 '나일이 건방지다'는 소문이 뒤섞여 돌고 있단 것쯤은 알고 있었다. 하나 그런 것들에는 원체 관심이 없기에 점심 식사를 마친 후 거만하게 걸어서 연무장에 들어서고 있었다.

원래대로라면 자신을 부려먹는 사형 단청과 함께 왔을 테지만 단청은 요즘 싸움 구경보다는 서태우의 비파 가락을 배우는 데 열중해 있었다. 단청은 지금이라면 서태우가 기숙사에 들어오기 전이니 그가 스스로 제작했다는 비파금을 마음껏 연주할 수 있을 거라며 기숙사로 먼저 돌아갔다.

그런 것보다는 싸움 구경이 더 재미있고, 어떻게 해서든 단청과 떨어져 있고 싶었던 나일은 자신이 시합을 하고, 그전에 벌어지는 시합 구경을 한다는 핑계로 오늘 하루 단청의 마수에서 벗어날 수 있었다.

나일이 연무장에 들어서자 낯익은 민대머리에 보통 사람보다 머리

하나가 더 큰 체격의 혜진이 제일 먼저 눈에 들어왔다. 더군다나 혜진
이 앉아 있는 자리는 관전하기에 딱 좋은 명당자리였다. 나일은 망설
이지 않고 혜진의 뒤편으로 가서는 그의 뒤통수를 갈겼다. 그렇지만
혜진 역시 이 연무장에 들어서면서 나일을 찾았고, 나일이 자신 쪽으로
오고 있단 것을 보지는 않았어도 낌새로 알아채고 있었기에 고개를 숙
이며 자연스럽게 나일의 손바닥을 피해냈다.

"어쭈."

나일의 입에서 혜진의 예상외 행동에 기가 차다는 듯한 말투가 나왔
고, 주변에 있던 사람들도 둘 사이의 심상치 않은 분위기를 느끼며 호
기심 어린 눈초리로 그들을 쳐다봤다.

"야, 중 대머리! 거긴 내 지정 좌석이라니까!"

"말도 안 돼. 먼저 온 게 임자지."

나일이 이번에는 주먹을 혜진의 눈앞에 들이댔다.

"약골 주제에. 싸움도 못하는 게 좋은 말 할 때 저 구석진 곳으로 가
라!"

혜진의 가슴이 두근거렸다. 그랬다. 자신은 저 나일에게 졌다. 그러
나 태어날 때부터 가지고 있던 성격은 어디 가는 것이 아니다.

"나에게 운이 좋아서 겨우 한 번 이겼다고 그렇게 기고만장하다니.
지금 다시 한 번 붙어보자."

혜진은 나일의 협박에 굴하지 않으며 자신도 주먹을 나일의 앞에 들
어 보였다.

"이것들이, 또 싸우냐?"

아직 오늘의 무관대전 첫 시합이 시작도 되지 않은 터라 비무대 뒤
쪽의 심사위원석으로 걸어가던 적안마검 하동구가 비무대 중앙의 소란

에 그곳을 쳐다보고는 지나가는 길에 한마디 한 것이었다.

"멈추지 못해, 이 녀석들아! 또 구석 자리에서 관전하고 싶은가 보지!"

하동구의 이 말은 즉시 효과가 있어서, 나일은 입을 삐죽 내밀면서도 혜진을 위협하던 주먹을 풀어 그의 어깨를 털어줬다.

"운 좋은 줄 알라고. 안 때릴 테니까 어서 구석진 곳으로 가!"

나일 스스로는 자신이 엄청 양보함으로써 혜진이 이득을 보는 것처럼 말했지만, 혜진 또한 다혈질의 사내대장부로 알려진 영웅칠룡 중 하나인데 그 조금의 성의도 보이지 않는 양보를 받아들이겠는가?

"하늘이 너를 돕는구나, 건방진 녀석아. 운 좋은 줄 알고, 나 방해하지 말고 다른 자리나 알아보거라!"

비록 시합에서 지긴 했지만, 그리고 상대의 실력이 자신보다 뛰어남을 알아챘지만 혜진도 한마디 지지 않고 나일을 향해 쏘아붙였다.

지금 자신의 뒤에는 무관사 하동구가 있고, 하동구의 말을 듣지 않을 수 없음을 이용한 대사였다. 하지만 나일은 혜진의 말이 끝나기가 무섭게 혜진의 배를 향해 주먹을 뻗었다. 나일이 뻗은 주먹의 속도는 그리 빠르지 않은 것이 무관사 하동구가 나일을 지켜보고 있기에 그냥 혜진이 막을 정도의 겁만 주기 위한 위협용이었다. 소림에서 십 년에 한 번 나올까 말까 하다는 기재 찬권운룡 혜진에게 그 주먹은 손쉽게 막아낼 수 있는 공격이었다. 오히려 혜진은 히죽 웃으며 후발제인의 묘수로 나일의 주먹을 팔뚝으로 막아내면서 손바닥을 수도(手刀)로 사용해서 나일의 어깨를 쳐 나갔다.

'이놈 보게? 봐주니까 기어오르네!'

나일은 겁만 주려고 했기에 살짝 때리는 시늉을 하려던 것뿐이었는데 예상치 못한 반격을 당하자 얼굴이 찌푸려졌다.

"멈춰! 당장 떨어져!"

무관사 하동구가 그 둘의 행동을 보다 못해 소리치자, 나일을 쳐갔던 혜진의 손이 조금 멈칫했다. 지난번에도 하동구가 멈추라고 했을 때 자신은 멈추었는데 저놈이 멈추지 않아 고스란히 맞아서 비무대 위까지 날아간 아픈 기억이 있기에 잠시 갈등을 한 것이다. 하나 곧 이어 손해 보기 싫은 마음으로 나일의 어깨를 수도로써 쳐 나갔다.

파악!

분명 혜진의 손은 나일의 어깨를 격중했건만 오히려 자신의 손이 더 아픈 것을 알고는 속으로 비명을 질렀다.

'아뿔사, 이 괴물의 몸뚱이가 장난 아니게 단단한 것을 잊었구나.'

혜진이 그런 생각을 하고 있을 즈음 나일은 하동구를 보면서 자신이 한 대 맞았으니까 똑같이 한 대를 때리겠다는 신호를 내보였고, 하동구는 순간적으로 고개를 끄덕이고 말았다.

펑!

혜진은 나일을 생각해서 어깨를 수도로 때렸건만 나일은 아랫배를 강타하는 주먹으로 다시 한 번 혜진을 비무대 위로 올려놓았다.

"이 자식아! 쟤랑 원수졌냐?"

하동구는 나일의 주먹에 엄청난 피해를 당한 혜진을 측은한 눈길로 쳐다봤고, 나일은 고개를 도리도리 저었다.

"아니요, 까불어서 그냥 버릇 좀 고쳐 주려고요."

"버릇 고치다가 애 하나 잡겠다."

"나쁜 버릇은 조금이라도 어렸을 때 고쳐야 하니까요."

나일과 하동구의 대화에서 영웅학관 일곱 명의 용에서 애송이로 전락당한 찬권운룡 혜진은 비무대 위에 널브러졌다가 끙끙대며 일어나서는 기가 막힌 듯 둘의 대화하는 모습을 지켜봤다.

"아무튼 넌 네 순서가 될 때까지 저 구석으로 가! 거기가 네 지정 좌석이니까. 그리고 제발 좀 조용히 해라."

그 말을 끝으로 하동구는 심사위원석을 향해 걸어갔고, 나일은 하동구의 말에 멍한 표정을 짓고는 혜진을 향해 주먹을 들어 보이면서 '까불면 다음엔 죽는다' 라는 전음을 날렸다. 그리고는 구석진 곳으로 걸음을 옮기기 시작했다.

쏴아악.

바닷가에 길이 갈라지듯 나일이 발걸음을 옮겨가는 곳에 있던 관생들이 길을 비켜주었고, 잔뜩 찌푸린 얼굴로 걸어가던 나일은 비무대 끝에 도착해서는 한 관생의 머리를 갈기며 자신의 자리라고 했다. 그러자 이미 이 사건의 발단이 어떻게 일어났는지 목격했던 그 관생은 혜진처럼 반항할 엄두도 못내고 급하게 일어서는 나일이 왔던 쪽으로 재빨리 발걸음을 옮겨갔다.

제삼십일 연무장의 관전석은 나일 주위로 아무도 없는 빈 공터와 나일 반대 편으로 옹기종기, 따닥따닥 붙어 앉은 진영으로 나뉜 채 시합을 시작하려 했다.

"무관대전 이백오십육 명의 진출자를 가리는 시합을 시작하겠습니다. 첫 시합으로는 검전소속 화산파 제자 악인형과 권전소속 황보세가 삼남 황보미남이 그 실력을 겨루겠습니다."

*   *   *

모든 것이 어둠에 가려진 지하 석실 안, 그 석실의 밖에서는 온갖 살기가 퍼져 나왔다. 그 석실이 무척이나 중요한 장소인,까닭에 엄청난 고수들이 석실 바깥을 둘러싸고 있었고, 석실 주위로는 빽빽하게 들어차 있는 기관들 때문에 그 석실로 다른 침입자가 들어갈 엄두를 내지 못하게 만들었다.

"적인법왕(狄人法王), 그래, 뭐 좀 알아낸 것이 있습니까?"

냉막한 인상이지만 깔끔한 유생건을 둘러쓴 중년인이 적색의 법의를 입고 하얀 수염을 길게 기른 라마승에게 물었다.

적인법왕, 이 얼마나 놀라운 법호인가?

무림사기에는 적인법왕에 대해 이렇게 기록해 놓고 있었다.

천축의 삼황제 중의 하나로서 현 무림백선 서열 이십이위의 절대고수.

서장 포달랍궁(布達拉宮)에 속한 적인사(狄人寺)의 주지로서, 적인사는 강호에 잊혀진 주술의 내냉사인 배화밀교의 또 다른 이름이다. 이 배화밀교를 이끌고 있는 적인법왕 야리타는 백이십 세를 넘겼다고 알려졌다. 그는 서장을 지배하는 세 명의 신 중 한 명이다. 오십 년 전 서장의 또 다른 두 명의 신 황천법왕, 청수법왕과 함께 무너져 가던 서장 포달랍궁을 세외사세의 하나로 일으킨 주역이다.

포달랍궁은 세 집단의 연합체인데, 제1법왕인 황천법왕(皇天法王)이 바로 소뢰음사의 주인이었고, 제2법왕인 청수법왕(淸修法王)은 흑교(黑敎)의 교주로 알려져 있다. 아무튼 이 셋이서 흩어져 가던 서장의 힘을 하나로 모았고, 원나라가 중원을 지배하던 시절과 명나라의 건국 초기에 밀려 내려오던 몽고족을 받아들여 그 교세를 획장하여 지금은 중원을 제패하기 위해 세외사세를 서장 포달랍궁의 힘을 주축으로 단합하기 위해서 노력하고 있었다. 하지만 워낙 개성들이 강한 세외사세이기에 어려움을 겪고 있다고 한다.

적인법왕은 이미 강호에 잊혀진 배화밀교의 진전을 이어받아 주술과 환법에 능하고, 연금술에도 상당한 조예를 가지고 있다고 알려졌으며, 서장 통일을 위한 전투에서 보여준 아수라혼혈대법은 많은 사람의 생명을 빼앗아서 만인에게 엄청난 공포를 심어주었다. 아수라혼혈대법의 특징은 다른 사람들에게 자신의 대법을 걸어 대법에 걸린 자를 이용하여 상대와 싸우게 한다. 이것에 걸린 자는 이지를 상실하고 고통을 모르며, 최후의 순간에는 상대와 함께 죽는 동귀어진(同歸於盡)의 폭사혈공을 펼쳐 악마의 대법이라 불리기도 한다. 그 위력의 악랄함은 가히 무림에 적이 없지만 자신보다 내공이 강한 상대는 걸리지 않는단 단점이 있기에 삼 갑자에 가까운 내공력을 추정하며 무공 서열로 무림백선의 스물두 번째 자리를 차지한 인물이다.

"이상하군, 이상해. 이 검(劍)은 마치 생명체가 깃들어 있는 것 같단 말이야."

적인법왕의 중얼거림에 중년인은 자신이 알고 있는 사실을 얘기해 주었다.

"그 검 속에는 엄청난 마녀가 봉인되어 있다고 교의 역사서에 기록되어 있습니다. 혹시 그녀가 아닐는지……."

"그럴 수도 있겠지. 휴우… 그렇지만 실제로 어찌 그럴 수가 있단 말이오. 당신은 그 말을 믿소?"

적인법왕의 너무나 직설적인 물음에 중년인도 자신이 한 말이 말이 되지 않는다는 것을 느끼며 이마를 닦았다.

"저도 그럴 수는 없다고 생각하지만… 일단 역사서의 기록이 그렇다는 이야기지요."

"아주 터무니없지는 않은 듯하군. 이 검에서 느껴지는 영기(靈氣)는 세상 어디에서도 느껴보지 못한 희미하면서도 거대한 마력(魔力)이니……."

적인법왕은 말을 하는 동안에도 검의 구석구석을 기름 먹인 헝겊으로 닦아주고 있었다.

"좋아, 그렇다면 그동안 내가 알아낸 사실만 먼저 이야기하겠소."

적인법왕의 말에 중년인도 자세를 가다듬었다.

"세이경청하겠습니다."

"우선 이 검의 재질은 바다 속 한철이 압력을 받아 변한 묵오철(默悟徹)과 산속의 황금이 용암 등에 의해 붉게 달구어져 색이 변한 용현철(龍鉉徹)이 주종을 이루고 있소. 그리고 은과 동물의 뼈 성분인 인이라는 광물이 절묘하게 혼합되어 있소. 내가 왜 절묘하다는 말을 썼는 줄 아시오?"

적인법왕은 중년인을 내려다보듯 거만하게 수염을 쓰다듬었다.

"무언가 묘한 효용이 있다는 뜻 같은데 잘 모르겠군요."

중년인의 대답에 적인법왕은 수염을 쓰다듬던 손으로 무릎을 쳤다.

"옳거니, 역시 마교의 군사는 다르군. 내 말에서 핵심을 그토록 간단히 간파하다니, 놀라워."

적인법왕은 진심으로 탄복한 듯 엄지손가락을 세워 보였다.

"그렇소. 그 절묘한 혼합 덕분에 이 검은 피독주의 역할을 할 수 있소. 잘 보시오."

그리고는 품속에서 꺼낸 사슴 가죽으로 만든 주머니에서 분가루를 분분히 공기 중으로 뿌려댔다.

"지금 내가 뿌린 것은 조현홍(調絃紅)이라는 것으로 살무사의 어금니와 학의 벼슬에서 추출한 극독을 배합한 독이라오."

적인법왕의 말이 끝나자 마교의 군사라 불린 중년인은 코를 잡고는 숨을 멈추려 했다. 그러나 이미 그 정도의 극독이 공기 중에 퍼졌다면 한 호흡을 한 상태이기에 해독약이 없으면 죽을 수밖에 없다는 것을 깨달았다.

중년인은 이대로 죽을 순 없다는 생각에 적인법왕의 명치를 노리며 손을 뻗었다.

"빨리 해독약을 내놓으시오!"

"하하하, 내 분명 이 검이 피독주의 역할을 한다 하지 않았소. 무리하지 말고 숨을 쉬시오."

적인법왕은 중년인의 손을 간단히 튕겨내며 웃었고, 그제야 중년인은 적인법왕이 했던 말을 떠올리며 정중하게 포권을 취했다.

사실 무공으로 중년인이 적인법왕과 대결해서는 승산이 없으니 올바르고 적절한 판단이었다 할 수 있었다.

"그렇다면 중독이 되지 않는다는 말이오?"

"그렇소. 이 검의 금속 배열은 새로운, 아주 작고 미세한, 우리 눈에 보이지 않지만 독을 제거하는 공기를 뿜어내고 있소. 마치 식물이 숨을 쉬는 것처럼 말이오."

"그렇군요. 어떻게……."

"하하하! 내가 바로 적인법왕이기 때문이지."

적인법왕은 스스로 자신이 알아낸 사실에 감탄하며 중년인에게 이 검이 어떻게 독을 제거하는지를 설명했다.

일반적으로 강호에서 잔이나 음식물에 독이 들어 있음을 확인하는 도구로 비은침이란 도구를 사용한다. 은을 재료로 한 그 도구는 독이 직접적으로 닿을 경우에 독이 닿은 부분이 검게 변색됨으로써 독의 유무를 알려준다. 이것은 무영독과 같은 궁극의 독에는 반응하지 못하거나 반응이 너무 늦게 일어나는 단점을 보이지만 그런 독은 강호에 잘 나오지도 않고, 조제의 처방이나 재료가 너무 희귀하기에 웬만한 독의 검사에는 대개가 이 비은침을 사용한다.

이 검의 재료 배합은 독의 천적이라는 비은침을 능가하는 효용을 보이는데, 자신이 가지고 있는 독분과 아끼던 무영독을 실험해 본 결과 검에서 뿜어내는 공기가 독을 분해하는 효용을 지녔고, 그 반경이 무려 삼 장에 미치는 바, 이 검만 몸에 지니고만 있어도 만독불침의 효과가 있다. 그리고 이 검이 가끔씩 울음을 터뜨리는데, 그 소리가 여인이 통곡하는 듯 가냘프게 울고 있기에 적인법왕으로서도 어떻게 검에서 이런 울음소리를 내는지 이해할 수 없는 상황이라고 했다.

"전설(傳說)이 사실이 아닐까요?"

중년인이 딴에는 심각하게 얘기했지만 적인법왕은 큰 웃음을 터뜨렸다.

"이 검 속에 사람이 들어가 있다고? 말도 안 돼! 내가 배화밀교의 진전을 이어받아 주술과 연금술을 연구한 지 백 년이 지났소. 허허."

적인법왕은 손을 저어 보이며 검을 바닥에 꽂았는데 바닥의 돌들이 너무나 쉽게 잘라지며 깊숙이 들어갔다.

"물론 이 검이 세상에 보기 드문 날카로운 보검이고, 그 가치가 엄청난 검이라는 것은 사실이오. 하지만 한낱 검 속에 사람이 어떻게 들어간단 말이오. 설령 영혼이라도 마찬가지요. 만약 영혼이 갇혀 있다면,

이 정도의 능력을 가진 영혼이라면 스스로 깨어났을 것이오. 이 검에서 느껴지는 막대한 기운이 그대로 정지한 채 검 속에서 나오지 않는다는 것은 어떤 특별한 힘이 숨겨져 있다는 것을 의미하오. 나는 그 힘을 끌어내는 방법을 강구하겠소."

그러자 중년인이 적인법왕의 손을 잡았다.

"그렇게 할 수 있겠습니까? 모든 지원을 다하겠습니다."

"정말이오?"

"그래, 필요한 것이 있으신지?"

중년인의 말에 잠깐 동안 적인법왕의 얼굴에 장난기가 감돌았다.

"그렇다면 숫처녀 천 명을 구하실 수 있겠소?"

"그, 그렇게 많이요?"

중년인의 이마에 땀이 송골송골 맺혔다.

"가능하면 빠른 시일 안에. 내가 서장에 있다면 그 정도야 열흘이면 구하겠는데……."

"최대한 빨리 알아보도록 하죠."

중년인이 이마에 흐르는 땀을 닦으며 말하자 적인법왕이 그런 중년인의 어깨를 잡으며 심각한 얼굴로 말했다.

"정말 심각하군……."

그 말에 중년인의 가슴이 덜컥 내려앉았다.

"또 필요한 것이 있으신 건지요?"

"그런 것이 아니오. 그냥 웃음을 심각할 정도로 참기 힘들어서 꺼낸 말이오. 큭큭… 하하하!"

적인법왕이 웃자 어리둥절한 모습의 중년인이 이유를 물었다.

"기분 좋은 일이 있으신가 보군요."

"암, 기분이 좋고말고. 바로 당신 때문에."

"예?"

도대체 이유를 모르겠단 표정으로 서 있는 중년인에게 적인법왕이 그 이유를 알려주었다.

"당신이 숫처녀 천 명을 구하는 데 얼마나 걸리시겠소?"

중년인은 대충 자신이 동원할 수 있는 인력을 모두 풀면 얼마나 걸릴지 머리 속으로 계산했다.

"아무리 빨라도 한 달은 족히 걸리겠습니다."

"좋아, 그럼 그 천 명을 내가 어디에 사용할 것인지는 아시오?"

"그야 검의 봉인을 풀기 위해 사용하시겠죠."

"크크크, 그게 웃긴다는 말이오. 하하하!"

적인법왕이 배꼽을 잡고는 나이에 어울리지 않게 뒹굴었다.

"검의 봉인을 푸는 데 뭐 그리 많은 숫처녀가 필요하겠소."

"예전의 배화밀교에서는 몇 번인가 그런 일을 하지 않았습니까?"

중년인이 적인법왕의 아픈 가슴을 쏠렀는지 적인법왕의 얼굴이 찡그려졌다.

"망할. 그래, 그런 적이 있었지. 그래서 우리 배화밀교가 그때마다 망할 뻔했지. 가장 최근에는 팔십 년 전 내 사부인 망할 놈의 변태 늙은이가 그런 일을 저질러서 하마터면 나까지 죽을 뻔했다니까… 젠장, 그 망할 늙은이."

"아픈 상처가 있으셨군요."

적인법왕의 비위를 맞추기 위해 중년인이 위로했다.

"그래, 그 망할 늙은이 덕분에 무림공적으로 몰려 완전히 죽을 뻔했어. 그런데 그거 아시오? 그게 그 늙은이의 취미 생활일 뿐이라는 거?"

가슴속에 무에 그리 분한 게 많은지 적인법왕은 연신 땅바닥을 발로 밟았다.

"뭐라고요?"

"천 명의 처녀를 이용해서 배화밀교 비전의 차혼대법을 펼치겠다고 처녀들을 납치했는데, 사실 차혼대법에는 그렇게 많은 처녀가 필요없어."

"정말인가요?"

"그냥 자신의 취미를 전대부터 내려오는 이야기로 둔갑시킨 것뿐이지."

"휴우, 그렇다면 그 숫처녀는 어떻게 할까요?"

"당연히 자네를 놀리려고 한 거지. 내가 그 망할 늙은이인 줄 아는가?"

"감사합니다, 감사합니다."

중년인은 한편으론 자신이 한순간 놀림감이 된 것에 화가 날 만도 한데 태연하게 감사의 표시를 했다. 이보다 더한 요구라도 들어주려 했을 텐데 장난이라고 하니 오히려 기분 좋게 받아들인 것이다. 이렇게 해서 하마터면 무고한 천 명의 처녀들 목숨이 사라질 뻔한 장난이 끝났다.

＊　　　　　＊　　　　　＊

북경성과 영웅학관의 중간 지점쯤 되는 곳에는 노가장(蘆家莊)이라 불리는 유림(儒林)의 총본산이 있다. 이곳이 유림의 총본산이 된 지는 대명의 건국 시기와 맥을 같이하고 있는데, 노가장의 식솔들은 자신들이 생활하고 있는 이곳이 문(文)을 익힌 선비들의 이상향이라는 자부심을 가지고 생활하고 있다. 이 노가장에 십문십답(十門十答)이라고 단아한 필치로 적힌 편액이 걸린 서고는 진시황의 분서갱유 이후로 각 지방이나 인물을 대표하는 사상가와 수려한 문장가들의 서책들이 오만여 권이나 빽빽이 들어차 있다. 이 서고는 모두가 노가장의 장주와 그를 흠모하는 유림의 선비들이 땀을 흘려 모아놓은 책들의 보고이다.

봄이 와서 진달래와 개나리가 살며시 아양을 떨며 십문십답의 편액이 걸린 서고 밖으로 고개를 내밀고 있건만 노가장주의 장녀이며, 영웅학관 삼 년 차로 이미 영웅증을 획득하고, 그 뛰어난 미모로 인해 영웅오미 중 문미인(文美人)이라 불리는 노혜영은 아양 떠는 꽃들을 보며 즐거워하는 표정 대신에 커다란 한숨만을 연신 내쉬고 있었다.

"혜영아, 무슨 생각으로 그렇게 넋을 잃고 골똘하느냐?"

노혜영의 모습이 너무 측은해 보였는지 노가장의 장주 노욱은 딸의 어깨에 손을 갖다 대었다.

"아닙니다, 아버님. 그저 봄이 왔건만 실감하지 못하고 있는 제 자신이 부끄러워 한숨을 쉬었습니다."

노혜영은 짐짓 아무 일도 아니라는 표정을 지어 보였건만 그녀의 아버지 노욱이 어찌 그 한숨의 의미를 모르겠는가. 하나 그녀를 위해 해줄 수 있는 것이 없기에 그저 그녀의 어깨를 토닥여 줄 뿐이었다.

"아버님, 황제 폐하의 옥체는 조금 차도가 있으신지요."

노혜영의 담백한 목소리는 그녀의 미모와 어울려 흡사 모란꽃이 말하는 듯 우아함을 전해주었다.

"그것이… 여전하시다더구나……."

씁쓸한 표정을 지어 보이며 노욱도 서고 밖의 진달래에 눈길을 주며 말했다.

"그래서 말인데, 어쩌면 예상한 것보다 빨리 네가 황태자비로 책봉될지도 모르겠구나."

노욱의 말에 노혜영은 이미 알고 있었다는 듯한 표정을 지어 보이며 눈을 들어 그녀의 아버지와 눈빛을 마주쳤다.

"저는 누구도 원망하지 않습니다. 유림의 자식으로 태어나 충분히 많은 것들을 얻었고, 즐겼습니다. 이제는 제가 나라와 유림을 위해 모든 것을 바칠 뿐입니다."

노혜영의 말에 노욱은 움찔거리며 고개를 끄덕였다.

"그래, 이것이 작은 것을 버리고 큰 것을 얻는 진정한 사소취대(捨小取大)의 길이야. 너 하나의 희생으로 대명의 백성이 평안하다면 그것이 바로 유림의 자식으로서 나라와 백성을 위한 길이지……."

노욱은 가냘픈 노혜영의 어깨를 감싸 안으며 고개를 들어 활짝 핀 개나리와 진달래에 눈길을 가져갔다.

노혜영이 대명의 황태자가 여인의 몸이란 사실을 안 것은 자신의 할아버지인 노림이 자신이 황태자비로서 간택되었다고 알려준 그때였다. 노림은 자신과 노가장의 현 가주인 노욱, 이렇게 둘만을 별당에 모아놓고 좋은 소식 하나와 나쁜 소식 하나를 전했는데, 좋은 소식 하나는 노혜영이 황태자의 비로서 간택되었다는 것이고, 나쁜 소식 하나가 바로 황태자 주성치가 여인의 몸이라는 사실이었다.

노림의 말이 떨어지자 노욱과 노혜영은 너무도 엄청난 사실에 당혹감을 느껴야 했다. 또한 여인인 노혜영이 평생 여인과 함께 살아야 하는 모순에 참담함을 느껴야 했다. 유림 명문의 자식으로서 더 이상 부러울 것 없이 살아왔던 노혜영이 비구니가 되는 것과 다름없는 생활을 해야 한다는 것에 황궁 학사 노림도 손녀의 희생에 안타까워했다. 하지만 이미 계책이 진행 중인지라 어쩔 수 없음에 탄식하였는데 오히려 노혜영이 더욱 담담하게 그 사실을 받아들인 것이었다.

　노혜영의 나이 방년 십팔 세.

　꽃으로 치면 이제 봉우리에서 꽃이 피어 나와 향기를 살며시 퍼뜨릴 때이다. 하지만 그녀 역시 유림 명문가의 여식답게 미모를 가꾸기보다는 글을 읽고 시를 즐겨 쓰는 것을 더욱 좋아했다. 그녀 역시 어린 나이에 입관하여 영웅증을 획득하고 나서는 명분만 영웅학관 삼 년생일 뿐이지 거의 학관에 가지 않고 아름다운 풍경을 벗 삼아 시를 읊는 것으로써 소일하고 있는 게 그녀의 일상이었다. 그리고 오늘도 아침을 먹고 나서는 북경성 외곽에 있는 소나무 숲과 바람 소리로 유명한 수춘산장으로 걸음을 옮기려고 했다.

　"누나."

　"진이구나. 그래, 학관 가려고 하니?"

　누가 봐도 한 남매임을 알아볼 수 있을 정도로 여인은 단아하고 정취가 느껴지는 외모에 담백한 목소리였고, 남아(男兒)는 정기가 느껴지는 두 눈에, 입가에 맴도는 웃음과 그에 잘 어울리는 귀티가 흐르는 비슷한 외모였다. 그것은 그들이 남매라는 사실을 알려주었다.

　"아니, 오늘은 학관에 가지 않을 거야. 가봤자 할 일도 없고, 누나 소풍 가는 데 나도 따라갈래."

　노진의 말에 노혜영은 짐짓 엄숙한 표정을 지어 보였다.

　"진아, 네가 비록 신동이라 불리더라도 절대 자만하지 않아야 한다.

공부란 평생에 걸쳐 꾸준히 해 나가야 하는 것이다."

"알아, 누나. 그 말을 누가 모르나. 그렇지만 잠시 휴식을 취하는 것도 공부에 도움이 된다구."

토라진 듯한 노진의 말투에도 굳은 얼굴을 풀지 않으며 노혜영은 노진을 걱정하는 듯한 어투로 말했다.

"진아, 공부란 글을 읽고, 배우고, 정도에 어울리게 사용하는 것만이 다가 아니란다. 훨씬 중요한 것은 사람들 사이에서 어울리며 배우게 되는 사람 사이의 그 무언가란다. 책으로써 배울 수 없는 공부란 것은 분명히 존재한단다. 그리고 그 책으로 배울 수 없는 공부가 책으로 배울 수 있는 공부보다 살아가는 데에는 훨씬 중요하단다."

노혜영은 자신이 말하고자 하는 부분을 노진이 어느 정도 이해한 듯한 표정을 짓자 굳어 있던 얼굴을 풀었다. 살짝 노진을 향해 웃어 보이는 그 얼굴에서 향기가 나는 듯했다.

"누나, 걱정하지 마. 난 무엇이든 다 잘할 거야. 노력할 것이고, 자만하지 않을 거야. 아, 맞다. 자만은 벌써 깨져 버렸는걸. 저번 날 문관 대전에서 상대에게 무참히 깨졌거든……."

시무룩한 표정을 지어 보이던 노진이 갑자기 노혜영에게 안기더니 활짝 웃어 보였다.

"그래도 그 패배로 조금 배운 것 같아. 마음의 자세 말야. 조금 여유를 가지고 살아가자는 것, 그런 것 말이야. 그러니까 소풍에 나도 끼워줘."

노진의 웃음을 보며 노혜영도 기분 좋게 웃어주며 노진을 꼭 껴안아 주었다. 그리고 그 둘은 은밀히 노가장을 빠져나와 수춘산장으로 나들이를 떠났다.

제25장
복면산선 출동

나일은 자신의 침상 바닥에 숨겨둔 복면을 꺼내어 가슴에 품고는 다시 한 번 비장한 마음을 다지며 행사를 나가려고 준비했다. 오늘은 단청의 문관대진 대국이 있는 날이나. 이 틈에 잽싸게 한 건을 올려야 한다. 그렇게 해서 앞으로 생활하는 데 어려움없을 돈을 마련하여 매일 꼬박꼬박 나가는 술값에 대비하려고 했다.

자신이 행사를 나간다는 사실을 단청이 알게 되면 분명히 교육을 빙자한 무차별적인 구타가 진행될 터. 단청이 돈을 소모하고, 자신이 그 돈을 벌려고 하는 데에 비애감도 느끼는 터였다. 하나 그럼에도 불구하고 뭔가 꼬투리만 잡히면 자신을 괴롭히는 단청이었기에 아예 피해서 일을 저지르는 게 마음이 편하단 생각을 갖고 있었다.

나일은 감산도를 챙겨 들고서 저번에 허탕쳤던 백마사로 향하는 길 대신에 백마사보다 인적은 드물지만 고관대작들이나 그의 가족들이 즐겨 찾는다는 수춘산장을 향해 발길을 돌렸다.

크게 딱 한 건 터뜨리겠다는 비장한 각오를 가슴에 품으면서……

대명의 황태자이자, 일인지하(一人地下) 만인지상(萬人之上)의 신분인 주성치는 이른 아침에 일어났다. 창문을 열어 아스라한 향기를 뿌리는 새벽 안개를 바라보며 오래간만에 외출을 하기로 마음먹었다.

그래서 동창대영반이자 황궁제일고수인 자금신검 정염을 불러 자신의 외출 시 호위 규모에 대해 서로 의견을 조율하고 있었다.

"황태자 전하, 지금 같은 시국에 이 자금성을 떠나는 것은 위험합니다. 역모의 불순한 의도를 지닌 자들에게 옥체를 손상당하실 수도 있습니다."

정염은 간곡하게 주성치의 출타를 만류했지만 지금 주성치에게 자금성이란 곳은 자신을 옭아매는 감옥으로만 여겨질 뿐이었다.

"그래도 너무 갑갑해요. 잠깐 교외로 나들이를 나갔다 아무도 모르게 들어오면 괜찮지 않을까요?"

주성치의 말에도 정염은 단호하게 고개를 저었다.

"사실 이 자금성 안에서는 일만 오천 명의 금의위 위사들이 경계를 하고 있기에 허튼수작을 못하는 것이지만, 출타를 하실 경우 연왕의 귀에 그 소식이 들어간다면 분명 연왕은 어떤 수단을 써서라도 황태자 전하를 핍박하려 들 것입니다."

"누가 그렇게 오래 출타한대요. 연왕부가 있는 남경은 이 자금성에서 최소 이십 일은 걸리는 곳인데, 저는 겨우 반나절 만이라도 이 지긋지긋한 곳을 벗어나고 싶을 뿐이라고요."

주성치의 말에 정염도 머리 속으로 염두를 굴렸다.

"그럼 어디를 가실 건지요?"

주성치는 어디가 좋을까 혼자서 생각을 하다 자신이 원하는 정경(情景)을 정염에게 얘기했다.

"우선은 빽빽한 나무들 속에서 시원한 그늘이 졌으면 좋겠고, 또 봄이니까 봄꽃들이 많이 우거지고 인적이 드문 그런 곳이면 좋겠어요. 그리고 바람 소리는 시원하고……."

"그런 곳이라면 북경성 근처에 있는 수춘산장을 들 수 있겠군요."

정염은 그곳이라면 주성치의 마음에 흡족히 들 수 있으리라 여기며 대답했다.

"맞아, 수춘산장이 있었지. 좋아요, 지금 당장 나갈 테니 준비하세요."

"예, 알겠습니다."

"조용히 갔다 올 테니 호위는 되도록 적게 붙이세요."

주성치는 그 말을 끝으로 나들이를 나가 오랜만에 바깥 공기를 마실 생각으로 들떠 있었다.

황태자 주성치와 동창대영반 정염, 그리고 그들을 호위하는 열두 명의 동창 소속 비밀 위사들은 수춘산장이 보이는 산 밑에서 공격을 당하기 시작했다.

평범한 백삼과 청삼을 입고 자신들에게 검을 휘두르는 그들을 보며 정염은 직감적으로 그들이 자신들을 해치려고 연왕부에서 파견한 무사들임을 알아차렸다.

너무 급작스레 당한 공격이라 경계심이 흐트러진 때를 노린 무사들의 공격에 겨우 동창 비밀 위사들이 몸을 드러내어 막아갔다. 하나 자신들을 노린 인물들은 모두 범상치 않은 실력자들로 모두 일곱 명뿐이었음에도 동창 내에서도 고르고 고른 정예 열두 명의 동창 비밀 위사들이 오히려 밀리며 하나둘씩 쓰러져 가고 있었다.

"이럴 수가, 도대체 저들은 누구길래……."

그 장면을 보면서 주성치를 엄호하던 정염은 탄식을 터뜨리며 수춘산장 쪽으로 도망치기 시작했다.

"전하, 형세가 위급합니다. 몸을 피하십시오."

험악한 기세에 눌려 몸이 굳은 주성치를 업다시피 끌면서 정염은 자신이 가진 최대한의 신법을 펼치며 수춘산장 쪽으로 달려가기 시작했다.

'저 수춘산장 안으로만 들어가면 무슨 방도가 있을 것이다.'

정염의 머리 속에서 불현듯 수춘산장의 장주 호철화의 말이 떠올랐기 때문이었다.

호철화는 소림의 속가제자였다 한때 명의 관리로 정사품 벼슬인 병부시랑(兵符侍郎)까지 올랐던 인물로, 그는 아름다운 풍경을 꾸며놓은 저 수춘산장 곳곳에 험악한 매복과 기관들이 펼쳐져 있어 능히 일만의 대군을 상대할 정도로 잘 꾸며놓았다고 자랑했었다.

겨우 도망치듯 쫓기어 수춘산장에 도착한 정염은 수춘산장의 장주 호철화를 불렀다.

"백몽(白夢), 어디 있는가? 빨리 나오게!"

다급하게 고함치듯 호철화의 호를 부르자 육십 대의 초로 노인이 오두막에서 맨발로 정염을 보며 뛰쳐나왔다.

"각하, 여기는 웬일이십니까?"

조정에서 이미 은퇴한 지 오 년여의 세월이 흘렀건만 예전의 호칭이 입에 붙은 듯 호철화는 여전히 정염에게 각하라고 깍듯하게 붙이며 반갑게 인사했다. 그런 호철화를 보며 정염은 급하다는 듯이 이야기를 했다.

"빨리 입구를 봉쇄하게."

잘 자던 중에 홍두깨로 사정없이 맞은 듯 영문도 모르고 가만히 자신의 모습만 지켜보는 호철화에게 다가간 정염은 검집에서 검을 꺼내어 호철화의 목에 들이댔다.

"이유는 묻지 말고 당장 입구를 봉쇄한 후 진을 가동하게. 빨리 하게!"

무턱대고 입구를 봉쇄하라는 정염의 얼굴에 다급함이 묻어 있어 간절함을 눈치 챈 호철화는 정염의 검을 손끝으로 밀어내고는 초로의 노인답지 않은 재빠른 몸 동작으로 입구 정문에 붙어 있는 돌 조각을 눌렀다. 그것이 기관을 움직이는 장치인 것 같았다. 그런 후 다시 정염에게로 걸어왔다.

"각하, 이게 무슨 일입니까? 우선 입구를 봉쇄하고 진을 펼쳤으니 두 시진은 일만 대군이 처들어와도 끄떡없을 것입니다."

그제야 정염은 한숨을 몰아쉬며 지금 자신이 처한 상태를 호철화에게 들려주었다.

"그러니까 황태자 전하와 함께 나들이를 나오셨다고요?"

호철화는 주성치와 함께 나왔단 정염의 말에 아직도 정염의 등 뒤에 업혀 있는 주성치를 자세히 살펴본 후 무릎 꿇고 만세 삼창을 읊었다.

"대명의 백성 호철화가 황태자 전하를 뵙습니다. 천세, 천세, 천천세!"

주성치는 힘없이 고개를 끄덕이며 호철화에게 일어서라는 시늉을 해보였다. 그제야 호철화는 일어나 심각한 얼굴로 정염을 바라보았다.

"그렇다면 밖은 봉쇄가 됐겠군요……."

"그렇겠지."

정염의 얼굴 전체에 불안한 기운이 퍼졌다.

"그렇다면 자금성의 금의위나 동창의 요원들이 와야만 이곳을 빠져나갈 수 있겠지만……."

말끝을 흐리는 호철화를 정염이 걱정스럽게 지켜보았다.

"지금 작동하는 기관과 진들은 잘해봤자 두 시진을 버티기 어렵습니다."

"그런가… 그들이 두 시진 안에 이곳에 올 수 있을까?"

난감한 듯한 호철화의 표정을 보며 정염의 얼굴은 더욱 창백해져 갔다.

정염은 생각보다 위급한 상황에 황태자를 밀어 넣었다고 자책하며 굳은 얼굴로 이 난국을 타개할 방법을 머리 속에 그리기 시작했다.

수춘산장은 궁전구(宮殿區), 수원구(水苑區), 천림구(天林區)와 산구(山區)의 네 구역으로 나뉘어져 있다. 산장 전체의 정문이며 궁전구의 정문인 여정문(麗正門)은 성벽의 일부로 이루어졌는데, 그 길을 따라 외오문(外午門)을 지나면 수춘산장이라는 편액이 걸린 내오문(內午門)이 나온다. 이 내오문을 들어서면 소나무를 심은 중정(中庭)이 나오는데, 그 앞에는 담박경성전(澹泊敬誠殿)이란 편액이 걸린 건물이 있다.

이 건물 뒤에는 사지서옥(四知書屋)이 있는데 이곳이 호철화가 기거하는 곳이었다. 이 궁전구의 제일 구석에는 수춘산장의 절경이 한눈에 들어오는 운산승지루(雲山勝地樓)가 있고, 이 구석진 곳을 벗어나면 눈앞에 수원구의 시원한 풍경이 펼쳐진다. 이 수원구는 특히 강남의 뒤어난 풍경을 모방해서 조성했다고 하는데 눈앞에 시원하게 펼쳐지는 풍경은 말로 표현하기 어려울 정도로 황홀하다. 그리고 그 뒤로 들어가면 삼림이 빽빽이 들어차서 하늘이 보이지 않는 천림구가 맑은 공기를 토해내는데, 지금 노진 남매가 있는 곳이 바로 그곳이었다.

"누나, 참 맑고 시원하다. 그치."

평소에는 그토록 애교를 부리라고 애걸해도 가문의 칠대 종손이라는 사실을 내세워서 어설프게 대장부 흉내를 내곤 하던 노진이 자신에게 은근히 아양을 떨어오자 노혜영도 기분이 좋아 고개를 끄덕였다.

"그러게 말이다. 수춘산장에 오길 잘한 것 같은데?"

간만에 남동생과 나들이 나온 것이 즐겁다는 듯한 표정을 지어 보이며 노혜영은 울창한 소나무 숲 사이로 아슬하게 보이는 하늘을 올려다보았다.

"해 질 무렵 날 끌고 간 발걸음. 아직도 무엇에 대한 미련이 남아 있는 걸까… 시간이 해결해 주리라……."

노혜영이 혼자서 중얼거리듯 읊어대는 말들에 노진은 노혜영의 지금 심성을 알아챈 듯 아직도 나뭇잎 사이로 다 가려지지 않은 한 조각의 하늘을 보고 있던 노혜영의 어깨에 손을 올려놓았다.

"누나, 당나라 때 고승인 취암영참(翠嚴令參) 선사께서 하안거(河岸巨:불교에서 승려들이 여름 동안 한곳에 머물면서 수행에 전념하는 일)를 해제하는 날 대중에게 뭐라고 이야기했는 줄 알아?"

노혜영은 노진이 자신에게 어떤 의미가 담긴 이야기를 들려주려는 뜻임을 알고 하늘로 들어 올린 고개를 노진에게 향했다.

"뭐라고 하셨는데?"

노혜영의 말에 노진은 목소리를 노승처럼 탁하게 하고는 자신이 취암·영참 선사가 된 듯이 행동했다.

'예, 하안거가 시작된 이후로 여러분을 위해 서툰 법문을 늘어놓았는데 그래도 이 취암의 눈썹이 남아 있습니까?'

이 말은 거짓말하면 눈썹이 빠진다는 속담을 통해 자신이 늘어놓은 법문이 엉터리임을 스스로 인정한 것이었다.

"그래서……?"

무슨 뜻이냐는 듯 궁금한 눈을 하고 노혜영은 노진을 쳐다보았다.

'웃어보자는 말이지 뭐. 심각하게 듣지 마. 아무튼 이 말을 듣고서 종 전보복(從展保福) 스님이 이렇게 말했어."

"뭐라고?"

"작전인심허(作殿人心虛)라, 도둑질하는 놈은 늘 근심이지."

다시 탁한 노인의 음성을 흉내 내는 노진의 뺨을 꼬집으며 노혜영이 밀했다.

"아까 노승이랑 지금 이 노승이랑 목소리가 똑같잖아."

'아닌데, 목소리는 같아도 어조가 다르잖아, 누나."

노진이 노혜영에게 잡힌 뺨을 만지작거리며 퉁퉁대자, 노혜영은 보드라운 노진의 볼 살을 놓아주었다.

"그래서, 그게 끝이야?"

"아니지, 당연히 또 다른 등장인물이 있지. 바로 장경혜릉(長慶慧稜) 스님이라는 분이야. 그분이 그 말에 이렇게 대꾸를 했는데 잘 들어봐."

노진은 자신의 목청을 붙잡아 아까와는 전혀 다른 노인의 목소리를 내려고 캑캑거렸다.

"생야(生也)라, 눈썹이 남지 않기는커녕 자꾸 자라고 있군."

이번엔 노진의 연기가 매끄럽고 진지하게 진행됐는지라 그 정성이 웃겨서 노혜영이 웃음을 터뜨렸다.

"호호호."

"안 돼, 누나. 아직 끝나지 않았거든."

노진은 노혜영이 웃음을 멈추지 못해 자신의 이야기를 끝맺지 못하는 게 두려운 듯, 웃지 말고 자신의 이야기를 들어달라는 뜻으로 눈을 크게 치켜떴다.

"풋, 푸하하!"

아직 어린 자신의 동생이 하는 모습이 어찌나 귀엽던지, 노혜영은 노진의 머리를 한 손으로 쓰다듬는 한편 다른 한 손으로는 웃음을 참기 힘든지 입을 가리고 어서 다음 이야기를 하라는 몸짓을 보냈다.

노진은 근심을 안고 있던 누나가 웃자, 그 모습이 너무 보기 좋아서 계속 그 모습을 보려고 최대한 진지한 표정을 지어 보였다.

"푸하하! 노진아, 그런 표정 짓지 마. 웃긴단 말이야."

"흠흠, 아무튼 이에 운문문언(雲門文偃) 스님이 한마디를 넛붙였어."

"빨리 얘기해."

"잠깐 목 좀 다듬고… 험험, 관(關)이다, 관문이다."

노진의 마지막 말을 듣는 순간 노혜영은 무언가 날카로운 바늘이 심장을 관통한 듯한 아찔한 심정을 느꼈다.

지금껏 노진이 자신에게 해주었던 이야기들, 노진이 자신을 웃기려고 재밌게 들려주었던 이야기들이 자신에게 하나하나 엮이어 가슴에 와 닿은 것이다.

그 내용은 지금 자신에게 꼭 필요한 중요한 충고요, 조언이었다.

노진이 들려준 이야기는 반어법을 사용하여 눈 밝은, 재능이 뛰어난 인물이라면 아무리 힘들고 어려운 시련이 닥쳐도 하늘과 땅을 비추어 볼 수 있는 솜씨가 있어 언제라도 사방팔방으로 영롱함을 비출 것이라는 뜻을 담고 있었다.

노혜영은 가만히 이 이야기를 되새기다가 자신과 아버지, 그리고 할아버지만이 아는 비밀을 노진도 알고 있어 자신에게 충고하는 것은 아닌가 하는 생각이 들었다.

"알고 있었니?"

웃을 때는 꽃과 같은 향기를 풍기던 그녀의 말투가 지금은 너무나 가라앉아 있었다.

"응, 아버지께서 이야기해 주셨어."

아직 어리다면 어린 나이인 열세 살의 노진은 감정의 변화를 쉽게 드러내며 시무룩해졌고, 노혜영은 그런 노진을 보며 오히려 어깨를 토닥여 위로했다.

"사내자식이 금방 이렇게 시무룩해지냐. 이런, 걱정 마… 누나는 잘해 나갈 수 있어."

노진의 어깨를 감싸 쥔 노혜영의 손길이 강하게 와 닿았다.

노진은 노혜영의 가슴 쪽으로 얼굴을 들이밀었다.

"누나."

"왜, 우리 공자님?"

"누나……."

노진의 얼굴에 무언가 슬픈 듯한 표정이 떠올랐다.

"누나… 어깨가 너무 아파."

고통스러운 듯한 노진의 말에 황급히 노혜영이 노진을 밀치자 노진은 그런 노혜영을 보며 싱긋 웃어 보였다.

"그래도 아픈 것 꾹 참고 누나 가슴에 안겼으니 오늘은 더 이상 소원이 없겠다."

"요 너석이!"

잽싸게 도망치는 노진과 건성으로 노진을 잡으려는 노혜영의 뜀박질이 이어질 무렵 수춘산장의 바깥 쪽에서 무엇인가 터지는 소리가 들려왔다.

그 소리에 놀란 노진과 노혜영이 눈을 맞추고는 무슨 일이 일어났는지를 확인하기 위해 수춘산장의 사지서옥을 향해 달려갔다.

"너는 노진이 아니냐. 그리고 너는 혜영이고. 이런 곳에서 만나다니……."

노진 남매가 달려간 사지서옥에서 그들을 맞이한 것은 수춘산장의 장주인 호철화 대신 자금성 내에서 황태자 전하를 보호하고 있어야 할 동창대영반 정염이었다.

"긱하께서 어씨 이곳에 계신지요?"

노진 남매가 그곳에 도달했을 때는 상황이 더욱 급박하게 돌아가고 있던 터라 여기저기서 화약 터지는 소리가 울리고 있었다. 흡사 전쟁이라도 난 듯한 모습에 아연했던 노진은 자신도 모르게 아는 얼굴을 보자 반가운 표정을 지었다.

"자, 긴말 할 시간이 없구나. 어서 피해야겠다. 이곳은 반역도들이 습격을 하는 중이니까. 백몽이 지금 비밀 동굴을 열어놓으러 갔으니까 어서 빨리 빠져나가야겠구나."

이 말을 하는 순간순간에도 사실 정염은 계속 갈등하고 있었다.

지금 황태자 주성치만 빼내어 빠져나가는 것만으로도 벅찬 상황인데, 노가장의 남매는 아닌 말로 혹이나 다름없었다. 하나 반역도들이 혹시라도 이 남매를 알아보고 납치라도 한다면 황태자의 편에 있던 유림에 크나큰 낭패를 줄 우려가 있기에 그들도 함께 '운산 승지루'라는 편액이 걸린 작은 건물 안으로 데리고 들어갔다.

너무 빠르게 움직이는 정염 때문에 숨이 턱까지 차 올라서 묻고 싶었던 말들을 묻지 못하던 노진이 정염의 오른손에 잡혀 있는 남자를 보며 더는 궁금증을 못 참겠다는 듯 그 사람이 누구냐고 물어봤다.

"이놈! 대명의 황태자 전하도 못 알아본다는 말이냐?"

사람만한 액자를 뒤집으며 정염이 노진에게 말하자, 노진 남매는 털썩 주저앉아 만세 삼창 하려는 모습을 취했다.

"이 녀석들아, 나중에 해라. 지금 한시가 급하단 말이다."

정염은 그들을 일으켜서는 한 사람이 겨우 들어갈 만한 정도의 암굴 속으로 차례로 들여보내고 마지막으로 자신이 들어가 액자를 원래대로 돌려놓은 후 다시 길을 재촉했다.

"전하, 되도록 빨리 이곳을 달아나야 합니다. 지금 호철화는 전하께서 빠져나가시는 동안 자신의 목숨을 담보로 시간을 끌고 있을 것입니다. 그리고 그것이 실패로 돌아가면 이곳에 매설된 화약을 터뜨릴 생각을 하고 있을 것입니다. 그러니……."

정염은 지쳐서 쉬려고 하는 주성치를 업으며 다급하게 말했다.

'백몽, 자네 꼭 살아주게.'

정염의 눈가로 언뜻 눈물이 비쳤다.

그들은 수춘산장을 가로지르는 암굴을 재빠르게 빠져나가고 있었다.

암굴 곳곳에 묻혀 있는 화약들을 보면서 화약들이 터지면 이 아름다운 수춘산장도 먼지 속에 싸일 것이 뻔한지라 나이 어린 노진까지도 한시 바삐 빠져나가려는 생각에 뛰듯이 암굴을 빠져나갔다.

마침내 묘지들로 가득한 수춘산장의 뒤편으로 그들이 나왔을 때에야 비로소 조금 쉴 틈을 가질 수 있었다.

그리고…

쾅! 쾅! 쾅!

마치 폭죽처럼 주성치 일행이 지나온 길에서 화약 터지는 소리가 들리더니 수춘산장 자체가 서서히 무너져 내리기 시작했다.

"백몽, 자네… 조용히 사는 자네를 죽음으로 몰아넣은 죄는 내세에서 꼭 갚겠네."

정염은 탄식하며 혼잣말을 중얼거렸다.

"허억, 허억, 황태자 전하. 전하의… 허억… 허억… 무례를 용서하시옵소서."

쉴 틈이 생기자마자 노진은 주성치를 향해 무릎을 꿇었고, 주성치가 노진을 곧바로 일으켜 세우려는데 다시금 노혜영이 무릎을 꿇었다.

"황태자 전하… 허억… 천세, 천세, 천천세."

"허억… 이게 무슨 짓이야? 그런 건 나중에 하라구. 지금은 한시가 급하단 말이야."

지금 중요한 것은 예(禮)가 아니다. 지금은 무조건 황태자를 안전한 곳으로 옮기는 것이 무엇보다도 중요했다. 그러나 정염의 호통 소리에도 노혜영은 일어서지 않고 숨을 가다듬으며 차분한 어조로 더욱 뚜렷하게 음성을 높였다.

"황태자 전하의 태자비로 간택된 백성 노혜영입니다. 제게 한 가지 계책이 있습니다."

그 소리에 귀가 번뜩 트인 정염이 주성치를 대신해 소리쳤다.

"어서 말해 보라."

"전하께서 여인의 몸이라는 이야기를 들었습니다."

순간 좌중의 공기가 차갑게 가라앉았음에도 불구하고 노혜영은 그에 개의치 않으며 말을 이어갔다.

"이미 전하의 비가 될 몸, 전하께서는 저의 모든 것입니다. 전하와 저는 일심동체(一心同體)이기에 이런 계책을 말씀드리는 것입니다."

"말하라."

무거운 분위기를 깨며 주성치가 나직하게 말하자 노혜영은 다시 한 번 고개를 조아렸다.

"이 상태로 모든 이가 함께 다니다 보면 분명 금방 눈에 띄어 살아나기 어려울 것입니다. 저와 전하께옵서 옷을 바꿔 입고 흩어져 이 난을 피한다면 살아날 확률이 더 높아질 것이라 사료되옵니다."

"그게 무슨……."

주성치의 말이 끝나기도 전에 노진은 노혜영의 품으로 안기며 더 이상 말을 하지 못하게 입을 막으려 했다. 그러나 끝끝내 노진의 마음을 저버리며 노혜영이 입을 열었다.

"저와 제 동생이 이곳에 온 것은 아무도 모르는 사실입니다. 더군다나 저는 여인의 복장이니 여인의 몸이신 전하께서 이 옷을 걸치고 제 동생과 함께 피하신다면 누구도 의심치 않을 것이고, 제가 전하의 의복을 입은 후 남장을 한 채 동창대영반과 달아난다면 적들은 저를 전하로 오인하고 쫓을 것입니다. 그사이 전하께서는 안전하게 몸을 피하시라는 뜻입니다."

이미 암굴을 지나면서 이러한 생각들을 미리 했던 듯 노혜영의 입에서는 거침없이 그러한 말들이 쏟아져 나왔고 그런 노혜영을 노진은 안타깝게 쳐다보았다.

"그렇다면 그대는… 죽을 텐데?"

몸을 흠칫 떨며 나직하게 내뱉는 주성치를 보며 정염은 주성치의 갈등을 종료시키려는 듯 노혜영에게 고개를 끄덕여 보인 후 강제로 주성치의 겉옷을 벗기기 시작했다.

"안 돼……."

"전하, 저는 전하를 살리기 위해서 어떠한 일이라도 할 것이라 맹세했습니다. 감히 무례를 범한 죄, 살아나면 달게 그 벌을 받겠습니다."

한사코 거부하는 주성치의 혈도를 제압한 후 정염은 무덤 뒤편에서 옷을 벗어 노진 편으로 건네고 노혜영의 옷을 다시 주성치에게 입히고 나서야 수성치의 혈도를 풀어준 후 무릎을 꿇었다.

"전하, 통촉하여 주시옵소서. 만약 전하의 옥체에 조금이라도 손상이 있다면 저는 죽어도 제대로 눈을 감지 못할 것입니다. 이렇게 해서라도 살아나시기를 바라는 저의 마음을 헤아려 주십시오."

그리고는 여인 옷을 입은 주성치의 머리와 옷매무새를 고치어, 한송이 국화처럼 청초한 여인으로 순식간에 변화시키었다.

한편 무덤 뒤편에서 노진의 손을 잡고 나온 노혜영도 전설 속에나 나오는 미남의 모습으로 변모해 있었다.

"누나, 꼭 살아남아야 돼."

안타까운 눈빛으로 노혜영을 바라보며 노진이 말을 건넸다. 노혜영은 의외로 담담한 모습을 보이며 주성치 앞에 서서는 큰절을 올렸다.

"전하, 황태자비 노혜영, 처음으로 저의 낭군이신 전하께 인사 올리옵니다."

언뜻 보면 남자가 여자에게 신부의 예(禮)를 행하는 게 우스꽝스러워 보였지만, 그 비장하고 처연한 분위기 속에서 아무도 입을 열진 못했다.

"그럼, 이만. 어서."

시간을 너무 지체했다 여긴 정염은 노혜영의 손목을 끌고 자금성 쪽으로 가는 길을 달려갔다. 그들을 보며 주성치와 노진은 노가장이 있는 방향으로 산길을 헤쳐 달려가기 시작했다.

나일은 오늘 하루 공쳤다는 마음에 안타까움을 금치 못하고 있었다.

물론 그리 길지 않은 시간이었지만 개미새끼 한 마리 안 지나가는 이 길에 더 이상 있는다 해도 별 볼일 없으리라 여기고 크게 한 건 하려는 생각을 때려치웠다. 그리고는 행사를 하기엔 적당치 않은 관도로 들어서려다 어디선가 들려오는 비명 소리에 호기심이 동해 그쪽으로 발길을 돌렸다.

"간만에 영양가있는 계집이 걸려들었군!"

얼굴 전체가 곰보 자국과 칼로 누군가 장난질을 쳐 놓은 것처럼 얽혀 있는 흉악한 몰골의 한 사내가 외쳤다. 그 남자의 주변에 있던, 정확히 일곱 명의 남자들이 어린아이와 여인의 주변으로 음흉하게 웃으며 포위해 들어갔다.

"아무도 없는 그곳에서 어린아이와 무얼 하고 왔는가요, 소저?"

입가에 조소를 달면서 점점 다가서는 그들을 보다 못해 여인이 버럭 소리를 질렀다.

"이 무엄한 놈들! 네놈들은 무엇이냐! 내, 궁에 들면 네놈들의 사돈에 팔촌까지 목을 베리라! 이름을 말하거라!"

보이는 청초한 모습과 어쩐지 어울리지 않는 여인의 명령조 말투에 신분이 범상치 않음을 눈치라도 챌 수 있건만, 눈치없게 생긴 맨 처음 말을 꺼낸 사내는 그것을 당연히 눈치 채지 못하고 여인을 향해 달려들며 외쳤다.

"흥! 이름을 대라면 못 댈 줄 알아? 우리가 바로 그 유명한 북경팔협(北京八俠)이다!"

여인이라 얕보고 그저 끌어안으려는 동작만을 취하며 달려들던 사내는 여인이 뻗은 범상치 않은 발차기에 낭심을 걷어차인 채 그대로 주저앉았다.

"이런 우라질! 모두 뭐 해? 저 계집을 잡으라고!"

주저앉은 사내의 외침에 나머지 사내들이 달려들려고 하자 여인의 옆에 있던 소년이 꼴에 남자라고 여인의 앞을 막아서며 긴장한 노습으로 주먹을 들었다.

북경팔협(北京八俠).

무림사기의 무림백선, 또는 무림 인물록 등 소위 잘 나간다는 인물들의 기록에서 그들의 명호는 흔적도 찾아볼 수 없다. 애써 그들의 행적을 알고 싶은 자들이 있다면 관가의 수배령부 북경 편을 보면 강간, 사기, 상해, 절도 등의 죄목으로 여덟 명의 인물 모두에게 수배가 내려진 것을 알 수 있을 것이다. 수배령 덕분에 도망칠 곳도 없고, 집에서도 버린 자식 취급을 하고, 하다못해 산채에서도 그 죄질이 더럽고, 치사하고, 그렇다고 쓸 만한 무공을 가진 것도 아니라서 받아주지 않았던 그들.

그래서 아무도 오지 않는 용은산 뒤편에서 사냥을 하면서 살아가고 있는, 그 흔한 별호도 아무도 지어주지 않아 북경팔협이라는 거창한 별호를 스스로 지은, 혼자서는 아무것도 못하고 때로 몰려들어야만 그럭저럭 거들먹거리는 삼류도 못 되는, 한마디로 불쌍한 범죄자들이었다.

여인은 조금 무공을 배운 듯했지만 중과부적(衆寡不敵)을 이기지 못하고 쓰러졌고, 남자 아이는 북경팔협이라 자칭하는 이들 중 넷째인 천완표의 손에 멱살이 잡혀서 한쪽 구석탱이로 날아가고 있었다.

한마디로 얘기하면 사내 여덟 명이 여자와 어린 소년을 상대로 악전고투하여 겨우 승기를 잡은 상황이었다.

분명히 날아가면 떨어지고, 그러면 울거나 아픔에 비명을 지르는 것이 당연한 일이다. 그러나 아무런 소리도 들리지 않았는데도 불구하고 그들은 남자 아이에겐 신경도 쓰지 않고 얼마나 입 안에 침이 흥건히 들어 있는지 입 주위로 침을 흘리면서, 마치 대법에 걸린 듯 청초한 여인의 온몸 구석구석을 음미하며 서서히 다가서고 있었다.

노진은 자신이 던져진 후 최소한 머리통이 깨지고 최악의 경우 뇌진탕으로 죽을지도 모른다는 의학적 사실에 근거한 상상까지 하고 있었다. 차마 눈을 뜰 용기가 없어서 눈을 감은 채 허공에 온몸을 맡기고 끔찍한 상상에 빠져 있는 것이다.

'너무 많이 아는 것도 나쁠 때가 있구나!'

그 잠깐의 비상(飛上) 사이에 많은 생각이 자신의 머리 속을 바람처럼 지나가는 것을 느꼈다.

무공 익히는 것을 생각도 하지 않았던 것에 대한 후회, 누나에 대한 걱정, 황태자 전하의 걱정, 대명의 국운에 대한 것 등, 나이답지 않게 굵직굵직하고 중요한 것들을 머리 속에 떠올리며 '이 북경팔협을 만나기 전에 만났던 연왕의 개들은 멋지게 속였었는데…' 라며 자조적인 웃음을 피식 터뜨렸다.

'호랑이를 피해서 안심이었는데, 이건 개도 똥개를 만나서 물려 죽게 생겼구나.'

북경팔협을 만나기 전 정염 등과 헤어진 후 노진과 주성치는 우선 자금성으로 돌아가는 건 너무 위험하다 판단하고 수춘산장이 있는 용은산을 돌아서 노가장으로 향하려 했다.

그렇게 한참을 둘이서 허겁지겁 뛰어가다 용은산을 수색하던 일단의 무사들을 만나게 되었다.

'끝장이다.'

주성치는 속으로 비명을 질렀다.

자신들의 눈앞에 있는 무사들은 아까 자신들을 공격했던 연왕의 부하들과 똑같이 왼팔에 붉은 수실을 매달고 있었다. 보아하니 자신들을 찾고 있는 연왕부의 개들이 분명한 것이다.

재빨리 몸을 숨기려고 했는데 이미 인기척을 느낀 그들은 잽싸게 그들을 뒤쫓으려 했다.

그 순간 노진이 주성치의 손을 잡고는 오히려 당당히 모습을 드러내었다.

'이 꼬맹이가 무얼 하려는 거야?'

간이 조그맣게 오그라든 주성치의 얼굴에 긴장한 기색이 완연히 드러났다.

"누구냐?"

아마도 노진과 주성치가 누군지 몰라 그들의 이름이 궁금해서 묻는 것은 아닐 것이다.

왜 이런 인적이 드문 곳에 나타났는가에 대한 질문일 것이다.

"도와주세요!"

노진은 그 말에 대답할 생각도 하지 않은 채 다짜고짜 자신의 눈앞에 나타난 무사들의 몸에 달라붙으며 말했다.

"저희 누나가 미쳐 가지고… 이곳에 영험하다는 산신묘가 있다는데… 제발 같이 도와주세요. 누나가 언제 미칠지 몰라서 무서워요."

눈물을 뚝뚝 흘리는 노진의 모습이 어찌나 처연했던지 무사들 중에는 하마터면 '그러마' 라고 대답할 뻔한 얼빵한 무사도 있었다. 그와 동시에 주성치의 눈이 경악으로 물들었다. 아무리 위급하다지만 일국의 황태자를 정신병자로 만들다니… 그러나 주성치의 그런 모습이 무사들에게는 믿음을 심어주었다. 흉악하게 일그러진, 마치 지금이라도 미쳐 버릴 것 같은 일그러진 얼굴이란……

"흠, 이거 도움이 못 돼서 어쩌지……"

그래도 우두머리는 지금 자신이 하고 있는 일이 얼마나 중요한지 알고 있는 듯 미안하단 말을 연신 하고 있었다.

"그래도 제발 도와주세요."

우두머리는 바짓가랑이까지 붙들고 늘어지는 노진을 억지로 떼어내었다.

"자, 출발!"

노진의 귀로 그 우두머리와 의심 많은 부관의 목소리가 들려왔다.

"혹시라도 그들이 변장했다면……."

"무슨 말도 안 되는 소리야? 황태자는 열여덟 살의 청년이고 동창대영반 정염은 늙은 내시라고! 그 미친 여자나 꼬맹이의 어딜 봐서 그 둘과 비슷한 모습이 있단 말이냐?"

"그래도 일단은 저들을 붙잡아두시는 게……."

"일없다. 웬만큼 달라야지. 평범한 백성들을 가두는 건 앞으로 황위에 오를 연왕 전하께서도 싫어하실 거야."

"예, 알겠습니다."

그들이 멀리 떨어지자 노진은 끝내 참았던 한숨을 내쉬었다.

"휴우……."

그렇게 아직도 안색이 질려 있는 황태자의 손을 잡고 달려왔건만 웃기지도 않은 놈들에게 치욕을 당할 처지가 되다니…….

'이쯤이면 떨어져서 머리통이 깨질 때도 됐건만' 이라는 생각을 했고, 예상외로 자신이 떨어질 시간이 길어지자 또 어떤 생각을 해볼까 궁리하다가, 어디쯤 도착했는지를 확인해 볼까? 하는 생각에 노진은 감은 눈을 살며시 떴다.

"복면산선!"

노진은 자신의 앞에 있는 인물이 예전에 자신을 한 번 구해주었던 인물임을 한눈에 알아봤다.

이처럼 어딘지 모르게 왕성한 욕구불만의 분위기를 풍기는 인물은 드물었다. 게다가 복장 또한 예전에 보았을 때랑 한 치도 다르지 않다.

'무척이나 돈이 궁한가 보다. 사용했던 복장을 그대로 사용하는 걸 보면……'

나일은 자신에게 날아드는 노진을 한 손으로 낚아채서는 바로 세워 줬다. 노진이 자신에게 날아드는 도중에 똘망똘망한 얼굴을 한눈에 알아본 것이다. '오늘 일진 사납다' 라는 생각만을 내내 하다가 이런 일을 접하니 저 험악한 꼴 당하려는 여인이 혹시 구비화는 아닐까 하는 다급한 마음이 들었다. 재빨리 감산도를 든 오른손 대신에 왼손을 뻗어 지풍을 날려 한꺼번에 여덟 명—자칭 북경팔협—의 혈도를 제압했다.

너무 순식간에 일어난 일이라 북경팔협은 자신들의 온몸이 마비되었건만 입 안에 고였던 침들만은 빗방울 떨어지듯 흐르는 괴이한 형상을 보였고, 나일은 여인을 보며 탄성을 질렀다.

"헤… 이쁘다."

'그래도 다행이다. 비화는 아니군. 그런데 비화의 동생인가? 닮았는데, 그런데 이걸 어쩌나……'

지금 나일의 복장은 북경팔협이 평범한 복장으로 작업하는 산적이라면 나일의 모습은 완벽한 준비를 한 전형적인 산적 그 이상도 그 이하도 아니었다.

복면을 쓰고 오른손에는 거대한 감산도를 들고 있는 나일을 산적이 아니라고 생각한다면 그 사람의 정신을 의심해 봐야 할 것이다. 때문에 이런 복장이 아니었다면 그들을 구한 것을 구비화에게 얘기해서 다시 친해질 수 있는 빌미로 할 수 있겠지만 지금의 모습은 불행히도 구비화가 제일 싫어한다는 산적 복장이었다.

"복면산선, 어서 빨리!"

꼬맹이, 이놈은 완전히 자신을 아군이라 여기는 건지, 아니면 지금도 여전히 저 여인이 위급하다고 생각하는 건지 그녀를 구해달라는 듯한 모습을 보였다.

"꼬맹아, 저놈들은 다 강시 됐잖아!"

나일이 음성을 탁하게 변조하여 여인이 무사하다는 것을 알려주자 그제야 노진은 가슴을 쓸어 내렸다. 곧 이어…

"복면산선, 우리 누나 좀 구해주세요. 제발!"

갑작스레 눈시울을 붉히며 울려는 듯한 노진의 말에 오히려 더 놀란 것은 나일이었다.

꼬맹이의 누나라면… 구비화!

혹은 그녀의 언니나 동생일 터, 그게 아니고 정말 재수없으면 구비화 본인. 나일은 다급한 마음에 오히려 노진을 재촉했다.

"꼬맹아, 거기가 어딘데?"

쓰러진 여인을 일으킨 후 옆구리에 차고는 노진이 가리킨 방향을 살펴본 나일은 이 빽빽한 나무들을 통과해서 가야 하는 멀고 먼 여정임을 알아봤다. 나일은 노진도 옆구리에 차고는 전 내공을 일으켜서 송림의 꼭대기로 어기충소(御氣沖霄)의 신법을 펼쳐 올라섰다.

"꼬맹아, 어느 쪽이냐?"

"저 무덤 부근에서 헤어졌으니 저쪽으로 가야 돼요."

무하신공 무하신보(無下神步)!

어기충소 직후에 이어진 무하신보는 나일이 다시 세상에 나온 후 처음으로 위기감을 느끼고 사용한 무공이라 그런지 두 명이나 옆구리에 끼고 있음에도 가공할 속도로 쏘아져 나갔다. 나일은 죽을힘을 다해 노진이 가리킨 방향을 향해 달려갔다.

'이런 젠장! 하필이면 이놈을 이곳에서, 이때에 만나다니!'

비록 여인의 복장을 하고 있었지만 정신적으로는 자신이 남자라 생각하고 있는 주성치는 자신을 옆구리에 끼고 날아가고 있는 사내가 자신의 철천지원수인 와룡채의 채주 나일임을 알아봤다.

맨 처음에는 그에게 당한 기억들이 많아서 산적만 봐도 그일지 모른다라는 피해 의식 덕분에 그렇게 생각을 했다. 그런데 그 다음 보여준 무공에 생각이 미치자 그에 대해 구체적인 모습이 그려졌고, 이렇게 산적 복장을 철저히 준비해서 북경성 근처의 산적 같지 않은 무공의 소유자를 떠올리며 대상을 좁혀갔다. 제발 자신의 추측이 틀리기를 바랐다. 하지만 멀리서 병기의 부딪침을 듣고 그곳을 향해 달려가던 복면인의 목소리는 복면인이 나일임을 확인시켜 주었다.

"저놈은 행동대장이잖아?"

나일이 무심코 변성을 하지 않고 뱉은 그 혼잣말은 나일의 옆구리에서 매달려 가고 있던 주성치에겐 청천벽력(靑天霹靂) 날벼락이었다.

'제기랄! 이렇게 운이 없냐, 이 자식을 또 만나다니. 차라리 아까 그놈들한테 죽을걸.'

얼마나 갖은 고초를 나일에게 당했길래 주성치가 이런 생각까지 하는 걸까?

"꼬맹아, 누나는 어디 있는 거야? 여기 맞아?"

정염의 위급함을 뻔히 보고도 구비화가 없자 애가 타서 정염을 못 본 척 지나려던 나일이 노진에게 구비화가 어디 있는지를 다시 한 번 물었다.

너무 빨리 달려와서, 아니, 거의 날아와서 정신이 없던 노진은 정염의 주위를 가리켰다.

"저기요, 저기."

"저 녀석은 내 취약 비서야. 너희 누나 구비화가 아니잖아."

언뜻 노혜영을 주성치로 착각한 나일이 변조한 탁한 음성을 내뱉었다. 노진은 구비화라는 이름을 또박또박 내뱉는 나일을 이상하다는 듯 쳐다봤다.

"복면산선, 구비화가 누구예요?"

"너희 누나, 구비화! 몰라?"

"우리 누나 이름은 노혜영인데……."

그 말을 듣자 이십 장 나무 꼭대기에서 노진을 떨어뜨리고 싶은 충동을 가까스로 참은 채 나일이 다시 한 번 확인했다.

"그럼 구 소저는?"

"모르는 사람인데요."

"아니, 너, 저번에 위험에 처했을 때 같이 있던 아름다운 소저 말야."

정염의 상황은 수세에 몰려 심각한 위기에 처했건만, 나일은 그런 것은 안중에도 두지 않는 듯했다. 나일에게 가장 중요한 것은 지금 구비화가 어디에 있느냐는 것이었다.

"그런 이름 몰라요. 빨리 우리 누나나 구해줘요."

까닥 말 잘못해서 자신이 죽을 뻔한 것을 모르는 노진은 영문을 모르겠단 표정이었다. 그리고 그들을 땅에 내려놓으며 나일은 한숨을 푹 쉬었다.

"괜히 진땀 뺐네."

나일은 노진과 주성치를 내려놓은 후 힘겹게 노혜영을 보호하고 있는 정염을 도와주기 시작했다.

무하신공 무하곤룡(無下坤龍)!

나일의 내뻗은 주먹은 수십, 수백으로 나뉘어 정염을 둘러싸고 있는 무사들 모두에게 적중했다. 단 일격이었다.

그 결과로 정염을 둘러싸고 공격하던 무사들 전부가 하늘로 치솟더니 울컥 검은 피를 토했다.

"쿠욱! 당신은 누구시오?"

무사들 중 우두머리인 듯한 자가 나일을 향해 묻자, 기특하게도 나일 대신에 노진이 대답해 주었다.

"바람따라 구름따라 떠돌아다니는 정의의 협객 복면산선이시다."

"복면산선?"

노진의 말을 곱씹어본 우두머리는 자신의 머리 속에서 그와 비슷한 이름을 가진 자를 찾는 듯했다.

'있을 리가 만무하지.'

노진은 자신이 던진 말에 심각한 표정을 짓는 사내를 보며 속으로 킥킥댔다. 사내는 지금 자신들이 처한 상황을 둘러보았다. 몸을 움직여 싸울 수 있는 사람은 없는 듯 보였다. 복면산선이란 명호의 인물과 싸워봤자 득보다는 실이 많을 것 같아서 우선은 물러났다가 주변에 있는 무사들을 모은 후 다시 싸우려는 마음으로 후퇴를 명령했다.

"후퇴하라!"

그 장면을 본 정염의 지친 몸이 쓰러져 갔다.

'겨우 금시우랑(今時羽郎)의 손에서 살아났구나.'

정염은 알고 있었다, 그 우두머리가 누구인지……

무림사기 무림백선에 적혀 있는 금시우랑(今時牛郎)은 칠십삼위의 서열이었다.

그는 운남(雲南) 출신으로 한때 천룡사의 중이었다.

정확하게 얘기하자면 마흔 살 때까지는 천룡사에서 자랐지만 절에 시주 온 여인을 보고 반한 나머지 부처님을 버리고 환속하게 되었다. 어렸을 때부터 천룡사 고승들에게 무공을 전수받은 그는 무작정 그 여인을 납치하여 사랑을 고백했지만 그 여인은 자신이 방심한 틈에 그에게서 도망치다가 그만 독사에 물려 죽게 되었다. 결국 여인을 납치하고 살해한 사건의 범인으로 자신이 지목되자 운남을 탈출하게 된다.

본래 그가 사랑해 납치했던 이가 바로 강호 오대세가 중 하나인 단리세가의 금지옥엽 단리호은이었기 때문이다. 세가의 명예를 걸고 단리세가의 모든 인물이 금시우랑을 잡기 위해 동원되었지만 그를 막을 수 있는 자는 없었다. 끝내 그는 운남을 빠져나가 중원으로 도주하였다. 그렇지만 그를 잡기 위해 세가에서도 그를 무림공적(武林公敵)으로 지목하고 세가의 고수를 중원으로 파견하였다. 그리고 드디어는 세가의 장로였던 단리목천이 그와 만나게 되었다. 당시 단리목천은 바로 무림백선 칠십삼위에 올라 있던 인물이었는데, 단리목천과 금시우랑은 삼 일 동안 목숨을 건 사투를 벌였으나 승부를 내지 못했다.

둘 다 동패구상까지는 가지 않았지만 서로를 어떻게 할 수 있는 상태가 못 된 것이었다.

단리목천은 싸우는 와중에 금시우랑의 무공에 감탄을 했고, 사건의 전말을 듣고는 세가의 원수인 그를 살려주게 되었다. 후에 그들의 이야기가 알려지면서 금시우랑도 단리목천과 같은 서열 칠십삼위에 오르게 된 것이다. 그런 강자가 자신의 부족함을 알고 철수를 명했으니…….

쓰러지는 정염의 눈에 복면을 벗는 나일의 얼굴이 보였다.

'앗, 차라리 금시우랑한테 죽을걸…….'

나일은 거추장스러운 복면을 벗고 성큼성큼 걸어가 쓰러져 가는 정염의 등에 내력을 주입시켰다. 딱 정염이 정신 차릴 만큼의 내공만을 불어넣고는 정염의 싸대기를 갈기며 깨웠다.

"야, 행동대장! 안 일어날래!"

"헤헤… 채주님 오셨군요."

정염으로선 절대 마주치고 싶지 않은 인물을 만나 기분이 좋을 리 없지만 겉으로는 헤헤거렸다. 정염은 깨닫지 못했지만 자신보다 강한 자를 만나면 자연스럽게 그렇게 된다.

"그런데 얘는 누구야?"

나일이 쓰러진 노혜영을 가리키자 정염 대신에 다른 사람이 달려와 이름을 부르며 끌어안는 것이 아닌가?

"혜영 누나……."

노혜영은 이미 몸 전체에 상처를 입었지만 정염이 목숨 걸고 지켰는지라 다행히도 치명상은 없었다.

"노진아……."

두 눈에 눈물 글썽이는 노진을 오히려 노혜영이 다독거렸다.

"괜찮아, 누나는 괜찮아……."

"그럼, 그럼. 그래야겠죠, 소저. 다만 너 좀 이리 와."

나일은 노혜영의 품에서 감상에 빠져 있던 노진을 억지로 끌어낸 후 갓 정신을 차린 정염의 옆에 서게 했다.

"야, 너도 이리 와야지."

정체를 들킨 주성치도 나일의 앞에 도열했다.

"니네 둘, 내가 술 좀 싸가지고 놀러 오랬지!"

나일은 자신의 앞에 서 있는 주성치와 정염의 뒤로 걸어가서는 뒤통수를 때렸다.

그 모습을 본 노진과 노혜영은 경악에 휩싸였다.

누가 있어 감히 황태자와 동창대영반에게 함부로 손을 대는가?

그런데 맞은 그들의 반응은 이런 일이 익숙한 듯 오히려 잘못을 빌고 있는 것이 아닌가?

"채주님, 제가 깜박했습니다요."

정염은 이렇게 말했다.

"내일쯤 채주님을 찾아뵈려고 했는데."

주성치의 대답은 이랬다.

당연한 결과로 정염은 나일에게 먼저 구타를 당하기 시작했다.

그리고 주성치의 차례가 되었을 때, 돌연 노혜영이 나일의 앞을 가로막았다.

"전하의 옥체에 손대지 마세요."

나일은 기가 찼다. 여자라서 봐줬더니 자신의 일을 가로막아?

가볍게 만악대법을 노혜영에게 시전하고는 무사히 주성치에게 볼일을 마친 후 노진을 노려봤다.

"꼬맹아, 네 이름이 뭐냐?"

"노진입니다."

"그래, 얘네들이랑은 아는 사이냐?"

나일이 뒤에 누워 있는 정염과 주성치를 가리키자 노진이 고개를 끄덕였다.

"제 할아버지가 바로 황궁 학사 노림입니다."

그 말을 하는 노진의 얼굴에 자부심이 엿보였지만 나일의 다음 한마디에 곧바로 일그러졌다.

"흠… 그래. 그럼 네가 와룡채의 군사, 노림의 손자였구나? 아이구, 반갑네."

자신의 말에 말도 안 된단 표정 짓는 노진을 보며 나일은 그의 가까이로 다가섰다.

"그나저나 이 꼬맹이가 나를 가지고 놀아?"

"제가 언제요?"

"너 때문에 헛고생했잖아!"

나일은 구비화인 줄 알고 자신이 이리저리 바삐 돌아다닌 것을 생각하자 울화가 치밀었다.

자신의 할 말만을 마친 후 나일은 그 어린 노진을 향해서도 자신의 실력을 유감없이 보여주기 시작했다.

빠바박, 퍽, 퍽!

어리디어린 노진에게 이것은 죽음보다 더한 고통이었다.

갑자기 머리 속에 예전 자신의 할아버지가 들려준 이야기가 떠올랐다.

"거기에는 악마 같은……."

분명 자신의 눈앞에 있는 복면산선을 보고 이야기한 것이리라.

"다들 일어나."

나일의 한마디에 정염과 주성치뿐 아니라 새로 편입된 노진까지 몸을 일으켰다.

"쯧쯧… 그런데 왜 이런 꼴을 당한 거야?"

나일이 시원치 않은 표정을 지으며 그들을 꼬나봤다.

'빨리도 묻는다.'

정염은 그런 생각이 들었지만 물론 입 밖에 내지는 못했다.

"연왕부의 무사들이 저희를 덮친 것이었습니다."

"그러니까 왜 덮쳤냐고, 행동대장!"

"궁 밖에 나온 틈을 타서 황태자 전하, 아니, 수석 비서를 납치하려고……."

그 후로 일의 연유를 알게 된 나일의 얼굴이 일그러졌다.

"대체 나라 꼴이 어떻게 되려고… 안 그래, 회계 비서?"

자신들의 직책이 아닌 나른 식책의 이름이 불리자 셋은 서로를 멀뚱히 쳐다봤다.

"인사하고 잘 지내라고. 얘가 이제부터 와룡채의 회계 비서니까."

나일은 노진을 가리키며 말했다. 그제야 나일의 말을 이해한 정염과 주성치가 앞 다투어 축하의 인사를 했다.

"축하한다, 우리 와룡채의 일원이 된 것을……. 진심으로 축하한다."

"너는 머리가 좋으니까 우리 와룡채를 빛낼 거야."

"우선 와룡채의 채주님에게 감사 인사 해야지."

정염의 재촉에 이 상황을 이해하지 못한 노진이 얼떨결에 나일에게 정중히 고개 숙이며 말했다.

"감사합니다. 열심히 하겠습니다."

그렇게 노진도 자신의 할아버지 노림과 함께 와룡채의 일원이 되었고, 그때서야 만악대법에서 풀린 노혜영이 펑펑 울어댔다.

"무… 무서워……."

둥둥둥… 둥둥둥…….

멀리서 명나라의 금의위 무사들이 몰려들었다.

"쟤네는 우리 편이냐?"

나일의 물음에 그들이 금의위 소속의 무사임을 알아본 정염이 고개를 끄덕였다.

"채주님, 저희 편입니다."

정염의 말이 끝나자 우는 여자에게 약한 나일은 와룡채의 삼인방에서 사인방으로 늘어난 그들을 두고 자리를 피하기 시작했다.

제26장

풍검현룡과의 대결

생각하는 바가 다른 사람의 세 배를 뛰어넘고, 그것보다도 주위를
더욱 살펴 일을 처리한다 하여 삼뇌사안(三腦四眼)이란 별호를 가진 중
년인 앞에 검은 옷을 입은 사내가 다가왔다.

"그래, 무슨 일인가?"

흑의인은 삼뇌사안이란 별호와 함께 군사라는 직책을 지닌 신무환
에게 다가가 하나의 서찰을 건넸다.

흑영(黑影) 이호 발(發).
현재 십만대산의 북마교 내에 소공녀 행방불명.

신무환은 서찰을 삼매진화를 일으켜 태웠다.

"그래, 자네 생각에는 그 아이가 어디로 갔을 것 같은가?"

신무환의 질문을 예상치 못했던지 흑의인은 당황한 표정을 지어 보였다.

"자네에게 그런 것까지는 무린가? 하긴, 안다 해도 표현하기 힘들겠지만……"

자신을 향해 비아냥거리는 신무환이지만 흑의인은 지금껏 그랬던 것처럼 공손히 시립해 있었다.

"아마 북경으로 갔을 거야. 얼마 전에 북마교의 화악대가 그곳에서 무엇인가를 찾아 헤매고 다녔으니까."

잠시 무언가를 생각하다가 신무환이 귀찮다는 듯 흑의인에게 손짓을 했다.

"알았네. 자네는 나가 보게."

흑의인은 공손히 읍해 보인 후 방을 나섰다.

그 모습을 가만히 바라보며 신무환은 십 년 전에 보았던 쌍둥이를 떠올렸다.

마협지라는 사내아이와 마옥지라는 여자 아이였다.

자신이 매두 노괴를 따라 마교의 총본산인 십만대산을 떠나온 지도 어언 십 년이 다 되어간다는 생각이 들었다. 그동안 자신은 마교에서 떨어져 나온 사람들을 이끌어 남마교라 부르는 이 단체를 이렇게 크게 키워놨다. 물론 지금의 성세가 자신이 모두 만든 것은 아니지만 적어도 삼 분지 이는 자신이 이룩해 놓았다는 자부심을 가지고 있었다.

"그 아이들은 제법 자랐겠지?"

혼잣말을 하며 신무환은 예전 그 쌍둥이들의 모습을 떠올렸다. 현 교주인 파혈군마(破血群魔) 마신풍(馬神風)의 손자, 손녀인 두 아이는 쌍둥이로 태어났고, 외모만큼이나 성격도 아주 유사했다.

"미안하군, 삼촌이 너희를 꼭 잡아둬야겠구나……."

마옥지가 나갔다면 무슨 수를 써서라도 잡아야 한다.

지금 같은 시기에 북마교 교주의 손주라면 충분히 인질로서의 가치가 있다. 분명 북마교의 마신풍은 걸출한 인물이었다. 하나 두렵기는 하지만 자신이 주군으로 모시고 있는 매두노괴라면 마신풍과 동수를 이룰 것이다. 아니, 어쩌면 이길지도 모른다. 자신이 두려워하는 것은 바로 그분이 다시 세상에 나오는 것이다.

마천신군(魔天神君) 마득풍(馬得風)! 그 누가 있어 그 앞에 무릎 꿇지 않으랴?

지금은 남마교의 세력을 넓히는 데 힘써야 할 시기다. 그러기 위해서는 우선 북마교를 누르고 남마교라는 이름 앞에 남을 떼어 마교일통한 후 천하를 호령해야 한다. 분열된 마교의 통일, 그것을 자신의 손으로 이루고 싶다.

"참, 근데 그 아이가 어떻게 생겼더라?"

너무 오래전 일이고, 어린아이에서 성장한 여인의 모습을 떠올리려니 삼뇌를 가진 그라 할지라도 도서히 그 모습을 그릴 수 없었다.

"할 수 없지. 우선은 북경에 있을 테니 그쪽에 연락해 두어야겠다."

신무환은 천천히 붓을 들어 서찰을 작성해 나갔다.

*　　　　　*　　　　　*

드디어 나일의 네 번째 시합이 시작되었다.

나일의 두 번째 시합의 상대였던 봉래파의 형진편은 1차전에서 너무 피 터지게 싸워서 나일과의 시합 때까지도 거동이 불편한지라 기권을 하였다. 세 번째 상대였던 소림의 혜호는 나일의 1차전 상대였고, 자신의 사제이지만 자신을 뛰어넘는 실력의 소유자인 혜진의 충고를 받아들였다. 원래 2차전에서 입은 상처도 심해 비무를 하기에는 모자라다 판단했었는데 혜진까지 잘 생각해 보라며 충고하자 기권해 버렸다. 그래서 단 한 번 싸운 나일이 이렇게 네 번째 시합까지 오게 된 것이다.

나일도 귀는 있는지라 이번에 그와 싸우게 될 풍검현룡 유현상에 대해서 풍문으로 들어 알고는 있었다. 무당의 대장로인 도진 도장의 셋째 제자로 여타의 구대문파 제자를 제치고 소림의 혜진과 함께 영웅칠룡의 한 명으로 불려진 자.

이것 하나만 보더라도 그의 재능은 두말할 필요가 없다.

그가 검을 사용하고 검의 현묘함을 보여준다 하여 별호에 현(玄)이라는 글자가 쓰일 정도로 유현상의 검은 다른 기재들보다도 초식 면에서 월등히 뛰어났다. 무척이나 아련하고 뜬구름 잡듯이 검의 행로를알 수 없는 것이 장점인데 이 초식에서의 뛰어남으로 영웅칠룡 중 하나로 꼽혔다. 그리고 또한 영웅학관 관생들이 영웅칠룡 중에 수위를 다투는 인물로 꼽는 것이 바로 이 풍검현룡 유현상이다.

나일은 '나는 무당 말코도사다' 라는 겉모습을 갖춘 사내가 비무대 위로 올라올 것이라 생각했지만 예상외로 비무대 위로 올라온 이는 자신만큼이나 초절정 미남이었다. 단정하게 말아서 쓴 도사건 덕분에 이마가 무척이나 시원하다 여겨질 정도였고, 이마를 따라 내려온 두 눈에는 별이 빛나고 있는 듯했으며 두 눈 가득히 총기가 드러났다. 코는 말코가아니라 얼굴 전체를 균형 잡히게 하였고, 상대를 편안하게 대하는 웃음은 나일조차도 유현상에 대한 고통의 강도를 낮추리라는 마음을 갖게 만들었다. 실로 마주하는 사람이 절로 호감을 갖게 만드는 인상이었다.

"시합 개시!"

무관사가 우렁차게 시합 개시를 소리치자 유현상은 자신의 검집에서 검을 뽑아 정중하게 읍해 보인 후 검을 치켜들었다.

'예의가 바르군. 좋아, 좋아.'

나일은 오랜만에 예의가 바른 아이를 보았다 생각하고 손가락을 까닥이며 오라는 표시를 보냈다.

유현상으로서는 이런 나일의 행동이 몹시 불쾌하게 여겨졌을 것인데도 오히려 알았다는 웃음을 보이면서 '그럼 지금부터 검을 휘두르겠습니다'라고 말하는 듯한 표정을 보이며 검을 휘두르기 시작했다.

태극양의검법 무위회천(武威回天).

유현상의 손에서 휘둘러진 초식을 한마디로 얘기하자면 아주 살벌했다. '자연스럽게 죽어서 하늘로 올라가라'.

무당의 태극양의검법 중에서도 절초 중의 하나로 꼽히는 이 초식을 처음부터 사용했다는 것을 보면 유현상은 겉으론 웃는 듯했지만 이미 자신의 모든 것을 드러내 보여야 이길 수 있다는 사실을 알고 있었던 것이다. 나일도 그제야 유현상이 최선을 다해서라도 자신에게 이기려든다는 사실을 깨달았다.

"야, 왜 그래?"

그 부드럽고 예의 바르던 모습에서 혼신의 힘을 다하는 무사로서의 전환은 나일에게 너무 갑작스러웠기에 유현상의 성격을 의심하며 정신 차리라는 뜻으로 말했다. 하나 살벌한 유현상의 검을 피하자마자 또 다른 살벌한 검초를 보이는 것이 자신을 생사대적으로 착각하고 있는 것은 아닐까? 하는 생각마저 들게 했다.

"야, 살벌해."

겉으로는 겁을 먹고 허둥지둥대듯이 간신히 간당간당 유현상의 검을 피하고 있는 느낌을 주던 나일이었다. 하나 유현상이 검끝에 진기를 주입시키자 도저히 이 이상은 묵과하지 않겠단 표정을 짓고는 자신의 두 손으로 유현상이 진기를 주입하던 검 밑의 부분을 부러뜨려 버렸다.

본래 진정한 고수라면 상대가 자신의 검을 붙잡아두려는 모습을 보면 진기를 검끝으로 밀어 넣어 검기를 형성해 접근을 허용치 않는다. 하나 검기를 만들 수 있는 수준이 된 지 얼마 되지 않은 유현상으로는 검에 진기를 담는 그 짧은 순간에 들어오는 공격을 막거나 반격할 엄두가 나지 않았다.

사실 유현상의 나이에 검기를 만들 수 있다는 것은 엄청난 실력이다. 강호에서는 검기를 만들 수 있는지를 보고 그 사람의 실력을 일류고수(一流高手)냐, 절정고수(絶頂高手)냐라고 분류하는 것을 보면 유현상은 강호에서도 절정고수에 속한다고 볼 수 있었다. 그렇지만 검에 진기를 담아 검기를 형성하는 그 찰나에 불과한 시간 동안 진기가 끊어질까 하는 불안감에 잠시 움직일 수 없었고, 검기가 흐르고 있는 검을 설마 하니 맨손으로 부러뜨리리라고는 생각도 못했기에 갑작스레 당한, 한마디로 얘기하자면 이것은 사고였다.

일반적인 비무였다면 유현상은 이쯤에서 패배를 시인했을 것이다. 그러나 그에게 이 시합은 승리해야 하는 이유가 있었다. 이 영웅학관의 관생 무관주 자리를 차지해서 구대문파의 변두리로 추락한 사문의 명예를 다시 올려야 한다는 사명감에 이렇게 쉽게 포기할 수는 없었다.

아직 기회는 있다고 생각했다. 자신에게는 아직 남겨진 절기가 있었다. 그래서 검을 버리고 손바닥으로 나일이 검을 부러뜨린 직후 나일의 어깨에 장을 격중시켰다. 마치 이것이 의도하는 바였다는 것처럼.

태산압위(泰山壓葦)!

풍검현룡 유현상은 나일의 어깨를 쳤건만 오히려 자신의 손만 아픈 것을 깨닫고는 지난밤 소림의 혜진이 들려준 이야기를 떠올렸다.

"그 녀석은 괴물이라네. 아마도 외공을 극성으로 연마해서 웬만한 타격으로는 녀석의 몸에 상처주기에도 턱없이 모자랄 걸세."
"설마 스물한 살에 불과한데 외공을 극성으로 익혔단 말인가?"
외공은 내공과 달리 영약의 도움을 받더라도 꾸준한 수련으로 최소한 이십 년을 노력해야 대성할 수 있다는 걸 잘 알고 있던 유현상은 불신의 눈빛을 보냈다.
찬권운룡 혜진은 침상에 누워 상처를 치료하고 있던 중이란 것도 잊은 채 손을 이리저리 휘두르며 자신이 어떻게 그 괴물 애송이 녀석의 몸을 격타하고 그 후 오히려 자신의 손이 아파왔다는 얘기를 들려주었는데, 자신의 패배는 벌써 잊은 듯 어떤 무공이 녀석을 상대하는 데 효과가 있을지 연구하고 있다면서 투지를 불태우고 있었다.

'잊고 있었군. 이 녀석의 피부가 강철처럼 단단하다는 사실을.'
풍검현룡 유현상은 자신의 내력을 끌어올려 내장을 갈가리 찢을 정도는 아니더라도 검은 피를 토해낼 수 있을 만큼의 충분한 내력을 사용하여 나일의 가슴으로 무당면장이라 불리는 사문에 비기 태극삼결을 펼쳤다.

태극삼결(太極三缺) 제일결(第一缺) 태극원의(太極元義).
태극은 원래의 모습 그대로이다.

땅.
유현상의 머리로는 이 상황이 도저히 이해가 가지 않았다.
분명히 내장을 공략하는 무당 비전의 수법을 펼쳤건만 자신의 앞에
있는 녀석은 아무런 충격도 받지 않은 듯한 표정이지 않은가?
아니, 오히려 자신을 향해 묘한 웃음을 짓고 있었다.
'그래, 상대가 다칠까 봐 최선을 다하지 못한 거야. 다시 한 번 전력
을 다해!'
아직 기회는 남아 있단 생각에 모아두었던 내력을 나일을 향해 펼쳤다.

태극삼결(太極三缺) 제이결(第二缺) 태극양의(太極兩儀).
태극은 두 개인 듯 하나이다.

'이 자식이, 가만두려니까 계속 기어오르네. 손 좀 봐줄까?'
나일의 머리 속에 언뜻 그런 생각들이 스쳤지만 처음엔 제법 예의가
발랐다는 것을 기억했다. 또한 자신을 때려봤자 유현상의 손만 아플
것이지 자신에게 피해는 오지 않는다는 생각도 있었다. 그렇기에 나일
은 유현상의 손 그림자를 보면서도 방어할 생각을 하지 않은 채 가만
히 내버려 뒀다.
무당파는 검으로도 유명하지만 검에 못지않게 유명한 것이 바로 장

법이었다.

부드럽게 쳐내는 장을 사람들은 '무당면장'이라 불렀고, 무당의 세 가지 절기 중 하나라고 인정하고 있었는데, 지금 유현상이 사용한 것이 바로 세간에 무당면장이라 불려지는 태극삼결(太極三缺)이다.

유현상은 아직 태극삼결을 십이성 다 익히지는 못했지만 매일 검만큼 오랜 시간을 투자해서 수련하고 있었기에 이미 몸에 익을 대로 익은 손동작이 머리 속에 떠오르자 부지불식간에 몸에서 펼쳐져 나갔다. 무당파의 시조 장삼봉, 즉 강호에서 세 가지 숙제를 남기고 바람처럼 떠난 신선이라며 삼풍진인(三風眞人)이라 부르는 무당의 불세출 대종사는 말년에 세 가지 무공을 무당에 남겼다.

그 하나는 권으로써 태극을 따라 몸을 움직인다는 태극권(太極拳)으로 이 태극권의 묘리는 자연에 따라 몸을 움직이며 세속에서 벗어난 후에야 그 비결을 볼 수 있어서 아직 강호에는 나온 적이 없고, 그 두 번째가 바로 태극삼결, 흔히 무당면장이라 불리는 것으로 장문의 직계들이나 무당 장로들이 모임인 청정회(淸淨會)의 승인이 난 무당의 기재들만이 전수받을 수 있는 것인데 태극권보다는 현묘함이 떨어지지만 바람에 따라 장을 펼쳐 내어 상대의 외부보다는 내부의 장기를 진탕시킨다.

삼풍진인이 강호를 유람하던 당시에는 금종조(金鍾罩)나 철포삼(鐵布衫) 같은 외문기공이 널리 퍼져 있었다. 이 외문기공이 널리 퍼진 이유는 이 외공을 익히면 몸의 근육들이 튀어나와 남성미가 물씬 풍기고, 태양혈이 드러나서 그 사람의 수련 정도를 가늠할 수 있기에 유난히 낭인 무사들이 많았던 그 시절엔 싸움을 피할 수 있는 방법이기도 했기 때문이다. 그래서 많은 사람들이 외공 수련을 열심히 그 수련하는 추세였다.

물론 그 시절에도 내공의 중요성을 이야기하는 명가나 명문들은 외공 대신 내공을 수련하며 자신들만의 길을 만들었지만, 단시일에 효과를 볼 수 있는 외공 수련의 장점들은 입에서 입으로 널리 퍼졌다. 낭인 무사들은 어차피 훌륭한 내공은 익히기도 힘들고, 구하기 어렵고, 누가 가르쳐 줄 사람도 없었기에 살아남기 위해서 외공에 전력을 쏟아 부었다.

그 결과 그 시대에 외공은 많은 발전을 하여 무수히 많은, 그리고 뛰어난 외공 수련법이 등장하게 되고, 철포삼(鐵布衫)이나 금종조와 같은 절기들이 만들어지게 되었다. 그리고 이 외공을 익힌 무사들의 실력도 어느새 명문의 자식이나 식솔들과 겨뤄도 손색이 없게 되자 명문에서는 이 외공을 격파할 수 있는 방법을 모색하기에 이르렀다.

그 결과물 중 하나가 바로 지법이었다.

외공에는 사람의 겉가죽을 단단하게 한다 하여도 필연적으로, 아니, 반드시 꼭 연약한 부분이 드러나게 된다. 그것을 조문(罩門)이라 부르는데 고수일수록 조문이 되는 범위가 적어지기는 하지만 아예 없어지지는 않는다. 그래서 그 약점을 파고든 게 지법이다.

외공 고수들의 조문이 약하다고는 해도 다른 부분에 비해 약할 뿐이지 병장기로 친다 해도 아무런 상처가 없다. 그래서 명문의 사람들은 그 부위를 가격함에 힘을 강하게 모을 수 있는 지법(指法)을 생각했다. 그 후부터 외공의 고수들은 지법의 대가를 만나면 몸을 사리게 됐다.

지법의 효용이 입증된 후 더 나은 지법의 개발은 계속 발전하였고, 역설적이게도 외공이 강호의 주류가 된 그 시절 지법의 황금시대가 도래했다. 그때 탄생한 유명한 지법으로는 소림의 탄지신통(彈指新通)과 아미의 자옥지(紫玉脂), 공동의 파옥지(破屋脂) 등을 들 수 있다. 그렇지만 그 후 외공의 고수들이 자신의 조문을 발바닥 같은 곳에 감추는 방법을 개발하자 지법으로 조문을 찌를 수 있던 시절이 가면서 지법의 개발도 점차 시들해졌다.

그리고 또 하나, 이 외공의 천적이 바로 통비권(通匪拳)이다.

지법을 명문파에서 개발했다면 이 통비권은 낭인 무사들의 걸작이었다. 외공은 분명 좋은 점이 많은 무공이다. 그렇지만 완벽한 것은 아니다. 자신들의 약점을 모르는 사람은 없다. 그렇기에 자신의 약점을 공부하여 자신과 같은 약점을 지닌 낭인들과의 싸움에서 유리한 결과를 얻기 위하여 삼삼오오 무리를 지어서 만들어낸 것이 바로 이 통비권이다.

통비권은 낭인 무사 집단 중에 가장 강한 집단이었던 통비천(通匪天)에서 개발하고 사용한 권법이었는데 본래 명칭은 회선삼호권(回船三虎拳)이다. 그런데 워낙 통비천이 이 권법으로 용병 집단 중에서 발군의 무위로 활약을 보인 바, 회선삼호권이란 명칭보다는 통비천에서 사용하는 권법이란 뜻의 통비권으로 더 알려졌다.

이 통비권은 외공의 고수들인 경우 겉 피부를 아무리 두들기거나 때려도 충격이 없고, 도검을 사용하여도 검기가 주입되었거나 절세의 보검이 아닌 이상 뚫을 수 없는 피부 대신에 피부 속은 연약하다는 사실에 주목했다. 즉, 장기와 내장 같은 곳.

인체 속 안에 충격을 주는 방법을 연구하다가 생겨난 것이다. 그리고 젊은 날 통비천의 단주로 지냈던 무당의 개파 시조 장삼봉이 말년에 통비천 내에서 전수되던 회선삼호권을 개량하여 자신의 심득을 덧붙인 것으로 바로 무당면장이라 불리는 무당삼결이다.

통비권은 권인 듯하지만 사실은 호권(虎拳), 즉 손가락을 약간 구부린 장과 비슷한 모양으로 손목의 회전으로 인해 벽공장과 같은 효과를 낼 수 있는 실전적인 무공이다.

벽공장이 상대의 몸에 닿지 않는다 하더라도 허공을 격하고 충격을 주는 상승의 무공이지만 수련 기간이 길다는 치명적인 단점이 있는 반면 이 통비권은 이십 년의 내공력을 가진다면 상대의 몸을 직접 격타함으로써 상대의 장기를 부스러뜨리는 효과를 볼 수 있다.

여기에 태극삼결은 이화접목(移花接木)과 차기미기(借氣彌氣)의 수법을 적용하여 유연한 손동작으로 상대의 공격을 흡수해서 받아넘기어 더욱 쉽고, 편리하게 통비권과 같은 효과로 내장을 터뜨리는 데 뛰어난 효과를 낼 수 있다.

"이런!"

적안마검 하동구는 풍검현룡 유현상이 바람을 일으키며 만들어낸 두 손이 무엇을 의미하는지를 깨닫고는 노호성을 터뜨리며 나일을 보호하려 했다. 그러나 자신이 막기에는 너무 늦었다. 유현상의 손은 벌써 나일의 몸 근처에서 공기를 일그러뜨리고 있었다.

하동구는 심사위원석이 먼 거리에 있어 자신으로서는 그저 구경만 제대로 할 수 있는 거리이고, 전혀 도움이 되지 못하리란 것을 알면서도 허겁지겁 비무대 위로 몸을 날렸다.

탱.

유현상의 예상대로 자신의 손이 닿는 부분에서는 쇳소리 비슷한 소리가 났지만 일단 몸에 닿은 만큼 곧 이어 들려올 나일의 비명을 기대하며 회심의 미소를 지었다.

나일의 몸에 부딪쳐 나는 쇳소리는 자신이 아직 태극삼결을 완성시키지 못했단 사실을 전해주기는 했다. 그러나 어찌 됐든 간에 몸에 태극삼결을 격중시켰으니 그 충격으로 나일이 입으로 검은 피를 토할 장면을 구경하기 위해 재빨리 물러서서는 나일의 얼굴을 응시했다.

'이 자식, 좀 하는데? 은근히 속이 울렁거리네.'

방금 유현상이 펼친 무공이 무엇인지 알지 못하는 나일은 예상외로 충격받자 방심했던 마음을 다잡고 있었다.

"부끄럽게 내 얼굴을 왜 보는 건데… 이 몸은 이미 좋아하는 사람이 있단 말이야."

나일은 자신을 보며 희미하게 웃는 유현상의 얼굴에 갑자기 밥맛이 떨어지는 감정을 느끼며 싸늘하게 말했다.

'조금 시간이 걸리나?'

나일이 뭐라 그러든 말든 유현상은 꿋꿋이 느끼한 웃음을 지으며 나일을 뚫어지게 보며 쓰러지는 장면을 기다렸다.

"이 호랑말코도사 놈아! 내가 아무리 잘생겨도 그렇지, 남자가 남자를 좋아하는 게 말이나 되냐?"

유현상의 얼굴에 서서히 황당함과 당혹감이 물들어갈 때 나일의 두 손도 슬그머니 주먹을 쥐고 있었다.

"어떻게… 금강불괴란 말야? 말도 안 돼!"

혼자서 중얼거리며 붉신의 눈빛을 보내는 유현상을 향해 나일이 희미하게 웃어 보였다.

"말이 안 되긴, 네가 너무 약한 거지."

나일로서는 자신의 내장이라도 꺼내 자신의 장기가 얼마나 단단한 지를 보여주며 '장기 자랑'이라도 하고 싶었지만, 그렇게 했다가는 아무리 자신이라도 죽을 게 뻔했기에 자랑하고 싶은 마음을 꾹 참았다. 그리고는 서서히 유현상을 보며 걸어갔다.

"안 돼, 오지 마!"

유현상 자신으로서는 모든 것을 다 쏟아내었던 것인지라 기가 질려 접근하지 말라고 했다. 하지만 나일은 개의치 않고 걸어갔다. 그리고 그제야 비무대 안으로 진입한 영웅학관의 무관사 하동구는 그 둘 사이에 도착했다.

그리곤 아무것도 모르는 관중들은 제외한다 치더라도, 적어도 유현상과 자신의 예상과는 다른 멀쩡한 걸음으로 걸어가는 나일을 보며 어정쩡한 모습으로 서 있을 수밖에 없었다.

"아, 저리 비켜요."

하동구는 몰상식하고 건방지기로 벌써 학관 내에 소문이 자자한 나일이 자신의 어깨를 밀치며 왜 올라와서 방해하느냐는 눈빛을 보내자 다시 한 번 어색한 표정을 지으며 머리를 긁적였다.

"시합 참 재밌네. 계속하라구."

하동구는 궁색한 말들을 늘어놓은 채 자기 자리로 돌아가기 위해 신법을 펼쳤다.

'저 유현상이라는 자식이 진짜 그 풍검현룡이 맞나? 가짜 아냐? 왜 이렇게 약한 거야. 그래도 저 건방진 자식을 눌러줬으면 좋았을 것을.'

유현상을 얕보고 나일을 욕하면서도 자신의 바람까지 비는 말들을 속으로 중얼거리면서……

"이제 내 차례인가?"

나일은 넋이 나가 있는 유현상의 멱살을 잡고는 혹시라도 비무대 아래에 단청이 있을까 봐 쭈~욱 훑어본 후 무공이라 부르기도 창피한 동네 건달들이나 쓰는 주먹질을 유현상의 면상을 향해 엄청난 속도로 휘둘렀다.

"내 이럴 줄 알았어. 적당히 하랬지!"

어디선가 갑작스레 들려오는 단청의 전음이 자신의 귀에 들려오자 믿기지 않게도 상대를 향해 눈에 보이지 않던 속도로 날아가던 주먹이 한순간 정지했다.

'우씨, 한 대도 제대로 못 때려보네. 내 막힌 체증 좀 풀어보면 안 되나.'

이미 단청이 자신을 주시하는 순간부터 기분 좋게 실컷, 일방적으로 누군가를 두들겨 팼다가는 자신의 모습도 곧 그렇게 될 거란 생각에 나일은 귀찮게 싸워야 할 것을 느꼈다.

"운 좋은 줄 알아라. 하긴 운 좋은 건 아니지. 결국 맞을 건 다 맞게 될 테니까."

슬그머니 유현상의 멱살을 끌어서 그의 귀를 자신의 입 근처로 가져간 후 말하고는 상대의 손과 발을 자신의 제어 하에 두고 일부러 크게 소리쳤다.

"화끈하게 붙어보자고!"

이후는 일방적인 학살, 아니, 일방적인 시합이었다.

이미 나일의 뜻대로 몸이 제어된 유현상은 그를 세게 때릴수록 자신의 손과 발만 망가진다는 것을 느꼈다. 반면 나일의 수먹에는 미량의 공력이 함유되었을 뿐이지만 구석구석 단청에게 경험적으로 전수받은 '아픈 데만 골라 때리기'를 시전하니, 싸움이 격렬해질수록 유현상으로서는 죽을 맛이었다.

눈을 부릅뜬 채 고통을 온 얼굴로 호소하는 유현상의 얼굴은 자신은 이 시합을 기권하고 싶다 얘기하고 있었지만, 이 시합을 관전하는 사람들에게는 오히려 이만큼 열심히 싸우고 있다는 것을 보여주는 것 그 이상도, 이하도 아니었다.

일각의 시간이 흐른 후 유현상이 맞을 만큼 맞았을 때, 아쉽긴 하지만 이만하면 자신의 응어리가 풀린 듯한 기분에 끝낼 맘을 먹은 나일은 내공을 이용해 자신의 입에서 검은 피를 게워낸 후 유현상을 제어했던 공력 또한 회수했다.

"푸욱."

쿵!

나일이 입에서 분수처럼 피를 토해냄과 동시에 유현상은 굳은 상태 그대로 비무대 위로 쓰러져 버렸고, 영웅의원들이 그 둘의 상태를 보기 위해 달려나왔다.

나일은 넘어져서 비틀거리며 실수인 듯 자신이 만들어낸 검은 피가 흐르는 입술을 유현상의 가슴에 대고 닦으며 괜찮다고 영웅의원들에게 이야기했다.

"정말 괜찮… 습니다. 우엑. 저 친구가 저보다 상태가 위중하니 빨리 치료해 주십시오."

나일은 자신의 연기 일생에 한 번도 해보지 않았던 인의대협의 모습까지 멋있게 펼친 후 관중들을 향해 떨리는 두 손으로 정중히 포권을 해 보이며 비무대 위를 내려왔다. 그제야 영웅의원 중 한 명이 유현상의 상태를 살피며 아직 살아 있다는 신호를 심사위원석에 보냈고, 떨떠름한 모습의 하동구가 비무대 위로 올라왔다.

"제7시합의 승자는 도전의 나일!"

관중석의 사람들도 방금 전 시합이 격렬했다는 것을 인정하고 그 시합에서 승리한 나일을 향해 환호성을 질렀다.

그런 환호성을 즐기듯이 받으며 나일은 비무대 앞까지 온 단청을 향해 걸어갔다.

"사형, 괜찮았어요?"

"그래, 훌륭한 연기였다. 죽이지는 않았겠지?"

"사형, 저를 뭘로 보고. 딱 사형이 저에게 하는 것의 만 분지 일만 했어요."

"이놈이… 아무리 그래도 더러운 피까지 옷에 묻히는 건 너무했어."

둘이 그렇게 조그맣게 속삭인 후 나일은 소매를 들어 터져 나오는 웃음을 감추었다. 그리곤 마지막 연기, 즉 나일이 힘이 빠져 단청의 어깨에 의지한 채 연무장을 나서는 연기를 끝으로 제31연무장에서 퇴장을 했다.

무정왕룡 주연발은 은밀히 영웅학관 무관주 모용후의 거처로 찾아들었다.

그리고 그 자리에는 광풍신룡(狂風迅龍)이라 불리는 모용후의 숙질 모용건(慕容建)이 먼저 같이하고 있었다.

"숙부, 요즘 들어 일처리를 제대로 못하는군요."

건방지기로 치면 학관 내에서 둘째가라면 서러워할 모용건이고, 애석하게도 그 지닌 바 재능도 학관 내에서 첫 숟가락에 꼽히는 광풍신룡이었다. 하나 그는 도가 지니치게도 감히 그의 숙부에게도 함부로 대했지만 정작 무관주는 가만히 고개를 숙였다. 모용건이 자신의 숙부이자 무관주인 모용후를 향해 힐난을 퍼붓고 있을 때 무정왕룡 주연발이 찾아든 것이다.

"흠흠."

숙질 간의 대화에 어색한 기침을 터뜨리면서 주연발은 자신이 왔으니 예의를 갖추리라는 생각으로 인기척을 냈다. 그랬건만 모용건은 그런 것은 안중에도 두지 않았는지 무정왕룡 주연발을 쳐다보지도 않은 채 계속 자신의 숙부인 모용후를 추궁했다.

"어떻게 실패를 한단 말이에요? 어떻게 잡은 기횐데… 이 건만 성공했다면 벌써 이 세상은 우리 것이 될 터였는데 그 기회를 놓친단 말이에요!"

"소주, 혈무단을 보냈건만 예상치 못한 은거 기인이 나타나서 훼방을 놓는 바람에……."

"흥, 만반의 준비를 했어야 하지 않나요? 모든 변수를 생각해야 하는 것이 숙부가 해야 할 일 아닌가요?"

그들의 대화를 봐서는 숙질 간의 관계가 아니라 어느 문파의 주종 관계인 듯했다.

"부디 너그러이 용서하십시오. 교주께는 아량을 베푸셔서……."

말을 더 이상 잇지 못하는 모용후의 말투에서 그가 교주라고 부르는 인물을 무척이나 두려워하는 것처럼 느껴졌다.

"흥, 분명 교주께서 아시면 숙부의 목뿐 아니라 다른 가족들에게도 피해가 갈 터, 이번 한 번은 그냥 묻어두겠습니다. 그렇지만 다음에도 이런 실수를 한다면 내가 직접 처벌할 것입니다. 똑바로 알아두세요. 저는 숙부의 조카이지만 소교주이기도 합니다. 더 이상의 실수는 용납할 수 없습니다!"

광풍신룡 모용건은 무척 화가 난 듯이 무관주실의 의자를 박차고 방을 나섰다.

"부르셨습니까?"

주연발은 그제야 모용후를 향해 인기척을 내며 깊게 고개를 숙여 자신이 왔다는 것을 알렸다.

"앉게."

어색하게 어깨를 늘어뜨린 모용후은 주연발을 향해 자리를 권한 후 한숨을 내쉬었다.

"연왕 전하께는 아직 이번 일에 대해 연락하지 않았겠지?"

"좋은 결과를 기대하고 좋은 소식을 전할 요량이어서… 아직 소식을 전하지는 않았습니다."

그 말에 무관주 모용후의 안색에서 미미하게 안도하는 듯한 모습이 지나갔다.

이번 일은 너무나 갑작스레 찾아온 절호의 기회였던 만큼 준비가 소홀했다. 임시방편으로 자신이 지휘할 수 있는 최고의 무력 부대를 사용했지만 실패로 돌아갔다. 그렇기에 이번 사건이 연왕부나 자신이 소속된 곳에 흘러 들어간다면 문책은 물론이요, 지금껏 쌓아온 자신의 입지에 치명적인 타격을 입게 될 것이 분명한지라 애초에 아예 없었던 일로 하고자 실패 소식을 접한 순간 서둘러 이 두 곳의 중요 인물과 접촉한 것이다. 모용후는 이제 한시름 놓았다는 듯 한숨을 내쉬었다.

"그래, 다행이네. 자네도 알다시피 이 일은 성공하기엔 너무 갑작스러웠어. 충분한 준비를 하지 못한 것이지."

순간 무정왕룡 주연발의 얼굴이 찌푸려지는 것을 보며 모용후의 가슴이 덜컥 내려앉았다.

'무엇으로 입막음을 해야 하는가?'

속으로 자신이 줄 수 있는 최대한을 생각하다, 이미 그것들이 주연발에게는 소용없는, 아니, 하찮은 것들이라는 데 생각이 미치자 단도직입적으로 말했다.

"자네, 한 번만 나를 도와주게."

"무슨 소리신지……."

딴청을 부리는 주연발의 손을 모용후가 잡아끌었다.

"나 역시 자네가 원하는 것을 들어주겠네."

그 소리에 주연발은 진심이냐는 듯한 표정으로 물었다.

"그렇다네. 내가 도울 수 있는 일이라면 어떤 것이라도."

모용후의 말은 자신이 할 수 있는 일, 즉 자신의 지위를 유지하면서 그것에 해가 되지 않는 범위 내에서란 단서를 건 것이라는 걸 무정왕룡이라 불리는 주연발이 눈치 채지 못할 리 만무했다.

"그러면……."

두 사람의 대화는 아주 잠시 이루어졌고, 영웅학관 무관주 모용후는 흔쾌히 고개를 끄덕였다. 그런 주연발의 머리 속으로 모용후에 관한 글을 읽은 기억이 스쳐 갔다.

무림사기 무림백선 중 이십오위의 서열에 오른 그는 태원의 모용세가 18대 가주 모용파의 셋째 아들로 태어났다. 현재는 모용세가의 19대 장로직과 함께 영웅학관 무관주의 자리에 오른 입지전적인 인물.

자신의 형인 모용세가의 이손 모용추가 마교의 장로 대두신마 곡희에게 죽자 오 년 동안 산천 방방곡곡을 곡희를 찾아다닌 끝에 그를 죽인 일은 무림에 아직도 회자되는 형제의 우애를 보여주는 이야기다. 무림백선 중 이십오위에 오를 만큼 뛰어난 무공 실력과 그에 버금가는 뛰어난 처세술은 오대세가 중 약자로 분류되던 모용세가를 오대세가의 수위에 올려놓는 데 많은 공헌을 했고, 그 자신에게는 '실질적인 무림 맹주'라고 불리는 무관주의 자리에 오르게 만들었다.

성명절기는 모용세가 비전의 검법인 우주검법으로 그 화후가 이미 현경을 넘어선 지 오래였다. 다만 성격이 너무 처세에 치중하다 보니 굳건한 기상이 모자라는 것이 유일한 단점인 인물이다.

제27장
그녀의 진심

나일의 지갑 안에는 은자 한 냥만이 머물고 있었다.

'외로운 은자 한 냥'. 나일은 한숨을 내쉬며 그동안 무절제하게 사용했던 자신을 돌아봤다.

'술이 웬수지, 웬수. 미안하다, 너의 친구들을 떠나보내서…….'

나일은 남아 있는 은자 한 냥을 바라보며 모종의 각오를 다진 듯 마지막 남은 은자에게 한마디 더 중얼거렸다.

"그래, 너도 친구들의 품으로 곧 보내줄게."

단청 덕분에 그 많았던 비상금을 다 잃고, 대향표국 북경 분타에 가서 돈을 빌리고, 정성천에게 은자 이십 냥을 빌렸던 것들마저 이제는 겨우 은자 한 냥만이 남은 것을 보고 서러운 마음에 이 돈마저도 술값으로 탕진하려 했다. 하지만 달랑 은자 한 냥으로는 술집에 가봤자 죽엽청 중에서도 가장 싼 것 한 병 값, 안주도 먹지 못하는 것이었다.

그때 나일의 머리 속으로 스쳐 가는 생각이 있었다.

'맞아, 그게 있었지.'

나일은 학관 내에 다니는 자신의 회계 비서를 찾아 돌아다닌 후 모종의 명령을 내리고는 북향루에 가서 죽엽청을 사들고 돌아왔다.

어린 노진에게 지금껏 살아오면서 가장 존경하는 사람이 누구냐고 묻는다면 주저없이 이렇게 말할 것이다.

"저의 할아버지, 황궁 학사 노림입니다."

그만큼 노진의 눈에 자신의 할아버지 노림은 근엄하고, 가문의 자랑이었으며, 자신이 꿈꾸는 우상이었다. 그리고 아직까지도 그것은 유효하다.

그렇다면 가장 싫어하는 사람이 누구냐고 묻는다면 누구라고 말할 것인가?

그 대답은 당연히 지금 자신에게 말도 안 되는 명령을 내린 후 영웅학관 관내를 빠져나가 주루에 들어가는 저 남자이다.

그의 이름은 바로 나일.

제3영웅서고에서 한참 공부를 하고 있던 자신을 끌어낸 후 나일이 들려준 이야기는 이랬다.

"여, 회계 담당."

그때야 얼떨결에 감사 인사까지 넙죽 했지만, 시일이 지나자 받아들인 것에 후회가 밀려든 노진은 그런 나일을 향해 차갑게 말했다.

"누구세요?"

"뭐야, 벌써 잊은 거야? 나라고. 천하무적(天下無敵) 와룡채(臥龍寨)의 채주."

섭섭한 표정을 숨기지 않으며 나일이 다가왔다.

"저는 당신을 모르는데요."

이렇게 말하는데도 끝까지 노진은 나일을 외면했다.

"야, 너 정말 모른 척할래!"

"도대체 누구세요?"

설마 자신이 모른 척한다 해도 이 대낮에 자신을 그때처럼 두들겨 패리라고는 생각도 못해봤는데…….

퍽, 퍽, 퍽!

이어지는 만악대법(萬惡大法).

이 끔찍한 놈은 자신을 죽이려 들고 있었다.

노진은 끝내 울면서 나일의 바짓가랑이를 붙잡았다.

"채주님, 살려주세요."

"어라, 이제야 나를 알아보네. 아! 알겠다. 이렇게 해줘야만 나를 알아보는 거야? 그렇다면 내가 만날 때마다 수고스럽지만 손을 써주지."

"그게 아니고요. 채주님, 충성을 다하겠습니다."

결국 노진 또한 자신의 할아버지와 같은 길을 가게 된 것이다.

"회게 비서."

"예, 채주님."

"내가 부탁할 게 있거든?"

"맡겨만 주신다면 최선을 다해 기필코 성공하겠습니다."

"그래, 좋은 자세야."

나일은 노진을 흡족한 듯 바라보며 말했다.

"너, 학관 정문 옆에 살고 있는 누런 개 알지?"

"아, 산해(山海)랑 진미(珍味)요?"

"그 개 이름이 그거냐? 산해진미(山海珍味)라… 딱 좋은데?"

나일은 무슨 생각을 하는지 침을 흘리며 말했다.

"그 개 한 마리만 저쪽으로 데리고 와라."

나일은 노진에게 영웅학관 뒷산을 가리켰다.

"왜요?"

무엇 때문에 나일이 그러는지 궁금했던 노진이 묻자, 나일은 눈을 부라리며 노진에게 말했다.

"채주가 시키면 시키는 대로 하는 게 우리 와룡채의 채법 1항이야."

아직 만들지도 않은 채법을 들먹이며 자신을 노려보는 나일의 눈길을 노진은 감당할 수 없었다.

"예… 예, 알겠습니다."

나일이 말을 마치고 어디론가 가자 노진은 나일의 명을 이행하기 위해서 학관 정문에 있는 산해와 진미의 개집을 찾게 되었다.

분명 좋은 뜻으로 데리고 오라는 것은 아니라는 것 정도는 알기에 노진은 아무도 몰래 산해와 진미를 유인해서 학관 뒤로 가려 했다.

"쫑쫑, 왈라 쫑, 이리 와."

혓바닥을 굴리며 노진이 꼬시는데도 이놈들은 쉽사리 넘어오지 않았다.

"이리 안 와!"

일각이나 그랬건만 오지 않자, 드디어 참지 못한 노진이 직접 녀석을 잡으려 했다.

덩치가 거의 자신의 절반이나 되는 산해가 그런 노진을 물려 했다.

왈, 왈!

잽싸게 산해의 이빨을 피해서 진미를 껴안았을 때 누군가 노진을 향해 말을 걸었다.

"야, 무슨 일인데?"

기껏해야 자신보다 세 살쯤이나 많을까?

학관 내에서 보는 사람들의 평균 나이보다 한참이나 어린 열대여섯 살쯤 돼 보이는 소년이 자신을 부른 것이었다.

당황한 노진은 손을 저었다.

"아니, 나는 그, 그게 아니라……."

노진이 꼼짝없이 개도둑으로 몰리려는 찰나였다.

"알았다. 진미랑 산책하려고 그러는구나?"

"끄윽……."

노진은 자신의 입에서 나오는 신음을 삼켰다.

"그, 그래요, 진미랑 산책하려고요."

"나도 진미랑 산책하려고 온 건데 같이 할까?"

"그러죠……."

그렇게 노진과 진미, 그리고 진미를 끌고 오는 소년은 영웅학관 뒷산으로 향했다. 바로 나일이 군불을 때고 있는 곳으로 서서히 산책을 즐기며 가고 있었다.

나일은 상당히 고민을 많이 했다.

자신이 사가지고 온 죽엽청 한 병.

이것을 혼자 먹다가 단청에게 걸리면 그날로 단청이 삐치는 것은 물론이고 상당한 보복이 뒤따를 것이라는 건 지난 이백여 년을 함께 보낸 나일이 모를 리 없다.

'에라, 모르겠다.'

분명 걸리면 말도 안 되는 이유와 함께 자신을 두고두고 괴롭힐 것이라는 걸 알지만 나일은 위험을 감수하리라 마음먹었다.

죽엽청 한 병은 둘이 먹기엔 너무 부족하니까.

저벅저벅.

"왔어?"

나일은 불을 크게 하려고 나뭇가지를 집어넣으며 고개를 돌렸다.

"너는… 어라, 이게 누구야? 마협지던가?"

마협지는 정말 재수가 더럽게 없다고 생각했다.

그동안 자신의 눈앞에 있는 고조부의 의제를 피하려고 얼마나 노력했던가? 멀리서 비슷한 사람만 보여도 기숙사로 들어가 틀어박혀 있었다. 그렇게 피했는데……. 저 고조부의 의제가 얼마나 성격이 괴팍했는지를 떠올렸다.

최대한 마음에 들게 행동해야 했다.

저 얼굴을 보려니 갑자기 그때 맞았던 기억이 떠오르는 건 왜일까?

잊으려, 잊으려 했지만 지워지지 않는 기억.

"고조숙, 그동안 별래무양하셨는지요?"

조심, 또 조심하며 마협지가 나일에게 인사하자, 그제야 노진은 가슴을 쓸어 내렸다.

'우리 채주랑 아는 놈이었구나. 다행이다. 개 훔친 거 불지는 않겠지.'

노진은 이곳에 오는 도중 내내 나일을 만나면 저 소년을 어떻게 설명해야 할지 고심했던지라 자신의 걱정이 풀리자 한숨을 내쉰 것이었다.

"근데 너는 여기 왜 왔냐?"

나일은 영웅학관에서 마협지를 본 기억이 전무한지라 예상외의 곳에서 마주친 마협지를 의아하게 쳐다보았다.

"저는 저 소년과 이 개를 데리고 산책하고 있던 중이었습니다."

마협지의 말에 나일은 마협지가 데리고 있던 개를 뺏으며 노진을 향해 고함쳤다.

"야, 회계 비서! 이걸 가지고 오면 어떡하냐? 뭐 먹으라고!"

그 말에 노진이 움찔 놀랐다.

설마설마 했는데 나일은 자신이 데려온 이 개를 먹으려는 것이었다.

"채주님, 이 개를 드시려구요?"

노진의 말에 영 시답지 않다는 듯 나일이 말했다.

"내가 말한 것은 정문에 있는 그 커다란 놈이란 말이야. 이게 먹을 데가 어디 있냐?"

나일은 그러면서 노진이 데려온 개를 불 가까이 내려놓고는 때리기 시작했다.

깨갱, 깨갱, 깨… 갱… 크윽.

태어난 지 이제 팔 개월이 된, 그리고 주인에게 진미라 이름 지어진 누렁이의 일생이 모두 끝났다.

"너… 너 때문이야."

마협지가 지금껏 영웅학관 내에서 그나마 정을 붙였던 진미였다. 낯선 환경 속에서 또래라 부를 만한 이들도 없었기에 마협지는 수업이 끝나면 진미와 자주 놀곤 했다. 그만큼 아꼈는데… 마협지는 지금 일어난 사건의 원흉이 노진이라고 지목했다. 자신의 고조숙에게 그 죄를 물을 수는 없으니 만만한 노진을 지목한 것이었다.

"아니야… 난 이럴 줄 몰랐어. 정말이야!"

노진은 안색이 창백해지면서 손을 흔들었다.

"거짓말 마. 다 너 때문이야… 진미야!"

소리 내어 우는 마협지를 보며 나일이 기가 차다는 듯 웃었다.

"이거 왜 이래? 좀 있다 맛있게 먹을 거면서."

"고조숙, 어떻게 기르던 개를 먹을 수 있어요!"

마협지는 진미가 죽은 것에 충격을 받았는지 나일을 향해 감히 질문을 던졌다.

"먹으려고 죽이지, 내가 괜히 죽이겠냐? 나, 이유없이 누구를 죽이는 그런 막돼먹은 놈 아니다."

나일은 말을 하면서도 진미의 털을 불에 그슬리기 시작했다.

"어떻게 기르던 개를 먹어요!"

한층 높아진 목소리로 마협지가 묻자, 나일은 눈빛을 빛내며 그를 바라봤다.

"오라, 그럼 너는 이걸 안 먹겠다는 거냐?"

절망적인 얼굴로 고개를 끄덕이는 마협지를 보며 나일은 자기 몫이 늘어나서 기쁜 표정을 감추지 않았다.

"기르던 개를 어떻게 먹어요."

"그럼 너는?"

나일의 눈이 노진을 향하자 노진도 고개를 저었다.

"저도 마 형과 같은 생각이에요."

"니들이 개 맛을 알아!"

나일은 무턱대고 개를 먹지 않겠다는 노진과 마협지를 보며 이유 모를 화가 났다.

"이유가 기르던 거라서?"

나일의 물음에 대답한 것은 아직 나일의 무서움을 제대로 모르는 마협지였다.

"기르던 개를 어떻게 먹습니까?"

"그래, 그럼 집에서 기르는 돼지도 안 먹고, 소도 안 먹겠네?"

극단적인 예를 드는 나일의 말에 오히려 마협지는 마음을 가라앉혔다.

"그런 게 아니지요. 개를 기르는 것은 가족과 함께 사는 거랑 똑같은 일이지요."

"이런 미친놈, 개가 가족이냐?"

"개는 다른 동물이랑 달리 인간과 가장 친한 동물이잖아요. 그래서 같이 산책을 하는 사람들도 많고……."

"그건 너의 개인적인 생각이지. 나처럼 개털만 보면 재채기하는 아픔을 알아? 난 개가 싫다구. 그런데 너 같은 미친놈들은 나 같은 사람들이 있다는 걸 알면서도 개를 함부로 데리고 다니면서 산책을 한단 말이야. 나 같은 인간보다 개가 더 소중하다는 듯이… 더 화가 나는 건 소수의 몰상식한 사람들은 시장통까지 개를 데리고 나와서 개털을 사람이 먹을 야채나 과일에 들어가도록 방관한다는 거야. 알겠냐? 개를 가족같이 생각하는 놈아. 즉, 개 같은 놈아!"

개털만 보면 재채기를 한다는 나일은 전혀 재채기를 하지 않았으며, 지금 현재 죽은 진미의 군데군데 남은 털을 불에 그슬리면서 말했다.

마협지는 자신을 개 같은 놈이라고 한 나일의 말에 일순 화가 났지만 어느 정도 그런 사람 입장을 생각하니 즉각적인 반박은 하지 못했다.

"그래도 기르던 정이 있는데 어떻게 아무렇지도 않게 먹어요."

마협지를 대신해서 노진이 말하자 나일은 노진을 향해 눈을 부라렸다.

"내가 이 개를 길렀냐? 그리고 만약에 인간 둘이 개 한 마리를 기르고 있다고 치자. 배가 고파 죽겠어. 그럼 너는 어떻게 할래? 인간을 잡아먹을래, 아니면 개를 잡아먹을래?"

"당연히… 개죠."

노진의 목소리가 잦아들며 개를 먹는다고 하자 나일은 그 즉시 노진과 마협지의 아혈을 짚었다.

"내 생각에도 그래. 꼭 개를 그렇게 결벽증같이 아끼는 놈들이 그런 상황에 처하면 개를 제일 먼저 잡아먹더라고. 그리고 징그러워서 개를 못 먹는다는 놈들은 진짜 이상한 거 좋아하더라. 원숭이 두개골, 달팽이 같은 것. 참내, 웃기지도 않아서. 내 오늘 너희에게 개 맛을 알려주마!"

순식간에 혈도가 짚인 마협지와 노진은 각기 예전의 악몽 같은 일들이 떠오르며 안색이 시커멓게 변해갔다.

"자, 혈도를 짚었으니까 실컷 비명을 지르라고. 지금부터 내가 운동시켜 줄게. 못하면 막힌 혈도가 뚫릴 정도의 비명이 새어 나오게 해줄 테니까 알아서 해."

나일은 말을 마치고는 굵은 나무통을 가지고 와서 잔가지는 개의 몸통을 관통시켜 불에 올려놓은 후 다듬어진 나무통을 들며 말했다.

"자, 지금부터 재밌게, 열심히, 그리고 최선을 다하는 게 좋을 거다. 우선 마협지, 너 먼저 엎드려뻗쳐."

마협지에게는 거부할 능력이 없었다.

자신의 고조숙이니 항렬로도 보이지 않는 웃어른이고, 무공도 반로 환동을 겪었다고 생각하기에 시키는 대로 할 수밖에 없었다.

마협지가 나일 앞에서 엎드리자 나일은 손으로 죽엽청의 마개를 뜯으며 노진에게 마협지 위에 올라가라는 시늉을 보였다.

'요렇게요?'

노진이 마협지의 등 위로 엉덩이를 걸치고 앉는 시늉을 했다.

"회계 비서, 왜 이래? 똑똑한 줄 알았는데. 그러면 네가 운동이 안 되잖아. 너는 마협지 위에서 엎드려뻗쳐해."

나일은 노진을 보며 눈으로 어서 하라는 시늉을 보였고, 결국 엄마가 아들을 등에 업은 모양의 보기 드문 '이 인 엎드려뻗치기'가 되었다.

상황이 이렇게 되자 마협지는 얼굴을 찌푸리며 힘든 표정을 지어 보였다.

사실 수련할 때는 지금 노진의 세 배는 무거운 이백 근가량도 가뿐히 등에 업고 다녔는지라 자세가 불편하기는 해도 못 견딜 정도는 아니었다. 하지만 일단은 힘들다는 모습을 보여야 더 심한 것을 안 시킬 것 같아 얼굴을 찌푸린 것이었다.

"아차, 개 같은 놈. 아니, 개랑 인간이랑 똑같다고 생각하는 놈. 넌한 손 하늘로 올리고 나머지 한 손도 세 손가락은 펴야지."

나일은 작심한 듯 마협지가 견딜 수 있는 한계치의 운동량을 선물했다.

"자, 자, 그럼 내가 '정신' 하면 너희 둘 다 팔을 굽히는 거야. 이해했지?"

이게 끝이 아니었던 것이다.

나일은 둘에게 그저 기본적인 자세를 준비시킨 후 운동을 시키려는 듯했다.

힘겹게 마협지와 노진이 고개를 끄덕이자 나일이 말을 했다.

"내가 '개조' 하면 일어서는 거야. 자, 그럼 시작한다."

"정신."

콰다당, 쿵쿵.

나일이 말을 하자 마협지가 팔을 굽힘과 동시에 균형을 잡지 못해서 위에 있던 노진이 흔들리고 한꺼번에 넘어져 버린 것이었다.

"이것들이 미쳤나. 약속대로 혈도를 풀지 않고도 입에서 비명이 나오게 해주지."

그렇게 나일은 한바탕의 매타작을 마친 후 이제 다 익은 개고기를 그들의 코에 들이대며 말했다.

"이래도 이걸 못 먹겠냐?"

나일이 그 둘을 향해 말하자 두 명은 동시에 고개를 저었다.

지금 같은 심정으로는 사람이라도 먹을 수 있을 것 같은 노진과 마협지였다. 필사적으로 고개를 저었지만 나일이 보기에 그것은 반항의 몸짓이었다.

"이것들이 봐줄라니까 장난하네."

다시 한 번 나무통을 손에 든 나일이 사부에게 배운 교육이라는 것을 두 사람의 몸에 펼쳤다.

딱, 딱, 딱!

"마지막으로 묻는다. 먹을 만해, 안 해?"

이럴 때는 어떻게 표현해야 하나? 고개를 저어야 하나, 말아야 하나? 마협지는 그걸 머리 속으로 고민하다 수긍의 표시로 고개를 크게 끄덕였다. 나일이 자신의 마음을 알아주기를 바라면서……

반면 노진은 나일이 자신들의 혈도를 제압해 놓은 것을 깜박 잊은 것이라 생각해 손으로 계속 목을 가리켰다. 동작을 아주 크게 하면서……

'아차, 이놈들 아혈을 제압했었지.'

그제야 자신의 실수를 깨달은 나일이 두 명의 혈도를 풀어주자마자 그 둘의 입에서 얼마나 마음속으로 필사적으로 얘기했는지 쩌렁쩌렁한 목소리가 울려 퍼졌다.

"제발 우리 개 먹게 해주세요, 네?"

"사실은 입 안에 얼마나 군침이 도는데요."

두 명은 나일의 손에서 아까까지만 해도 불쌍하다고 생각했던 진미의 잘 구워진 몸을 들고는 뜯어대기 시작했고, 나일은 그들을 기가 막히다는 듯이 쳐다봤다.

"맛있냐?"

나일은 급하게 먹는 노진이 체할까 봐 죽엽청을 건넸다.

"마시면서 먹어."

불현듯 생각해 보니 자신이 그들에게 너무한 것 같아 나일로서도 챙겨주는 의미가 가득 담겨 있는 행동이었다.

노진이 한 모금 마시고 마협지에게 술이 갔을 때 마협지는 이것이 술이라는 것을 단번에 알아챘다.

노진이야 나일이 건네주니까 얼떨결에 먹었지만 술이라는 것을 향기로 눈치 챈 마협지는 먹어야 하나 말아야 하나 망설였다.

"왜 안 마시냐?"

"고조숙, 이거 술인가요?"

마협지는 자신의 말에 나일이 고개를 끄덕이자 죽엽청을 마시지 않은 채 나일에게 술통을 건네려 했다.

"제가 아직 미성년이라 술을 마시면 안 되거든요."

마협지의 말에 나일과 노진이 동시에 놀랐다.

"형, 이거 술이었어?"

"진짜야? 겨우 그 따위 이유로?"

함께 운동을 당하고 교육까지 받은 노진은 마협지에게 스스럼없이 형이라 부르며 자신이 먹은 것이 술이라는 것에 놀랐고, 나일은 그 좋은 술을 안 먹겠다는 것에 놀랐다.

"몇 살인데……?"

"소손, 지금 나이가 열여섯입니다."

"그럼 됐잖아. 뭐가 문젠데?"

나일의 말에 더 황당한 것은 마협지였다.

성인이 돼가지구 미성년자에게 술을 권하다니…….

"난 말이야, 열두 살 때 술을 먹기 시작했다구. 봐, 그런 나도 아무 문제 없이 이 기재들의 모임이라는 영웅학관에 입관했잖아."

'당신은 당신 스스로가 정상이라고 생각하십니까?' 라고 말하고 싶은 것을 억지로 참는 마협지였다. 그러나 나일이 교훈을 주었던 나무통을 슬그머니 주워 들자 마협지는 잽싸게 죽엽청을 들고는 목구멍에 쏟아 붓기 시작했다. 개고기를 먹었던 것처럼 안 마시면 또 무슨 짓을 벌일지 아무도 모르는 것 아닌가?

꿀꺽, 꿀꺽, 꿀꺽.

나일조차도 아까워서 아직 반밖에 못 마신 죽엽청을 마협지는 한입에 몽땅 털어 넣었다. 그리고 빈 병을 호쾌하게 던져 버렸다.

"끄응."

겁에 질려서 먹어야 안 맞는 줄 알고 입에 술을 댔다가 쏟아져 나오는 술들을 모두 목구멍으로 넘긴 마협지는 세상이 이렇게 돌아갈 수 있다는 것을 처음 경험했다.

그리고 무슨 이유인지는 몰라도 모든 일에 자신감이 생긴 듯했으며, 자신의 눈앞에 있는 나일마저도 웬지 만만하게 느껴졌다.

"고도숙… 끄윽."

마협지가 나일을 가리키며 불렀는데 혀가 꼬인 듯 제대로 부르지 못하고 있었다.

"왜……."

나일도 그런 경험이 있었는지라 가만히 마협지가 하는 꼴을 지켜보기로 했다.

"왜 아까 나를 개 패듯이 때린 거야?"

마협지는 아까 맞은 게 마음에 쌓였는지 휘청거리면서 나일에게 달려들었다.

"형, 미쳤어? 또 맞을라 그래? 정신 좀 차려!"

노진은 술에 취한 마협지가 후환이 두렵지 않은지 감히 나일에게 덤벼드는지라 마협지를 말리고 나섰다.

"너도 나빠. 일단 너는 저리 비켜 있어."

마협지는 아직 정신을 못 차리고 다시 나일에게 달려들려 하였다.

"못 봐주겠네."

나일은 허공을 격하고 마협지의 혈도를 제압했다.

"하고 싶은 얘기 이제 맘대로 해봐. 나한테 도대체 무슨 불만인데?"

나일에게 혈도를 제압당한 마협지를 노진이 눕히자 마협시기 삽자기 고래고래 고함을 질렀다.

"왜 나는 엎드려뻗쳐 힘들게 시키고 꼬맹이는 쉽게 시켜! 이씨!"

마협지의 한 맺힌 것이 그것이란 것을 알자 나일은 실소를 금치 못했다.

"너는 무공을 익혔고 다 컸지만, 내 회계 비서는 무공도 모르고 어린 애잖아."

"거짓말 말아! 내가 마교인이라서 그런 거야. 나도 다 알아. 우리 아버지가 그러셨단 말이야."

술에 취해서 행패를 부릴 줄만 알았지, 행패 부리는 것을 당해본 적이 없는 나일은 말도 안 되는 마협지의 말에 슬슬 열이 받기 시작했다.

"헉, 마교……."

어디서 주워들은 것은 있는지 노진이 혼잣말처럼 중얼거리며 온몸을 떨자 마협지가 그럴 줄 알았다는 듯 화를 내기 시작했다.

"거봐, 마교라니까 이러는 것봐!"

"이 자식이, 너 한번 죽어볼래!"

나일이 끝내는 견디다 못해 물리력을 행사하려 하자 마협지가 꺼이꺼이 울기 시작했다.

그리고는 혼잣말처럼 중얼중얼대었다.

"우리 마교는 절대 나쁜 사람들이 아니야……. 왜 그렇게 생각하는 거야? 마교라고 하면 무조건 나쁜 놈이라는 생각 말이야. 우리는 언제나 백성들 편에 섰을 뿐이란 말이야. 이 나라, 우리가 건국했어. 우리가 만들었단 말이야. 우리 마교인들이 피땀 흘리면서 이룩한 것이야. 우리는 다만 우리에게 상처 준 사람들에게 다른 사람들보다 가혹하게 복수했을 뿐이란 말이야. 우리가 언제 이유없이 먼저 공격하는 것 봤어? 왜 우리를 나쁜 놈으로 매도해… 잠재적으로 나쁜 짓을 할 거라고? 좋다 이거야. 그럼 정파 놈들은 나쁜 짓 하는 사람 없냐? 한 명도 없냐고! 마찬가지야. 우리 마교에도 정파인보다 더 선량한 사람 많아. 그런데 왜 그런 사람까지 괴롭히고 죽이려 드는 거야.”

마협지는 한참 동안을 중얼거리다가 나일을 무섭게 쳐다봤다.

“당신 같은 사람이 우리 마교인보다 더 흉악하잖아!”

방금 중얼거리는 소리의 한 열 배로 크게 소리를 지르는지라 그 울림이 굉장했다.

“이게 말이면 단 줄 아냐? 진짜 흉악한 게 뭔지 보여줄까?”

나일이 마협지를 향해 음산하게 말하자 마협지의 목에 사레가 들리고는 다시 아까처럼 혼자서 중얼거렸다.

“컥컥… 우리 할아버지만 불쌍하지. 백성들에게 고통을 안 주시려고 하는데 매두 노괴 때문에 같은 마교라고 욕을 덤탱이로 먹잖아… 하아, 불쌍한 우리 할아버지.”

‘이게 무슨 소리야. 마교에 무슨 변고가 있나?’

나일은 마협지가 혼자서 하는 양을 지켜보다가 마협지의 말에 궁금증을 느꼈다.

“마교에 무슨 일이 있냐?”

나일의 말에 마협지는 땅바닥을 보며 중얼거리다가 나일의 말에 술에 흠뻑 취한 혀를 돌렸다.

“우리 할아버지는 착한 마교도야. 근데 매두 노괴, 그 작자가 교의 제자들을 선동해 나가서 나쁜 짓을 벌이려고 하잖아…….”

“무슨 나쁜 짓?”

마협지는 술에 취해 평소라면 절대로 발설하지 않을 저부를 주서없이 주절거렸다.

"몰라. 아무래도 이 나라를 뒤엎으려고 권력자랑 손을 잡은 것 같아."

순간 노진과 나일의 머리 속에 그 권력자가 떠올랐다.

"연왕 말이야?"

나일이 서둘러 묻자 마협지는 고개를 저었다.

"나도 자세히는 몰라. 아무튼 우리 할아버지도 더 이상은 보고만 있지 않으실 거야……."

그 말을 하고 많이 졸렸는지 마협지는 곯아떨어졌다. 마협지가 곯아떨어지자 비록 술은 조금 마셨지만 배도 부르고 한 나일도 따스한 화톳불에 몸을 맡기며 잠이 들었고, 노진만이 그들을 바라볼 뿐이었다.

단청은 영웅학관 수업을 마치자마자 나일을 찾으러 나일의 전공 강의실에 갔다가 이미 수업이 끝난 모습만을 보게 되었다.

'제길, 이 정도의 인원이 빠져나갔다면 아마 나일 녀석은 지금쯤 북경을 빠져나갔을 시간이겠다.'

자신도 그렇듯이 나일 역시 수업종이 치면 무조건 강의실 밖으로 도망치는 습관이 있었다.

허탕을 쳐서 힘이 빠진 그의 어깨를 두드리는 사람 있었으니, 바로 정성천이었다.

"단청, 오래간만이야."

"그렇군. 자네도 통 얼굴 보기 힘드네."

"하하, 그런가? 요즘 사업 때문에 바쁘다네. 참, 자네 4차전까지 승리했더군. 축하하네."

"뭘 그까짓 것 가지구 그러나."

보기 드물게 단청이 겸손한 태도를 취했다.

"아니, 그까짓 것이라니… 1차전도 못 넘기고 탈락한 나를 두고 말일세. 난 자네가 얼마나 부러운지 모른다네."

"운이 따라줘서 그렇지 뭐."

"운만으로 거기까지 올랐다면 정말 자네는 천하에서 가장 운이 좋은 사람일 걸세. 벌써 자네의 실력을 인정하고 도박판에서는 자네를 16강까지 오를 거라고 예상한다네."

'겨우 16강…….'

그렇지만 벌써 겸손한 척을 했는지라 단청은 다른 곳으로 말을 돌렸다.

"내 사제 나일도 4차전을 통과했다네. 그나저나 나일이 어디 갔을까? 나일 못 봤나?"

단청의 말에 정성천이 한숨을 푹 내쉬었다.

"나도 나일 얼굴 좀 보고 싶네. 통 보이실 않아. 그래서 하는 말인데……."

정성천이 뭔가 주저하는 표정을 역력히 드러냈다.

"무언가? 내게 말하게. 내가 전해줌세."

"그러겠나? 저기… 나일이 빌려간 돈의 만기일이 지났다고 꼭 전해주게."

어두운 얼굴로 정성천이 말하자 단청도 아차 하는 심정이 들었다.

'돈을 빌렸지. 돈 나올 구멍이 없는데…….'

나일 사정이야 자신도 뻔히 아는 것인데.

"그것 때문인가? 난 또 뭐라고. 내 꼭 전해줌세. 그럼 이만."

단청은 마치 자신이 빚쟁이가 된 듯 서둘러 자리를 빠져나왔다.

정성천에게서 벗어난 후 단청은 영웅학관을 샅샅이 뒤져 봤다.

나일이 없으면 자신의 심부름은 누가 해주고 술은 누가 사주겠는가?

그런 기본적인 것에서부터 나일은 필요한 존재이며 자신의 편안한 생활을 위해서는 필요불가결한 요소이다. 노진이, 아니, 거의 모든 사람이 그토록 싫어하는 나일이지만 단청에게만은 아주 고마운 존재이다.

단청은 그러고 보니 요새 나일이 자신의 눈 밖에서 사라지는 경우가 종종 있었다는 것에 생각이 미쳤다. 곧 이어 나일이 갈 만한 곳을 탐문 수사하기 시작했다.

"분명히 학관 내에 있으면 내가 봤어도 수백 번은 봤을 텐데……."

단청은 혼자서 이렇게 중얼거리다가 수사 범위를 좀 더 넓히기로 했다.

이윽고 수업이 끝나고 영웅학관을 뒤진 지 한 시진이 흘렀다. 날이 점점 어두워지기 시작했다. 시간이 됐는지 술 생각이 절로 간절해졌다. 그러한 연유로 마침내 나일과 자신의 단골 술집인 북향루까지 오게 되었다.

"어서 옵서. 오늘은 혼자 오셨네요?"

이제는 자신을 알아본 점소이가 인사와 함께 단골의 특전이라 할 수 있는 '손님 특징 알아서 기억하고 있다는 사실 알려주기'를 행했다.

"음… 그렇게 됐네."

말을 마치고 단청은 주머니를 뒤져 봤다.

땡전 한 푼이 아니라 지갑조차 없는 자신의 실태를 깨닫자 갑자기 울화가 치밀었다.

'제기랄, 나일 이놈은 도대체 어디 있는 거야?'

술 마실 돈이 없어서 주루 의자에도 앉지 못하고 엉거주춤한 모습으로 서 있는 단청을 보며 점소이가 이상하게 쳐다봤다.

'웬일로 술 안 마시고… 마치 다시 가려는 분위기를 잡지?'

점소이는 곧 자신의 실수를 깨닫고 겸연쩍은 표정을 짓다가 자신의 이마를 쳤다.

"참, 맞다. 아까 늘 같이 오시던 분은 술 사가지고 가시던데……."

범죄는 예상치 못했던 곳에서 늘 발목을 잡히곤 한다.

'내 이놈의 자식을……!'

단청은 수사법망에 잡힌 나일의 거취에 대한 조사를 점소이에게 퍼부었다.

"언제쯤에 왔죠?"

"아마 대략 두 시진쯤 전에 왔었죠."

'흠, 그렇다면 수업이 끝나자마자 왔다는 얘기고, 이미 술을 다 먹어 버렸을 수도 있겠군.'

안타까운 마음이 치밀어 오르는 것을 간신히 참으며 단청은 계속 질문을 이어 나갔다.

"술은 무엇을? 그리고 이곳에 머문 시각은요?"

"평소 주량과 달리 죽엽청 한 병만 사셨어요. 그리고 술만 사가지고는 바삐 나가셨어요."

단청과 점소이는 마치 살인 사건의 목격자와 조사하러 나온 포두인 양 호흡이 척척 맞았다.

'평소와 달리 한 병만 샀다. 맞다, 이놈도 돈이 다 떨어졌는지 몰라. 그래서 한 병만 샀고, 그리고 바삐 나갔다는 것은 무인가 급한 일이 있

다는 뜻… 그렇다면 십중팔구 그 술은 벌써 먹어버렸겠군.'

단청의 눈살이 심하게 찌푸려졌다.

"확실한가요?"

"그럼요, 아직도 생생하게 기억하죠. 왜, 만날 그 시간에 오셔서 밤 늦도록 손님과 같이 술을 퍼드시곤 했잖아요."

점소이는 단청이 묻지도 않은 말까지 덧붙였다.

단청은 나일이 술을 사가지고 갔다는 목격자의 진술을 확보함으로써 나일을 잡아 술을 토해내게 할 수 있는 명분을 잡은 것이었다.

'이놈이! 혼자만 술 먹었단 봐라. 내가 가만 놔두나.'

거의 반 시진 동안 단청은 영웅학관 근처에서 술 마실 수 있는 곳을 생각하다가 자신의 내공을 끌어올려 천이통을 시전했다.

의외로 나일의 목소리는 가까운 곳에서 들려왔다.

바로 영웅학관의 뒷산, 정식 명칭 영후산(英後山).

단청이 본 장면은 경악할 만한 것이었다.

개고기, 분명 자신이 제일 좋아하는 노란내가 약간 풍기는, 덕지덕지 살이 붙어 있었을 개뼈다귀였다.

구주탕향은 아니지만 개고기로는 무얼 해 먹어도 맛있고 몸에 좋다는 게 평소의 지론이던 단청에게는 살점이 조금도 남아 있지 않은 개뼈다귀를 보는 것만으로도 충분한 고문이었다.

"너… 나일!"

기도 차지 않았다.

설마설마 했는데 자신을 따돌리고 혼자서 술과 그 맛있는 개고기를 먹다니, 불현듯 이것은 위계 질서가 무너지면서 생겨난 사고라는 생각이 머리 속을 스쳤다.

그렇다. 이제는 그 무너진 위계 질서를 어떡해서든 세워야만 한다.

결코 술과 맛있는 개고기 때문에 이러는 것이 아니다.

단청은 속으로 몇 번이나 되뇌면서 나일의 귀를 잡았다.

그런 단청을 보며 고함 지르는 사람이 있었으니, 와룡채의 회계 비서 노진이었다.

"위험해요! 그 사람이 행패 부리면 죽고 싶단 말이에요!"

노진은 화약을 지고서 불 속으로 뛰어드는 단청이 안쓰러워서 거의 목숨을 걸고 말한 것이었다.

단청은 그런 노진을 향해 웃어주었다.

"너는 그 꼬맹이가 아니냐."

"당신은 나를 패배시켰던⋯⋯."

노진도 단청을 알아봤다. 하긴 어찌 잊을 수 있겠는가? 자신에게 패배를 안겨준 사람을.

"단청. 이 녀석의 시청이지."

단청은 자신이 왔다는 걸 알면서도 일부러 눈을 감고 잠이 든 척하고 있는 나일의 귀를 잡아당겼다.

"꼬마야, 이놈은 내가 데려가마. 너는 저놈이랑 같이 오거라."

'그런 거라면 오히려 제가 고맙죠.'

나일을 데리고 가줘서 고맙다는 표시를 하고 싶었지만 노진은 꾹 참았다. 나일은 이런 작은 일에도 결코 복수를 잊지 않는 위인이란 걸 이미 눈치 챈 것이다. 단청은 나일의 귀를 잡고 좀 더 으슥한 곳을 향해 찾아갔다.

퍽, 퍽, 퍽!

상당히 강렬한 격타음이 울림에도 불구하고 지은 죄가 있는 나일은 그 흔한 신음 한번 내지 않으며 묵묵히 참아내고 있었다.

'이 정도로 마무리를 짓는다면 얼마나 좋을까?'

나일의 머리 속에 떠오른 생각은 그저 생각일 뿐이었다.

당연히 단청은 이 정도로 끝낼 생각이 전혀 없는지 나일을 적당히 두들기고는 일으켜 세웠다.

"너는 너의 잘못을 잘 알고 있겠지?"

나일은 잽싸게 머리를 굴렸다. 이럴 때는 '나 죽었습니다' 하고 숙이고 들어가는 게 자신에게 돌아올 피해를 최소한으로 하는 방법이다.

"그럼요, 제가 죽어 마땅하지요. 감히 혼자서 술을 먹고……."

처음부터 무조건 빌고 들어오는 나일을 향해 단청이 조용히 하라는 신호를 보냈다.

"내가 예전에 너의 사부였을 때 너에게 제일 먼저 가르친 게 무엇이더냐?"

단청으로의 변신 이후, 아니, 사부 황생의 모습이었을 때도 보이지 않던 서릿발 같은 기운이라 나일은 사태가 심상치 않음을 깨달았다.

"죽여주십시오. 잘못했습니다."

자신의 물음에는 대답하지 않고 막무가내로 굽히고 들어오는 나일을 보며 단청은 코웃음쳤다.

'어림없다. 내가 쉽게 용서할 줄 알고! 최대한 일을 크게 벌여서 술과 그 맛있는 개고기를 먹지 못한 보복을 하리라.'

마음을 다잡고는 조금 전과 같이 한기가 묻어 나오는 음성으로 나일에게 다시 한 번 물었다.

"내가 너에게 무공을 가르치기 전에 한 말이 있다. 그게 무엇인지 기억하느냐?"

단청의 물음에 나일은 머리만을 조아릴 뿐이었다.

'그게 언제적 일인데… 벌써 이백 년도 더 된 듯한데 어떻게 기억을 해.'

"내 분명 활(活)이라 부르며 무고한 생명을 해치지 말라고 했다."

뜨아!

나일은 그제야 단청이 자신을 말도 안 되는 핑계로 옭아매어 자신의 버릇을 고쳐 놓으려는 심산임을 알았다. 단청은 일을 크게 부풀려서 작은 잘못을 크게 만들어 그에 합당한 벌을 내리려는 것이다. 이것만은 막아야 하는데… 도저히 빠져나갈 구멍이 보이지 않았다.

"방금 네가 먹은 고기는 무슨 고기더냐?"

"개… 고기입니다."

나일은 이미 상황이 돌이킬 수 없을 때까지 흘러갔음을 직감하고 체념하며 힘없이 밀했다.

"크으……"

설마설마 했는데 그 맛있는 개고기라니. 단청은 자신도 모르게 침을 삼키며 나일에게 이 기회를 빌어 자신을 따돌리고 혼자서 먹은 것에 대한 징벌을 크게 내리리라 마음먹었다.

"그래, 너는 그 개가 불쌍하지도 않았느냐? 내가 몇 번이나 이야기 했었다. 사람은 누구를 살릴 수 있는 권한은 있어도 죽일 수 있는 권한은 없다고."

"그 이야기랑 이것이 무슨 상관인지……."

나일은 최대한 단청의 비위를 안 건드리는 범위 내에서 발악을 시도

했다.

"너는 그 맛있는… 흠… 아무튼 너는 그 개를 함부로 죽였으니, 내가 그 벌을 내리겠다."

그리고는 곧바로 마법 주문을 외우기 시작했다.

"안 돼요, 사부!"

급히 몸을 날리며 나일이 막아보려 했지만 이미 주문은 끝이 났다.

패밀리어 트랜스.

몸의 기운은 모두 정지하고, 입에서는 개의 언어가 나오리라.

한순간 나일의 눈앞으로 새하얀 빛이 스쳐 갔다.

"이제부터 나는 너의 능력을 모두 봉인시켰다. 그리고 덤으로 너의 입에서는 개 소리가 나올 것이다."

"컹컹(사형, 한 번만 봐주세요)!"

"물론 큰 힘을 쏟은 봉인이 아닌지라 대략 일주일이면 너를 둘러싼 마법의 효능이 사라지겠지만, 그동안 너의 손에 죽은 개를 생각하면서 약한 자의 입장에서 사는 시간을 갖도록 해라."

"컹, 커컹(이러는 게 어딨어요. 제가 무조건 잘못했어요)!"

단청은 나일의 입에서 개 소리가 나오자 자신도 이때까지 살면서 처음 사용해 본 마법인지라 나일의 모습이 그렇게 웃길 수가 없었다.

"허~ 녀석, 되게 웃기네. 당분간 너는 차라리 말을 안 하는 게 나을 것 같구나."

* * *

강소성(江蘇省) 성도(省都)인 남경(南京)은 황해(黃海)와 동지나해(東支那海)와 면해 있다. 역사를 거슬러 가면 춘추전국시대에는 오(吳)나라가 차지했던 곳이었다. 남경은 한때 오나라의 수도이기도 했고, 여러 도시에 걸쳐 있는 크고 작은 호수들과 하천들을 이용한 항로가 발달되어 사통팔달인 곳이다.

특히 호수를 끼고 경치가 아기자기하게 펼쳐져 이웃들 간에 화목도 좋은 편이었다. 그리고 지금은 이십 년 전에 세워진 연왕부 덕에 남경이라는 이름 대신 연왕이 다스리는 '연왕소국(燕王小國)'이라 백성들의 입방아에 오르내리고 있다.

그 남경성 내의 어느 집무실.

옷 사이로 비치는 탄탄한 근육과 부리부리한 눈매가 사나이다운 진취적인 기상의 모습을 드러내는 초로의 노인이 고급스러운 의자에 앉아 있었다. 그리고 그 앞에는 오체투지한 백의인이 있었다. 노인과 백의인은 그 자세로 이야기를 주고받고 있었다.

"그래, 이번에 녀석이 성혼을 한다는 말이지."

"그렇사옵니다."

"작은할아비로서 직접 가서 축하해 줘야겠구나."

노인에 얼굴에 희미한 웃음이 떠올랐다.

"그래야 하지만 너무 위험한 일입니다."

"무어가 위험한가? 세상 무엇이 나를 위험에 빠뜨린단 말인가?"

대단한 자신감을 소유한 듯한 노인이 버럭 화를 냈다.

"전하……."

"작은할아비로서 그것조차도 해주지 않는다는 게 말이 되는가?"

"그것은……."

노인의 앞에 무릎을 꿇은 백의인의 이마에서 연신 땀이 흘러나왔다.

"함정이 있을지도 모릅니다. 부디 옥체 보중하소서."

백의인은 노인을 향해 고개를 들며 단호하게 말했다.

"끌끌끌… 그것이 두려워서 가지 않는다면 천하인들은 나, 주태를 겁쟁이라 비웃을 것이네."

"지금은 이쪽이나 저쪽이나 웅크리고 기회가 오기만을 기다리고 있습니다. 만약 저쪽의 근거지에서 불미스러운 일이라도 당하신다면……."

끝내 말을 잇지 못하는 백의인을 보며 노인이 다시 고함을 질렀다.

"그러기에 자네들이 있지 않은가? 대책을 수립해야지!"

"예, 알겠습니다."

백의인이 다시 고개를 땅에 대었다.

"그런데 녀석의 부인으로 간택된 사람은 누군가?"

"황궁 학사 노림의 손녀라 하옵니다."

"노림이라… 그렇다면 결국 친구와 적이 되는 건가?"

노인의 마지막 말은 혼잣말보다도 아주 작은 목소리였기에 중년인도 그 말은 듣지 못했다.

영웅학관 내에서 인적이 드물기로 손가락에 꼽을 정도인 무영전 뒤편의 식물원에는 작은 생명체들이 아웅다웅 다투면서 때로는 서로를 돕고 때로는 서로를 위로하면서 살아가고 있었다. 그리고 아주 작은 존재들의 소리에 이끌려 식물이나 곤충에는 관심없었던 나일도 그곳을 찾게 되었다.

식물원이라 풀냉이, 엉겅퀴, 찔레 등 이름을 알 수 있는 꽃들부터 생전 처음 보는 꽃들까지 온통 그곳에는 식물들로 덮여 있었고, 그 식물들 밑으로 크고 작은 곤충들이 바쁘게 움직이며 돌아다니고 있었다.

나일은 그중에 민들레의 꽃술을 들고 여기저기 바삐 움직이는 개미를 보면서 이런저런 생각에 잠기었다.

'아~ 말을 못하니 입이 심심하구나.'

철퍼덕. 떼구르르.

"어?"

"꾸악!"

땅에 주저앉아 개미를 보고 있던 나일은 누군가의 발걸음 소리는 들었지만 어련히 알아서 피해 가려니 하는 생각에 신경 쓰지 않고 개미를 지켜보고 있었다. 그런데 그 사람은 자신을 보지 못했는지, 아니면 일부러 그랬는지 주저앉은 몸을 밟으며 넘어지는 것이었다. 그래서 그 사람과 나일은 함께 땅바닥에 뒹굴 수밖에 없었다.

'북궁주희.'

원래 이 정도의 상태라면 말과 몸의 행동이 일치하여야 하는데 나일은 목소리가 나오지 않는 관계로, 아니, 말을 하면 개 소리가 나오는 관계로 속으로 자신의 눈앞에 넘어진 여인을 부를 수밖에 없었다. 여인은 넘어지는 것에 익숙한지 곧장 일어서서는 옷매무새를 정리했다.

주섬, 주섬.

햇살이 눈부신 이런 날에는 잠시 하늘을 쳐다보곤 한다. 볼 수는 없어도 느낄 순 있었다. 그것들을 내 마음속에 그리면 된다. 저기 지나가는 구름이 소리없이 다가와 힘들어하는 내 마음에 용기를 주고는 다시 또 스쳐 가버린다. 그러면 난 이내 젖은 소매를 들어 이마를 닦고는 조용히 한번 웃으며 하루를 넘기려 하고, 오늘도 많은 사람들이 바쁜 일상을 보내며 하늘을 바라보곤 하루 가득히 내내 웃겠지.

북궁주희는 오늘도 식물원에서 목각을 조각했다.

식물원에서 목각을 조각하면 목각 조각을 하면서 나오는 나무 조각들은 바닥에 떨어져도 땅의 거름이 되는지라 조각한 후 치우지 않아도 되는 이로운 점이 있다. 그리고 인적도 드물어 정신 집중을 하는 데 도움이 되기에 거의 매일 이곳을 찾는다.

오늘도 조각을 하다가 미시(未時)를 알리는 종소리를 듣고 밥을 먹기 위해 늘 오가던 길로 식당 쪽을 향하던 중이었다. 그런데 무언가 전에 없던 물체가 자신의 앞길을 막았다. 그리고 그 물체에 걸려 나뒹굴었고, 그녀의 품속에 있던 목각 인형도 함께 떨어졌다.

나일은 자신과 함께 나뒹군 사람이 북궁주희인 것을 알고는 그녀를 일으켜 세우려고 손목을 잡아채 허리 부근을 들어 올리려 했다. 무공을 봉인당한 지금은 보통의 평범한 사람처럼 이렇게밖에 할 수 없어 우선은 그녀를 일으켜 세우려고 한 것이다.

"캬아악~ 읍!"

북궁주희는 난데없이 사람 손이 자신의 왼쪽 손목과 허리를 잡아채자 순간적으로 비명을 질러댔다. 그러나 비명을 지르던 도중 누군가에 의해 입이 막혀 버린 것이다.

북궁주희의 입을 한참 막고 있던 나일은 비명이 나오지 않자 그제야 입에서 손을 뗐다.

"누구세요?"

한결 침착해진 북궁주희는 이럴 때일수록 정신이 말짱해야 한다는 무가의 여식답게 차분한 어조로 물었다.

그러자 나일은 말을 할 수 없다는 의사 표시를 눈이 보이지 않는 북궁주희에게 할 수 없으니 손바닥에 글씨로써 알리려고 했다. 그래서 손목을 잡고 있던 손으로 북궁주희의 손을 펴려고 했고, 그 순간 누군가 미지의 인물이 자신의 손을 잡고 치근덕거리려는 것으로 오해한 북궁주희가 다시 한 번 비명을 질러대려고 했다.

나일도 거기까지는 생각을 못했다.

그것은 당연한 반응이지만 나일에게는 곤혹스러운 상황이었으니 또다시 나일은 북궁주희의 입을 틀어막을 수밖에 없었다. 잠깐의 시간이 흘러 조금 진정이 된 듯하자 북궁주희의 손을 강제로 잡아서는 손을 펴고 글씨를 써 내려갔다.

―나는 나쁜 사람 아니에요. 나는 말을 못해요.

천천히 또박또박 써 내려가는 나일의 정성이 통했는지 처음에는 거세게 손을 빼려고 시도하던 북궁주희도 그제야 나일이 자신의 손바닥에다 무슨 글을 쓰는 것이란 생각에 한 자 한 자 집중해 느끼고 곧 나일의 글씨를 이해했다.

"당신은 누구세요?"

나일의 글씨를 알아챈 북궁주희가 물은 첫마디에 나일로서는 사실 할 말이 없었다.

우선 자신이 나일이라고 하면 어떻게 받아들일지 모르는 북궁주희였고, 솔직히 예전의 그 괄괄하고 무서웠던 북궁주희의 모습이 떠올라 자신의 사형 단청을 팔아먹기로 순간적으로 결심했다.

―나는 영웅학관 오천의 단청입니다.

나일이 표현하고자 하는 바를 알았는지 북궁주희는 고개를 끄덕인 후 손바닥을 나일의 손에서 뺐다.

"실례했습니다. 그럼 이만."

북궁주희는 자신의 잘못도 있고, 한편으로는 말 못하는 사람을 불쌍하게 여기며 식당으로 다시 발걸음을 옮기려고 옷매무새를 바로했다. 그러다가 자신이 늘 지니고 다니는 목각 인형이 사라졌음을 느끼고는 땅바닥에 털썩 주저앉아 주변을 훑어갔다.

"혹시 여기 목각 인형 하나 없었나요? 보시다시피 제 눈이……."

이미 주희가 털썩 주저앉아 땅을 훑어갈 때부터 나일은 그녀가 일 장여 떨어진 곳에 떨어진 목각 인형을 찾는다는 걸 알고 그것을 주워 들고 있었다.

탁, 탁, 탁.

나일은 북궁주희를 일으켜 세우고는 우선은 그녀의 옷에 묻은 흙먼지를 묵묵히 털어주었다. 그리고는 목각 인형에 묻은 흙을 털어내며 북궁주희의 손바닥을 펴게 하고는 그 위에 목각 인형을 올려놓았다.

"고마워요."

북궁주희는 고마움을 표시한 후 돌아서서 식당으로 가는 듯했다.

'휴우, 저 요녀가 가는구나. 무사히 넘어가서 다행이다.'

나일이 다시 개미를 관찰하려고 바닥에 털썩 주저앉았을 때 주희의 목소리가 들려왔다.

"저기요……."

갑자기 들려온 목소리에 나일은 깜짝 놀랐다.

"…정말 고마워요. 그리고 오해한 거 미안해요."

그 다음날도 나일은 식물원에서 개미를 구경하고 있었다.

'내 꼴이 이게 뭐람.'

저 하찮은 존재조차도 자신의 일에 열성적으로 매달리는데 그깟 사랑 때문에 뭉그러진 가슴이 되어버리고, 한 마리의 개 때문에 인간 개가 돼버린 자신의 신세를 한탄하며 혼자서 자조적인 말들을 속으로 내뱉다가 누군가가 자신의 곁에 다가와 앉는 것을 보고 고개를 돌렸다.

북궁주희였다.

"무슨 고민이 있나 봐요?"

나일은 자신에게 말을 했다는 것은 알지만 어차피 북궁주희의 눈이 보이지 않으니 자신이 소리만 내지 않으면 사람이 없는 줄 알고 다른 곳으로 가리라는 생각에 아무런 기척을 내지 않았다.

"어제 그분 맞죠?"

이미 자신이 이곳에 있다는 확신이라도 있는 걸까?

조용히, 그렇지만 평화에서 깨지 않을 적당한 어조로 물어오는 북궁주희를 보며 나일은 손가락을 북궁주희의 손에 갖다 댔다.

어제의 경험이 있어서 그랬는지 북궁주희는 자연스럽게 손바닥을 펴 보였다.

─그냥 개미를 아무 생각 없이 구경하고 있었어요. 그러다 알게 됐죠. 개미는 죽을 때 꼭 오른쪽으로 쓰러진다는 것을…….

"호호… 재밌는 분이시네요. 개미를 그냥 아무 생각 없이 구경한다. 그리고 결국 개미에 대해 알게 됐고."

북궁주희는 나일의 글을 음미했다.

"음… 혹시 무슨 고민이 있는 것 같은데… 맞죠?"

이런 외진 곳에서 멍하니 개미를 보고 있다는 것은 개미를 연구하는 사람이거나, 아니면 개미를 핑계로 무언가에 대해 고민하고 있는 사람이라 생각한 것이다. 그리고 북궁주희는 나일이 후자 쪽이라고 생각했다.

"이 학관 내에서 개미를 아무 생각 없이 구경하는 사람은 예관 잡전의 예관사밖에는 없을걸요. 그것도 곤충만 연구한다는 예관사 단일수뿐일 거예요."

듣기에 따라선 마치 너는 예관사 단일수가 아니니 개미를 구경한다는 것은 한낱 핑계이고, 가슴속에 걱정거리가 있지 않느냐는 듯한 말이었지만 나일은 개의치 않았다.

—그냥 멍하니 바라보고 있는 게 좋아서…….

마지막 글자는 얼버무리듯 쓰고 다시 개미를 구경하려는데 북궁주희의 목소리가 들려왔다.

"단청이라고 했죠? 어제는 정말 미안했어요. 나는 당신이 정상인 줄 알았어요. 그래서 오해하고는……."

북궁주희는 말을 하다 숨을 한 번 쉬고는 보이지 않지만 어림 짐작으로 고개를 돌려서 나일의 정면을 쳐다봤다.

"저는 북궁주희라고 해요. 혼자 생각해 보니까 제 잘못이 큰데 제대로 사과하지 못한 것 같아서……."

그 말을 하며 악수하려는 듯 손을 내미는 북궁주희의 손을 나일이 잡았다.

'예상원데? 이 요녀가 이렇게 착하게 탈바꿈하다니…….'

"대신에 그 고민 제가 들어드릴게요. 고민을 누군가에게 얘기한다면 가슴속은 시원해지니까, 자~ 고민을 이야기해 봐요."

해맑게 웃어 보이는 북궁주희의 모습은 나일의 눈이 아찔할 정도로 밝았다.

'하긴 옛날에도 이쁘기는 했지.'

예전의 북궁주희를 떠올리며 나일은 씁쓸한 웃음을 지었다. 하나 너무 부담스러웠다. 그리고 지금은 누군가와 이야기하고 싶은 기분도 아니었다. 나일은 북궁주희의 손을 잡고는 그곳에 글씨를 써 내려갔다.

—그냥 혼자 있고 싶을 뿐이에요.

"아하~"

나일의 마음이 자신에게 열기에는 모자라서 아직도 굳건히 잠겨 있다는 것으로 북궁주희는 짐작했다. 그래서 더욱 조심스러운 목소리를 냈다.

"사실 어제 당신을 만났을 때 너무 익숙한 느낌이 났어요. 아주 오래전부터 알았던 느낌처럼 거부감이 전혀 안 느껴졌어요. 정말 이건 진심이에요."

말을 마친 후 북궁주희는 한숨을 내쉬었다.

"어쩌면 동병상련(同病相憐)이란 느낌 때문에 그랬을지도 몰라요. 당신은 말을 잃고, 나는 눈을 잃었으니까……."

북궁주희의 눈썹이 파르르 떨렸다.

"…그리고 당신이나 나나 혼자서 외로이 있으니까……."

이미 시력을 잃어버린 눈이었지만 북궁주희의 감은 두 눈두덩이가 붉어져 가기 시작했다.

"그래요, 이 넓은 학관에서도 우리처럼 보통 사람보다 조금 모자란 사람은 얼마 되지 않을 거예요. 이곳은 보통 사람보다 뛰어난 육체와 머리를 가진 기재들이 태반이니깐. 그래서 우리 같은 사람은 다른 사람들의 이울 릴 수 없는 긴지도……."

북궁주희는 부지불식간에 영웅학관에서 지내며 느껴온 바를 나일에게 털어놓았다.

나일은 북궁주희의 손을 끌어당겨서 그곳에 글을 썼다.

―아니에요. 난… 난 그저 조용히 있고 싶었을 뿐이에요. 울지 마요.

북궁주희는 나일의 말을 알아들었는지 자신의 눈 주위를 소매로 닦았다.

"이런, 내가 울었나… 헤헤. 보시다시피 눈을 잃으면 눈물이 나오지 않으니, 난 울지 않았다구요…….."

그러면서도 손을 들어 연신 눈가를 닦아내는 게 꼭 울고 난 아이들이 눈가를 닦는 모습과 비슷했다.

"이런, 내가 오히려 위로를 받은 꼴이네…….."

북궁주희는 바닥에 털썩 주저앉아 버렸다.

북궁주희는 왠지 자신의 앞에 있는 이 남자가 편하게 느껴졌다.

어디선가 맡아보았던 향기…

자신의 앞에 있는 이 남자는 어딘지 모르게 그와 닮았다. 눈이 보이지 않아서 그런 건지도 모른다. 눈앞에 있는 사람은 어떻게 생겼을까?

갑자기 그가 생각났다.

생각이 미치자 북궁주희는 자신의 품에 손을 뻗어 그를 조각한 인형의 안면을 쓰다듬었다.

나일은 북궁주희가 사실 부담스러웠다.

지금 자신의 몸 상태로 볼 때는 예전에 그녀에게 당했던 그때와 별반 다름없는 몸이니, 자신이라는 것을 북궁주희가 눈치 채는 날에는 그때처럼 맞을지 몰랐다.

아니, 맞는 것으로 끝나겠는가? 자신을 죽이려 들지도 모른다.

그런 생각 때문에 북궁주희와 있는 것이 불안했다. 하지만 북궁주희
는 그동안 외로웠는지, 아니면 자신에게 동지애를 느꼈는지 자신의 옆
에 앉아서 그동안 곁에 아무도 없어 밀려 있던 이야기를 털어놓았다.

"내가 그 얘기 했나? 나… 원래는 눈이 보였다는 거……."

어느 사이엔가 북궁주희는 나일에게 말을 놓고 있었다. 그래서 나일
도 말을 놓았다.

전혀 어색하지 않고, 자연스럽게 그 둘은 조금씩 친구가 되어가고
있었다.

나일은 그런 북궁주희의 손에 글씨를 써주었다.

—아니, 처음 듣는데.

"아, 그래? 내가 그럼 이 이야기를 해줘야겠네."

자신의 이야기를 듣고 공감해 줄 수 있는 사람이란 판단이 들었는지
북궁주희는 쉴 새 없이 나일에게 종알거렸다.

—알았어.

"나는 원래 중원 사람이 아니라 저 먼 북해 사람이야. 흔히 사람들
이 세외(世外)라 부르는 곳이지. 내가 있던 그곳은 북쪽 지방이야. 그
곳의 경치는 정말 가도 가도 눈만이 보일 정도로 눈이 많은… 그래서
아주 추운 곳이야. 그곳에는 북해빙궁(北海氷宮)이란 무림문파가 있는
데 나는 그곳 궁주의 딸이야……."

그렇게 시작한 북궁주희의 말에 조금씩 나일은 자신에 귀를 빌려주
었고, 어느샌가 그 말들은 나일에 마음속으로 파고들었다. 북궁주희가
누군가와 강호를 떠돌던 이야기를 하는데 그 사람이 자신 같았기 때문

이다.

"그 바보 자식은 말이야, 내가 진짜로 자신을 죽이려는 줄 알았나
봐……."

북궁주희는 한참을 멍하니 말을 멈추었다가 나지막하게 읊조렸다.

"아니면 내가 그렇게 싫었거나……."

북궁주희의 눈시울이 빨갛게 달아올랐고, 그녀의 목소리도 무언가
에 막힌 듯이 조금씩 흐느끼기 시작했다.

"바보같이 한심한 자식… 그 자식의 꿈이 뭔지 알아?"

북궁주희의 목소리에는 울음을 참아내는 듯한 기색이 역력했다.

―무엇인데?

"그게 말이야… 그렇게 약한 놈이 말이야… 나한테도 맞고 다니던
그 한심한 놈이 말이야……."

북궁주희는 한참 그를 생각하는지 더 이상 말을 토해내지 못했다.

이윽고 마음을 진정시키며 북궁주희는 그에 대한 이야기를 나일에
게 계속 들려주었다.

"그 녀석의 꿈은 세상에서 제일 센 산적이라나… 참나, 그게 말이
되니……."

북궁주희에 말에는 진한 그리움이 배어 있었다. 그를 생각하는지 북
궁주희는 자신의 품에 있는 목각 인형을 한참 동안 만지작거렸다.

"바로 이 자식이야. 그때 죽지만 않았다면 지금쯤 어느 산골짜기에
서 지나가는 행인들을 털고 있을, 아니, 아니야. 아마도 지금쯤 행인을
털다가 행인이 엉겁결에 휘두른 칼에 비명횡사(非命橫死)했을지도 모
르지."

북궁주희는 나일의 눈앞에 자신이 손수 조각해 놓고 얼마나 만지작

거렸는지 때가 껴 검게 변색된 목각 인형을 내놓았다.

자신이었다.

조금씩 나일의 눈에서 눈물이 맺혔다.

한때는 북궁주희가 죽도록 싫었다.

그런데 지금의 북궁주희를 보니 자신도 모르게 눈물이 맺혔다.

아직도 자신을 잊지 않고 기억하다니…

나일은 그것이 너무 고마웠고, 또한 너무 미안했다.

—그런데 이 녀석이랑 눈이 안 보이는 것이랑은 무슨 관계가 있는데?

나일은 북궁주희가 한 손으로 인형을 만지작거리며 말을 하지 않는 틈을 타서 그녀의 손에 질문을 적었다.

"너 같으면 그런 녀석을 잊을 수 있겠니?"

북궁주희의 말속에는 말로 표현할 수 없는 원망과 그리움이 뒤섞여 있었다.

"매일 밤 내 꿈속에 나타나는 것을. 그 한심한 산적이랑 같이 다니는 동안에는 몰랐는데… 그 녀석이 죽어버리자 알게 된 거야."

나일은 북궁주희의 말을 기다렸다.

왜?

그렇게 그녀에게 해를 끼쳤는데 도대체 왜?

"그 녀석을 좋아하고 있었나 봐. 지금까지도……."

설마설마 했는데 이 요녀가 자신을 좋아했단 말인가?

나일의 얼굴이 잘 익은 사과처럼 붉어졌다.

"그래서 결국 무공을 익히다가 주화입마(走火入魔)를 당했어. 너는 잘 모르겠지만 무공 수련 중에 잡념이 들면 위험하거든……. 그래도 난 꽤 운이 좋아서 이 정도지 죽는 사람도 있다구……."

북궁주희는 마지막 말을 하고는 나일을 향해 활짝 웃어 보였다.

이때만큼은 북궁주희 눈이 보이지 않는 게 다행이었다.

나일의 눈에서도 결국 눈물이 흘러내렸으니까…….

'미안해, 결국 나 때문에 이렇게 되었구나. 정말 미안해…….'

하마터면 북궁주희를 껴안고 울 뻔한 나일이었다.

―아직도 못 잊어? 죽었다면서.

나일은 소매로 눈물을 닦으며 북궁주희에게 물었다.

"그러니까… 아직도 이렇게 녀석을 품고 다니지."

북궁주희는 말을 하고는 쑥스러운 웃음을 지었다.

―만약에 말이야, 녀석을 다시 만난다면 어떻게 할 거야?

나일은 정말 궁금했다.

지금 북궁주희가 이야기를 했던 상대가 자신이란 사실을 알면 그녀는 어떻게 행동할까?

"무슨 그런 질문을 다 해? 하지만 녀석을 다시 만난다면……."

한 번도 생각해 보지 않았던 질문인지라 북궁주희는 나일을 다시 만난다면 어떻게 할 것인가에 대해서 곰곰이 고민해 봤다. 대답할 말이 생각났는지 북궁주희의 입가에 웃음이 번졌다. 겨우 눈물을 참아내고 있는 나일과 대조적으로…….

"우선은 내가 당한 만큼 때려줄 거야. 그건 절대로 잊을 수 없어. 그리고 녀석이 다시는 목숨을 버리지 않게 할 거야. 내 목숨과 바꿔서라도."

상상 속에서 나일을 만나고 있는지 북궁주희는 내내 웃음 지으며 목각 인형을 만지작거렸고, 나일은 그런 북궁주희를 바라보며 착잡한 기분이 들었다.

'미안, 북궁주희.'

나일은 북궁주희의 눈이 자신 때문이라는 죄책감에 수십 번도 더 마음속으로 용서를 빌었다.

땡, 땡, 땡.

저녁 식사를 알리는 종소리가 들리자 나일이 일어났다.

―밥 먹어야겠다. 너는?

"나는 조금 있다가……."

북궁주희는 오랜만에 상상 속에서 나일과 재미있는 모험이라도 하는지 입가에 미소를 지었고, 나일은 그런 북궁주희를 보는 게 너무 가슴이 아파서 먼저 일어났다.

―오늘 얘기 잘 들었어. 그리고…….

"뭐?"

북궁주희는 나일이 자신의 손바닥에다가 무언가를 쓰려다 멈추자 하고 싶은 얘기를 하라는 뜻으로 물었다.

―아니야, 다음에 또 보자.

나일은 용서를 구하고 싶었지만 결국 다음에 보자는 말만을 남긴 채 먼저 일어섰다.

제28장
천마와의 대화

무정왕룡 주연발은 지금까지 살아오면서 자신이 하고픈 바를 못한 일은 손에 꼽을 만큼 적었다. 왕가의 자손으로 자신의 아버지를 제외하고 나머지 사람들은 자신의 신분 앞에 모두 한 수 양보해 주던 터였다. 그리고 그것은 계속되어 왔고, 당연히 그래야만 한다고 생각하는 터였다. 그러나 그것이 뜻대로 되지 않는 일도 간혹 있는데 이번 영웅문제에서 우승하는 것이 그런 종류일 것이다.

주연발은 범인보다 키도 크고, 이목구비도 뚜렷하여 용모도 아름다울 뿐 아니라, 어렸을 때부터 교육열이 대단한 어머니 덕에 여러 명사(名師)들로부터 학문을 배워왔다. 그리고 아버지의 추천서 덕분에 '기재의 전당(殿堂)'인 영웅학관에 무사히 입관해서 영웅칠룡에 들기까지 했다. 하나 자신도 알고 있다. 영웅칠룡이라고 다 똑같은 것은 아니다.

영웅칠룡 중 또 다른 한 명인 신기진룡 제갈현보다 자신의 재능이 뒤처진다는 것은 스스로도 인정하는 바였다. 작년도 영웅문제 준우승자가 바로 제갈현이다. 그때 자신은 그 제갈현에게 참혹하게 패했다. 하나 그것 하나 때문에 자신이 제갈현보다 모자라는 것을 인정하는 것은 아니다.

늘 영웅학관에 입관한 후부터 주연발은 스스로 자신의 다른 여러 능력을 제갈현과 비교해 왔다.

그런데 무엇을 비교하든지 간에 제갈현은 자신을 앞질렀고, 제갈현이라는 존재는 도저히 넘을 수 없는 벽처럼 느껴졌다. 그 세월이 벌써이 년이다. 지금에 이르러서 주연발의 마음은 이미 자신은 싸우기도전에 '제갈현을 이길 수 없다'라고 굳어졌다. 이번 영웅문제에서도 제갈현을 만난다면 자신은 패배할 것이라고 지레 예상했다. 그래서 제발결승전에서나 제갈현을 만나게 해달라고 하늘에 빌기까지 했다. 다행히도 하늘은 자신이 원하는 것 이상으로 더 도와줬다.

제갈세가(諸葛世家)가 무림 오대세가 중의 하나이니 자신의 부친 휘하로 볼 수 있지만, 이미 오래전부터 오대세가가 따르는 것은 부친이아니라 바로 남쪽에 새로 세운 마교 교주임을 자신도 잘 알고 있었다. 그렇기에 오대세가에 대한 영향력은 자신, 아니, 자신의 부친 권한 밖이었다.

자신은 저번 영웅문제 때 삼위에 입상한 홍금봉과 4강 진출자 진성룡이 졸업했기에 영웅칠룡을 유지할 수 있었다. 하지만 제갈현이 아직남아 있었기에 이번 영웅문제의 우승은 기대하지 않았다. 그러나 영웅학관 무관주이며 영웅학관 내의 오대세가 수장 격인 모용후와의 거래로 제갈현과 붙는 경우 승리를 얻게 해준다는 약조를 받았으니, 이번영웅문제의 우승자는 자신으로 결정난 것과 다름없다고 생각했다. 제갈현을 제외한다면 다른 어떤 사람과도 자신있었다. 영웅학관에서 바둑에 관한 한 제갈현을 제외하고는 자신이 겨본 상대가 없었기 때문이다. 그래서 그 문제는 일단 접어두기로 했다. 이제는 주루에서 자신을 때린 그 무엄한 놈을 잡아서 그날의 복수를 해야겠다고 생각했다. 그놈의 무공이 보통을 넘지만 자신과 친한 영웅학관의 무재들이 어디 한둘인가?

서너 명만 끌고 간다면 그 자식은 당장에 무릎을 꿇고 싹싹 빌어올 것이다. 그럼 그 자식을 분이 풀릴 때까지 때리면 된다.

이 얼마나 통쾌할 것인가?

분명 그 자식은 기학(奇學) 수업을 같이 들었던 녀석이다.

그렇다면 그 시간이 끝난 후 모든 준비를 하고서 살며시 불러 으슥한 곳으로 끌고 가 복수를 하면 된다.

주연발은 연신 실실대면서 주먹을 부르르 쥐었다.

"두고 봐라, 이놈!"

예관사 홍형석은 지금 한창 벌어지고 있는 영웅문제의 대국을 풀이하면서 쏟아지는 관생들의 질문을 받고 있었다.

개중에는 자신도 생각해 보지 않았던 수들도 있어 당혹했지만 아직은 버틸 만했다. 상식 이하의 수를 질문하는 기재들도 있지만 그 정도는 너그러이 용서해 줄 수 있었다.

다만 저 맨 뒤에서 수업 시작과 동시에 여러 가지 엄폐물로 자신의 시선을 가리며 조는 것도 아니고 널브러지다시피 하며 자기 시작한 녀석과 수업 초반에는 앞에 앉아 있는 여관생을 힐끔힐끔 쳐다본 후 자신의 시선은 신경도 쓰지 않으며 대놓고 엎드려 자는 녀석.

그 둘만은 도저히 용서할 수가 없었다.

벌써 한 달이 지난 시점인데 저 녀석들은 그전 수업도, 그 전전 수업도 그랬던 것 같다.

그래서 홍형석은 관생들의 질문에 친절하게 대답해 준 후 영웅학관에서 예관사 생활 십 년 만에 처음으로 일그러진 얼굴로 소리쳤다.

"야, 맨 뒤에랑 그 앞에 이리 나와!"

홍형석으로서는 그 둘을 자신의 앞에 세우고 일장 훈계를 해 보여야 속이 시원할 것만 같은데 야속하게도 그 순간 종이 울려 버렸다.

땡, 땡, 땡.

종소리가 치자 기다렸다는 듯이 일어나서 능숙하게 짐을 싸들고 내빼는 녀석들의 행동은 전문적으로 이런 류의 일을 하는 사람처럼 노련해 보였다.

홍형석이 방금 소리친 것이 무안해질 정도로…….

"야! 야!"

애타게 불러보지만 그 둘은 들은 척도 안 하고 짐을 싸서는 강의실 문밖으로 나갔다.

그리고 그 둘이 그렇게 사라질 때 지금까지 열심히 수업을 듣던 주연발마저 책을 챙기지도 않고 뛰쳐나갔고, 그런 주연발을 따라 쫓아가는 여관생…….

한마디로 엉망이었다.

주연발은 그들을, 아니, 나일을 쫓아 밖으로 나갔다.

어느새 사라진 모습을 더 쫓으려고 일단 강의실로 책을 챙기러 들어가려다가 자신의 뒤에 붙은 구비화를 보고는 책 챙기는 것을 보류하고 기숙사로 몸을 숨겼다.

뒤도 돌아보지 않으면서 속으로 구비화를 향해 저주를 퍼부었다.

'제발! 그만 가! 너 때문에 되는 일이 없어! 에이, 쫓아오다가 넘어져 버려라.'

단청은 자신 앞에서 영웅학관 서고 건물의 벽을 긁으면서 우울한 모습을 한껏 드러내는 나일을 보았다. 자신과 멀찌감치 떨어져서 걸어가는 나일의 뒷모습에는 왠지 모를 처연함까지 드러나 있었다.

'정말 대단한 연기력이구나.'

자신도 알고 있다. 지금 나일이 하고 있는 행동의 의미를…….

처량한 표정이란 표정은 다 지으며 말없이 땅을 쳐다보면서 벽에다 손톱을 대고 긁어대는 나일은 시위를 벌이고 있는 것이다.

'제발 이 마법인지 저주인지 모를 것 좀 풀어주세요.'

이런 말 대신 개 소리가 나올까 봐 몸으로 표현하고 있는 것일 테지… 그렇지만 두 번, 세 번을 생각해도 나일이 한 행동은 믿었던 사람에게 배신당한 느낌을 지울 수 없기에 단청은 그런 나일을 못 본 척하며 자신의 방으로 향했다.

'고생 좀 해봐라.'

*   *   *

[이것은 이상하다. 이럴 수는 없다. 어떻게 이럴 수가…….]

맨 처음 이 몸에 들어왔을 때는 자신과 동등한 정도의 경지를 바라보고 있었고, 그리고 자신을 뛰어넘는 그 무엇인가가 있다는 느낌을 강하게 받았다. 그래서 자신이 넘지 못하던 그 밖에는 무엇이 있을까? 하는 호기심으로, 한편으로는 밖에 나간다면 소멸이 될 것 같은 엄청난 힘에 밀려 이 몸의 한구석을 차지하게 되었다. 그런데 이 몸은 조금씩 조금씩 약해지더니 지금에 와서는 갑자기 모든 힘이 사라져 버렸다. 이것은 자신으로서는 예상치 못했던 일이고, 있을 수도, 아니, 있어서도 안 되는 일이었다.

깊어가는 밤, 나일은 잠을 청하기 위해 자리에 누웠다.

단청이 아직 방에 돌아오지 않은 것이 마음에 걸리기는 했지만 언제 그런 것에 신경이나 썼는가?

애도 아니고, 자그마치 만 오천 살이나 먹은 용인데 '어련히 알아서 하겠지'라는 생각으로 나일은 잠이 들었다. 막 잠이 들려던 찰나, 자신의 머리 속에서 무엇인가가 웅얼대는 소리가 들려왔다.

멀리서 아련하게 들려왔던 목소리는 분명 자신의 머리 속에서 들려오는 것이있기에 나일은 반쯤 쏟아지던 잠을 쫓으며 그 목소리를 듣기 위해 정신을 집중했다.

그러다가 놀라고 말았다.

그럴 수밖에 없는 것이, 그 웅얼대는 목소리가 종내에는 자신이 알고 있는, 한 번 들어보았던, 잊을 수 없는 그 목소리로 변했기 때문이었다.

그 웅웅웅거리던 목소리가 나일을 향해서 질문하기 시작했다.

[이 몸의 주인은 살아 있는 거냐?]

나일은 예전의 일을 기억하고는 그 목소리와의 대화를 시도했다.

"이게 누구야? 당신 아직도 내 머리 속에 있던 거야?"

나일은 자신의 마음속 생각을 담아 그 목소리에게 대답했다.

[이게 어떻게 된 일이냐?]

그 목소리에는 당혹감이 실려 있었다.

"무얼 말이오?"

[왜 이렇게 한없이 약해져 버린 거냐고.]

그 목소리는 나일의 몸속에, 정확히 말하면 뇌의 한구석을 차지하고 있던 백호이며 치우천왕이기도 한 마교의 시조 천마였던 것이다.

"젠장, 낸들 이러고 싶겠소? 내 사형이 날 이 지경으로 만든 거지……."

나일이 투덜거렸다.

[그럼 나는 어떻게 되는 것이냐? 너를 믿고 네 몸속에 들어와 높은 곳을 보려 했던 나는 어떻게 되는 것이냐고…….]

천마에게는 이것이 가장 중요한 일이었기에 묻지 않을 수 없었다.

"나도 모르오. 다행히도 앞으로 삼 일 후에는 나를 제약했던 기운이 사라질 것이라 하니 내 몸도 정상으로 돌아오겠지……."

[휴우~ 그래, 정말 다행이군.]

천마는 별 이상 없다는 것을 확인하자 진심으로 기뻐했다.

"당신이 다행일 건 뭐요? 어서 내 몸에서 나가주시오. 빨리……."

나일은 천마가 자신의 기억을 이어준 덕분에 기억을 되찾은 것을 잊은 채, 자신의 몸 안에 다른 존재가 들어온 것이 께름칙해서 축객령을 내렸다.

[나도 할 수만 있다면 그러고 싶은데 그건 불가능하네.]

영혼을 이동시킬 수 있는 매개물도 없고, 현재 천마는 황생에게 자신의 영혼을 금제당했다. 나일의 몸 밖으로 나가면 소멸하게 되는 처지라 천마는 나일의 축객령을 거부했다.

"뭐요, 젠장."

천마를 자신의 몸 밖으로 나가게 할 수 있는 방법도 모르거니와 그럴 수 있는 능력도 없기에 나일은 고함만 질렀다.

[누가 너를 이렇게 만들었느냐?]

천마는 누가 나일을 이런 상태로 만들었는지 궁금함을 참지 못하고 물었다.

"누구긴 누구겠소?"

[그럼 예전에 너의 옆에 있던 그가 너를 이렇게 만들었단 말이냐?]

나일의 말은 천마의 예상을 재확인시켜 준 것이다.

[그런가…….]

천마는 한참을 무슨 생각을 하는지 말이 없었다.

[그렇군, 알았네. 나는 이만 다시 있던 곳으로 돌아가서 잠들겠네.]

"잠깐, 잠깐만……."

천마가 다시 잠이 든다고 하자 나일이 천마를 급히 불렀다.

[왜 그런가?]

나일은 잠시 뜸을 들였다.

"그냥 불러봤소. 며칠 동안 누구와도 대화를 해보지 못해서… 아시다시피 말을 하지 못한다는 건 여간 곤혹스러운 일 아니겠소?"

[왜 말을 못하는데?]

천마도 그 이유를 알 거라고 생각했는데 자신에게 물어오자 나일은 알려줄까 말까 고민했다. 알려줘 봤자 쪽팔리기만 하지, 자랑스러운 일은 아니지 않은가.

"그것이……."

나일의 생각이 전해진 것일까? 천마는 그게 웃어 웠겼다.

[크크크, 어떻게… 크크크… 인간에게 그런 일이… 크크크……!]

얼마나 크게 웃는지 온 머리 속이 어지러웠다.

"그만 좀 웃으시오. 머리 속이 울려서 토악질이 나오려 하오."

[크크크… 네가 이런 얘기를 누군가에게 듣는다면, 인간에 입에서 인간의 언어가 아닌 개 소리가 나온다면 안 웃기겠는가? 크크크……]

"아무리 그래도 당하는 사람 기분도 생각해 줘야 하지 않겠소? 젠 장!"

욕이 안 나오려 해도 안 나올 수가 없다. 아니, 나일의 성질에 이 정 도로 끝내는 경우도 없었다. 눈에 보였다면 어디 한 군데가 부러질 정 도로 때렸을 것이다.

[네가 보기에 내가 사람으로 보이냐?]

천마이자 치우천왕이며, 백호이자 전설의 삼황 중 수인이라고는 느 껴지지 않을 정도로 유치한 물음이었다.

"참나, 말꼬리 잡기는. 그런 식으로 사니까 내 몸속에 들어와 기생하 는 것 아니오."

나일이 그런 치우천왕의 속을 뒤집어놓았다.

[뭐라고?]

"아니꼬우면 나가던가?"

나일은 자신이 사람을 열받게 만드는 재주를 지녔다고 생각했는데 사람이 아닌 존재에게도 통한다는 것을 알았다.

[크크크… 어쩌다가 내 꼴이 이 지경이 된 건지……]

치우천왕이 자조 섞인 웃음을 지었다.

"그러게 왜 웃소? 그건 그렇고 정말 어쩌다가 내 몸속에 들어오게 됐소?"

나일의 말속에는 얼마간의 측은해하는 마음이 들어 있었다.

그 말에 문득 치우천왕 천마는 어쩌다가 자신이 이렇게까지 됐는가? 에 관해 한탄하다가 자신의 삶을 한번 돌아보았다.

[나 역시 이해가 되지 않는군. 그냥 눈을 감았다가 다시 떠보니 너의 몸속이었다. 도대체 나에게 무슨 일이 벌어진 건지 모르겠어. 다만 짐작 가는 부분은 있지만…….]

천마의 말에 문득 호기심이 드는 것은 당연한 일이다. 보통 사람도 아니고 전설적인 존재인 그에게 어떤 일이 벌어졌기에 이렇게 된 것일까? 그때 당시 사부는 자신에게 모종의 이유라고 하면서 언급을 피했다. 그러고 보니 정말 궁금했다. 자신이 지금껏 본 책에서는 치우천왕을 어떻게 표현했더라… 나일은 치우천왕에 관한 자료 중 자신이 아는 것들을 더듬어보았다.

사마천이란 사람이 쓴 사기에는 이렇게 전했다.

치우천왕은 귀신 같은 용맹을 자랑했고 구리 머리에 쇠로 된 이마를 했다고 한다. 그것은 투구를 말함이다. 능히 큰 안개를 일으키듯 온 누리를 다스릴 수 있었다. 광석을 캐고 철을 주조하여 병기를 만드니 천하의 모든 이가 크게 그를 두려워했고, 천하를 다스렸다. 그러나 천하무적인 치우천왕에게도 영원한 맞수가 있었으니 그가 황제(皇帝)이다. 치우천왕과 황제는 하북성 탁록(涿鹿)에서 자신들의 힘을 쥐어짜며 싸웠는데, 이것이 고대 중원 최대의 전쟁이라고 전해 내려오는 그 유명한 탁록전쟁이다. 싸움의 승자는 황제로 결정났다.

사기의 뒷부분은 이렇게 비교적 허무하면서 간단히 끝났다. 징직

'황제'로 유희를 보냈던 당사자인 사부도 이 이야기에 관해서는 잘 이야기해 주지도 않았다. 해서 궁금했던 이야기였는데, 또 다른 당사자인 천마를 만나니 잠도 오지 않고, 나일은 이 참에 이야기를 듣는 것도 나쁘지 않다고 생각했다.

"그 이야기나 한번 들려주시오, 며칠 심심했는데……."

[그럴까… 그럼 어디서부터 할까?]

치우천왕 역시 오랜만에 누군가와 이야기하는 것이기에 이야기를 들려주면서 자신이 지금 여기까지 오게 된 이유를 반추하는 것도 좋을 듯했다.

"시간도 많은데 처음부터 해요, 당신이 태어났을 때부터……."

성의없이 부탁하는 나일의 마음이 고스란히 천마에게 전해졌다.

천마는 약간 씁쓸한 기분이 들었지만 나일에게 자신의 이야기를 들려주기 시작했다.

[내가 존재한다고 느꼈을 때, 그러니까 내가 만들어진 것은 신이라 불리는 나의 아버지가 이 세계의 모든 것들을 창조하고 인간들마저 창조하신 후였다. 아버지께서 맨 마지막에 창조하신 게 바로 우리 영황(映凰)들이지.]

"영황? 그게 뭐요?"

생소한 단어였기에 나일은 궁금증을 참지 못하고 물었다.

[음… 그러니까 신의 권능을 부여받아 그 일부를 사용할 수 있는 존재라고 인식하면 쉽겠지.]

"아! 용 같은 것들 말이오? 봉황이나 현무 같은 것들. 맞지 않소?"

나일은 치우천왕이 말하는 영황이란 것에 사부를 떠올렸다.

[그래, 그런 것이지. 인간들이 상상의 영물이라 부르는 것들이 바로

영황이지.]

　나일이 생각하기에 영황이라는 것이 상상의 영물들을 총칭한다면 그 수가 많을 것 같았다.

　"그 영황의 숫자가 많소?"

　[음… 신이 만드신 영황의 숫자는 많지만 나와 같이 뛰어난 능력을 가진 존재는 몇 되지 않는다.]

　어쩐지 치우천왕과 이야기를 하면 할수록 치우천왕도 자기 자신에 대한 상당한 자부심을 가지고 있다는 것을 느낄 수 있었다. 마치 사부처럼……

　"그렇구려… 영황들 대부분의 성격은 비슷한 것 같군……"

　[뭐라고?]

　"아니, 아니오. 얘기 계속하시오."

　[음, 그러니까 내 기억 속에 있는 나라는 존재는 저 먼 동방의 땅에서 살고 있었다……]

　치우천왕은 드디어 자신의 이야기를 서서히 나일에게 꺼내기 시작했다.

　[저 먼 동방 땅, 아사달이라는 곳에서 나는 살았다. 그때 이름은 자오지였다. 나는 동방의 고조선이란 나라의 14대 단군이었다. 단군이란 동방의 우두머리 같은 존재이다. 중원에 와서 알려진 치우란 이름은 자오지가 되기 전에 얻었던 이름이고, 세속의 말로 우레와 비를 크게 만들어 세상을 바꾼다는 뜻이며, 천왕(天王)은 신지를 지키는 유일한 영황들의 우두머리라는 뜻이었다. 나는 영황으로서 자신이 존재함을 느끼자마자 하늘의 신을 따라 아사달로 내려왔다. 다른 영황들이 아사달을 떠나 다른 곳으로 가거나 신이 다시 하늘로 올라간 후에도

나는 신지를 떠나지 않았다. 나는 그 후에도 맨 처음 신을 따라 내려왔던 인간들과 같이 어울려 살았다. 나와 능력이 비슷해서 사대영황이라 일컬어지는 주작, 현무, 그리고 곤룡이 모두 중원에 머무르며 각자의 삶을 유유자적하게 살았을 때에도 나는 인간으로서 동쪽의 성지인 그곳을 지키며 천 년을 살았다. 용과 비슷한 모습 대신 신령한 존재인 하얀 호랑이의 모습으로 성지인 그곳에 다른 마귀나 귀물이 접근치 못하도록 지켰다. 그곳은 신이 이 땅에 처음 내려와 밟은 신지이기 때문이다. 그 후로 그곳은 신의 후손 중 가장 뛰어난 이가 단군이라는 이름을 가지고 다스렸고, 나는 단군이 치세를 하도록 조언하면서 그렇게 천 년을 유유자적(悠悠自適)하며 살아왔다. 한편 성지 서쪽에서 살던 주작과 현무는 중원에 살던 미개한 인간들을 가르치며 그들을 한 무리로 모으기 시작했다. 그렇게 몇백 년을 지나가자 먼저 주작인 신농(神農)이 그들 모두를 다스리다 숲들이 우거진 곳을 찾아서 휴식을 취했다. 그리고 그 다음으로 현무인 복희(伏羲)가 중원을 다스리다가 싫증이 나서 남해의 바닷가로 가 그 포근하고 달콤하면서 때로는 그 무엇보다도 공포스러운 파도에 몸을 맡긴 채 중원을 곤룡에게 맡겼다.]

천마의 음성이 조금씩 커져왔다. 처음의 자조적인 목소리가 아닌 무언가를 꿈꾸는 듯한 목소리로……

[사실 주작과 현무는 신이 인간에게 문명을 가르치라는 계시를 받고서 그들에게 문명을 가르쳤고, 다음 차례인 곤룡도 자신이 알고 있는 문명을 인간들에게 가르치려 했다. 하나 곤룡은 또 다른 영황이자 신의 말을 거역하고 하늘에서 쫓겨난 가루라에게 붙잡혀 인간들에게 문명을 가르치기도 전에 너무나 쉽게 죽고 말았다. 용을 잡아먹고 산다는 가루라에게 곤룡은 자신의 힘을 드러내 보이지도 못하고 패배

했다.]

　치우천왕의 긴 이야기는 계속 이어졌다.

　[영황들에게는 각자의 내단(內丹)이 있다. 흔히 여의주라 부르는 것인데 용만이 가지고 있는 것은 아니다. 이 가루라의 발톱은 여의주를 가로채서 깨부술 수 있는 유일한 도구로써 가루라의 발톱에 여의주가 닿으면 세상 그 무엇보다도 단단한 여의주가 한낱 유리알처럼 깨져 버릴 수밖에 없는 기이한 능력을 가진 것이다. 아마도 이것이 천적이라는 것일 게야. 천적! 태초에는 많은 용들 화룡, 지룡, 수룡 등이 있었다. 용은 다른 모든 존재에 비해 우월한 힘을 가졌지만 가루라에게만은 맥을 못 춘다. 이것을 모든 영황들도 알고 있었지. 그 가루라는 괴상한 그 발톱으로 수많은 용들을 죽였다. 그렇지만 설마 사대영황 중 하나인 곤룡을 죽일 수 있으리라고는 생각도 못했다. 그 일로 용이 모두 사라지고, 세상은 점점 혼란해졌다. 그 틈을 타서 가루라는 인간을 지배하려 했다. 그때까지도 나는 세상을 그대로 두고 방관하려 했지만 갖은 패악을 지지르는 가루라를 보며 그를 징계하기로 마음먹고는 그와 싸우게 되었다. 아무리 가루라의 능력이 대단하고 용을 잡아먹고 산다지만 사대영황 중에서도 가장 강하고 지혜로웠던 나는 녀석의 약점을 다 파악했다. 거기다가 가루라의 장점인 여의주를 부수는 발톱은 내겐 소용없었다. 그에 대비해서 나는 여의주를 단단한 철잠사로 싸매어 그 빛을 숨긴 채 싸웠기 때문이다. 그가 어찌 나를 이기겠느냐? 다만 그가 죽으면서 마지막으로 내게 남긴 한마디 말을 듣지 못했으면 좋았을 것을……]

　치우천왕은 뜻 모를 한탄식을 내쉬었다.

　[그가 죽어갈 때 내게 들릴 듯 말 듯한 목소리로 이런 말을 남겼다.

저 동쪽 바다 속을 지난 땅 끝에 그동안 자신이 부서뜨린 여의주를 모두 모아두었다고, 그것을 합일시켜서 가지면 생사를 주관할 수 있는 권능을 얻을 수 있다 했다. 그는 그것을 가지고 있었다면 패배하지 않았을 것이라고 아쉬워했지.]

치우천왕은 가루라와의 치열했던 결투를 떠올렸다.

말로는 간단히 들려주었지만 가루라와의 싸움은 삼 일 밤낮을 새운 공전절후(空前絶後)의 결투였던 것이다.

"아니, 그렇다면 신이 직접 싸우면 되지, 당신이 싸울 필요 없이……."

나일이 이상한 듯 물었다. 그리고 보면 신이란 작자는 이 치우천왕과 싸우라고 사부를 다른 세계에서 끌어들여 자신을 지금껏 고통받게 하는 원흉이 아닌가?

나일의 말에 치우천왕은 나일이 그렇게 생각하는 것도 무리는 아니라고 생각했다.

모든 것을 창조하신 존재, 한때는 이 지상에서 살았던 존재, 그리고 지금은 저먼 하늘 위쪽에서 그저 모든 것을 관망하는 존재…

[그렇게 생각할 수도 있겠지만 그것에는 이유가 있단다. 이것을 아는 존재는 거의 없는데…….]

치우천왕은 그것이 무슨 대단한 비밀이라도 되는 것처럼 굴었다.

"아, 빨리 얘기 좀 해줘요."

나일은 치우천왕이 은근히 목소리를 줄이며 뜸을 들이자 빨리 이야기를 하라며 재촉했다.

[신이 이 세계에서 직접 벌이는 작은 손짓 하나는 그가 만든 다른 세계에 엄청난 태풍으로 나타날 수 있단다. 언젠가 신이 다른 세계에서 침을 한 번 뱉었는데 이곳에 엄청난 대홍수가 일어난 적도 있지. 그때

영황들이 힘을 모아 하나의 배를 만들어 신이 만든 지상의 피조물들을 태우고 홍수를 피하느라 엄청난 시련을 겪었었지.]

나일은 방금 들은 내용이 말도 안 된다고 주장하려다, 주장이라는 것도 상대보다 많이 알아야 할 수 있는 것인지라 그냥 넘어가기로 했다.

"알았어요… 그럴 수도 있다고 쳐두죠. 가루라랑 싸워서 이긴 후의 이야기나 해줘요."

[아무튼 가루라가 죽은 후 나는 수인이라는 이름으로 중원을 다스렸다. 중원은 내가 있던 성지인 아사달과 비교할 수 없을 만큼 넓고, 정말 또 넓었다. 많은 다툼도 있고, 또한 많은 사랑이 싹트던 곳……. 그 넓은 중원을 다스린 지 이십 년째가 되던 해… 내게 한 여인이 다가왔다.]

치우천왕은 자신의 기억 속에 선명한 그 여인의 얼굴을 떠올리자 자신의 가슴이 아직도 설레는 것을 느꼈다.

'아직도 그녀에 대한 사랑이 남아 있었던가? 그렇게 딩하고도…….'

예전의 일을 떠올렸지만 설레던 감정은 쉽게 사그라들지 않았다.

결국 치우천왕은 혼자서 쓴웃음을 지었다.

[난 처음으로 사람에게 빠져들었고, 그때는 두려운 것도 없어 늘 행복하고, 또한 기쁘고, 그녀가 내 곁에 있는 것만으로도 저절로 힘이 솟는 그런 기분이 들었었지. 그녀는 서쪽 지방에서 왔는데 기이한 운명의 장난인지 가루라가 만든 종교인 파교(婆敎)의 교주였어. 그 사실을 알았을 땐 참 얄궂은 인연이라 생각했지만 이미 그녀가 내게 없으면 안 될 것 같았다. 그래서 나는 내가 그녀가 믿는 파교의 창시자인 가루라를 죽였다는 걸 비밀로 한 채 그녀와 행복한 나날을 보냈다. 그녀는

내게 많은 것을 가르쳐 주었는데, 그중에 하나가 바로 무학이었다. 무학… 그것은 참으로 놀라운 세계였다. 나는 차근차근 하나하나 그 넓은 세계를 연구했다. 그러던 어느 날이었다.]

나일은 치우천왕이 이야기를 오래하자 '영황들은 다 이렇게 오래 이야기를 하는 것인가?' 에 대한 의문이 들었다. 천룡인 자신의 사부이자 사형에 못지않게 치우천왕은 길게 이야기를 했다.

'아~ 실수다. 괜히 처음부터 하라고 했네. 이런 젠장, 졸리지도 않나?'

이런 나일의 심정도 모른 채 치우천왕은 자신의 이야기를 계속해 나갔다.

[꽃이 지고 낙엽이 지고, 들판의 곡식도 익어 풍요로웠지만 어쩐지 외로운 가을. 나는 그녀가 머물고 있는 화설궁을 찾았다. 화설궁은 그녀의 이름 화설홍(花雪紅)에서 따온 아름다운 정원을 가진 궁이다. 혼자서 그녀를 보기 위해 발길을 재촉하다 화설궁 앞의 정원에 떨어진 낙엽을 밟으며 중얼대는 그녀의 말을 들었지. '아! 난 이렇게 늙어가는데… 그는 여전히 변하지 않고, 시간이 흘러 점점 늙어가도 그는 나를 계속 사랑해 줄까?' 그녀의 말을 듣는 순간 나는 우뚝 멈춰 설 수밖에 없었다. 그래, 그녀는 늙어가고 언젠가는 죽을 거야. 왜 난 그걸 몰랐을까? 난 왜 바보처럼 이 순간이 영원하리라고 생각한 거지? 무언가 둔탁한 물건으로 머리를 맞은 느낌이었다. 만류귀종(萬流歸宗). 그때 내 머리 속으로 스쳐 간 것이 바로 그녀가 가르쳐 준 무학이었다. 난 그 속에서 지금 내가 가진 권능과는 비교도 할 수 없는 권능인 생사를 주관할 수 있는 권능을 얻을 수 있을지도 모른다는 막연한 생각으로 무학을 익히기 시작했다. 그때 내게는 시

간이 없었다. 나에게 백 년이란 시간은 내가 살아가는 생의 자그마한 일부분이겠지만 그녀에게 그 백 년은 그녀의 전 생을 다 털어도 감당할 수 없는 오랜 시간이니까……. 그래서 나는 보다 빨리 무공을 익힐 수 있는 방법을 생각했다. 결국 찾아낸 것이 그녀가 가르쳐 준 무학 중 역혈기공에서 발전시킨 역천대법이었다. 물론 그 방법은 내 생각에도 많은 위험 요소를 가지고 있었지만 내겐 시간을 최대한으로 단축해야만 하는 절박한 이유가 있기에 그 모든 것을 감수하고 무학을 수련했다. 하나 수련과 동시에 찾아오는 돈오(頓悟)의 벽은 높아갔고, 끝내 내가 넘지 못한 벽이 생기고 말았다. 천마를 뛰어넘어 도마로 들어가는 관문은 불가능을 모르던 나에게 참담한 절망을 안겨주었다.]

그때를 생각하고 있는지 더 이상 치우천왕의 목소리가 들려 오지 않았다.

"뭐예요, 이야기 끝난 거예요?"

나일은 이야기를 중도에 그만둔 치우천왕에게 물었고, 생각했던 것보다 빨리 치우천왕은 다시 이야기를 시작했다.

[불가능… 그것은 실현될 수 있는 여지를 가리킨다고 생각하던 내게 힘이 미치지 못해 할 수 없는 것이라고 다시 인식시키던 말이었다. 그때는 그녀가 늙어가고 있는 것을 알며 언젠가는 사라져 버릴 것에 한참 동안 절망하던 때였다. 나는 그 옛날 가루라가 죽어가면서 했던 말들이 떠올랐다. 생사를 주관할 수 있는 힘, 나로서도 그저 땅속 깊이 묻어두어야 했던 금단의 힘을 생각해 냈고, 그것을 찾으러 가게 되었다.]

나일은 당연히 금단의 힘을 찾는 이야기기 니올 줄 알았는데 치우천왕은 전혀 엉뚱한 이야기를 했다.

[대부분의 영황이란 존재는 자기 자신보다 능력이 모자라는 존재를 보면서 자신은 그들과 다르다 여기며 자기 자신을 사랑하고, 때로는 다른 이들도 사랑하는 척하지만 우리는 본질 자체로써 사랑이라는 것을 모른다. 우리는 그저 영황일 뿐이니까…… 원래는 그런 것이란 말이다. 우리는 인간이나 다른 동물과 같은 음양(陰陽)으로 나누어진 것이 아니다. 우리는 모두가 음양으로 나누어지기 전 태극(太極)을 가지고 있다고 할 수 있지. 다만 인간들의 관점으로 볼 때는 조금 다를 수도 있겠지만. 우리가 가진 기질을 인간의 신체로 표현한다면… 특히 사대 영황이라 불렸던 나와 주작, 현무, 그리고 곤룡을 인간의 신체로 표현해 본다면 나는 남성이라 볼 수 있지. 내가 말하는 것은 영황이 가진 기질을 놓고 분류하는 것이야, 실제의 신체적 조건이 아니라. 나는 인간들이 흔히 말하는 남성일 것이고, 주작은 인간들이 말하는 여성일 것이다. 현무의 경우에는 남성의 상체에 여성의 하체를 가진 것쯤으로 분류될 수 있고, 곤룡은 여성의 상체에 남성의 하체를 가진 모습으로 표현될 수 있지. 그렇지만 결과적으로 말해서 우리를 표현한다면 그쯤일 뿐, 인간의 남성이 여성을 사랑하듯이 서로 모자란 부분을 메워주기 위해 사랑을 하는 것과 같이 음양의 조화를 원하지만 우리는 다른 영황이란 존재를 사랑하지 않아. 우리는 태극을 가지고 있으니까. 우리는 조화가 필요없는 완전체이니까…… 이른바 사대영황, 즉 신이 하늘에서 데리고 내려온 영황들, 나 백호와 주작, 현무, 그리고 곤룡 등 신이 영황들과 인간들을 다르게 만든 점이 무엇인 줄 아느냐?]

나일은 치우천왕이 잘 나가다가 뒷길로 빠진다고 생각했다.

안 그래도 무척 머리 아픈 이야기를 해서 듣고 있는 것만으로도 벅

찼는데 질문이라니…….

한숨이 터져 나오는 것을 참으며 우선은 사부와 자신의 차이점을 생각했다.

'사부는 이기적이고, 나를 잘 괴롭히고… 맞다, 본래 모습도 나랑 많이 다르지.'

그것에 생각이 미치자마자 서둘러 치우천왕의 질문에 대답을 했다.

"생김새가 다르지 않겠소? 본질 말이오."

나일의 대답에 치우천왕은 마주 보고 있었으면 얼굴을 찡그리고 있을 것이라는 게 확연히 느껴지는 목소리로 말했다.

[반은 맞고 반은 틀렸다. 신이 우리를 만드시고 우리를 존재하게 하며, 그 권능을 부여했음에도 다만 한 가지 우리에게 허락하지 않은 게 있다. 그것이 바로 사랑이다.]

나일은 치우천왕의 말에 어이가 없었다. 사부의 이야기 중에 많고 많은 이야기가 사랑 이야기였는데… 그럼 사부가 지어낸 이야기를 자신에게 들려주었단 말인가? 그 오랜 시간을……?

"그건 말도 안 돼요! 내 전(前) 사부이자 현(現) 사형은 수많은 유희를 즐기면서 수없이 많은 사랑을 했다고 하던데, 정말 질릴 정도로 오래오래 이야기했단 말이오!"

고함을 질러대는 나일의 말에 치우천왕은 어지러움을 느꼈다. 나일의 머리 속이라는 좁은 공간에서 이렇게 크게 소리를 치니 그 진동에 어지러움을 느낀 것이다.

[그래… 그것을 사랑이라고 할 수도 있겠지. 하지만 우리는 처음부터 완전한 형태로 만들어졌기에 진정한 사랑은 애초에 할 수 없단다. 사랑… 신은 우리에게 사랑이라는 것을 맛보게는 해주셨지만 그 사랑

을 위해 자신이 직접 만든 우리가 희생되지는 못하도록 하셨지. 그것이 우리들 영황들의 운명이자 숙명이지. 우리가 우리의 운명을 거역하고자 한다는 것 자체를 생각하지 못하도록 하셨지만 세상은 그래. 이 넓은 세상이 모두 신의 뜻대로 지속되는 것은 아니었던 거야.]

"휴우~ 나는 도대체가 이해가 안 가오. 그리고 그 말은 당신이 사랑 때문에 이렇게 됐단 말이오?"

나일의 귀에는, 치우천왕의 이야기를 빌리자면, 자신은 사랑할 수 없는 존재인데 사랑을 했기 때문에 이렇게 됐다는 것처럼 들렸다.

[나는, 아니, 그녀가 바로 가루라의 자식 기린(麒麟)이었기 때문이지. 기린은 가루라와 인간 사이에서 나온 영황이었다. 기린은 다른 영황들과 비교할 수 없을 정도로 아름다운 외모였지만 지닌 바의 능력은 미약했다. 다만 한 가지… 다른 존재의 마음을 끄는 능력에서는 탁월했다. 그녀는 파교의 무공 중에 섭혼마공(攝魂魔功)이라 불리는 무공을 대성하고 내게 다가왔지. 작정을 하고 온 것이었다. 그리고 그 경지는 이미 나의 마음을 사로잡을 정도였다.]

좁은 머리 속이지만 그곳에는 무거운 분위기가 흘렀다. 치우천왕은 가슴 아픈 장면들을 상상했는지 한참 말이 없었다.

"아~ 이제 좀 재밌는 이야기 좀 해줘요. 심각한 이야기 말고요."

나일이 이렇게 말했을 때야 치우천왕도 혼자만의 상념에서 깨어났다.

그리고 가득 메운 무거운 분위기를 바꾸기 위해 치우천왕은 이야기를 재밌게 하기로 마음먹었다.

[미안하구나. 그녀를 생각하다 보니 너한테까지… 아무튼 그 부서진 여의주들의 힘을 흡수하기 위하여 나는 나의 부하들과 태양이 시작되

는 곳, 그 끝 바다를 지나 다시 태양이 끝나는 곳을 향해 출발했지.]

나일은 치우천왕의 목소리가 우울한 분위기에서 벗어나기 시작했음을 느꼈다. 아마도 자신이 했던 모험을 다시 회상하며 기분이 좋아진 것이리라.

[맨 처음에는 내가 신지를 떠나 중원으로 올 때 데리고 온 나의 부하두 명과 떠났다. 그 한 명은 원숭이와 비슷한 모습을 하고 있었는데, 저 먼 동해에서 신지를 참배하기 위해 온 영황으로 은신과 잠영, 통칭인자술이라는 능력을 가진 원숭이를 많이 닮은 녀석이었다. 그 녀석의 이름이… 아! 맞다, 손왜공이라고 했다.]

손왜공…

나일은 이 이름이 어디선가 들어본 이름이라고 생각했지만 당장 물어보지는 않았다.

[그리고 또 한 녀석도 저 북쪽의 추운 곳에서 지상의 신지인 아사달을 순례하기 위해 찾아온 종족의 왕인데……]

치우천왕은 그에 관해서 기억을 짜내며 나일에게 그 모습을 묘사해주었다.

[음… 생긴 건 돼지 얼굴이고 인간의 몸을 지녔다. 북쪽에 사는 오크라는 무리의 왕이라고 밝혔는데, 할 줄 아는 게 아무것도 없는 놈이었지. 아니, 딱 하나 있기는 하지. '먹는 거'. 그것밖에는 정말 할 줄 아는 게 아무것도 없는 녀석이었지. 녀석은 말마저도 이상하게 했는데, 처음 봤을 때는 완전 거지 몰골이었다. 하하하……!]

무엇이 웃긴지 치우천왕은 이야기를 하던 도중에 크게 웃었다.

"아, 시끄러워. 여기 당신만 있는 게 아니지 않소? 이 머리 속은 내 것이오. 좀 작게 웃고, 이야기나 세속하시오."

치우천왕의 웃음소리에 머리가 깨질 듯한 고통에 싸이자 나일은 참지 못하고 한마디 하고는 다음 이야기를 종용했다.

[흠… 그렇지. 너의 머리 속이지…….]

아까 나일이 웃었을 때 자신이 느낀 고통을 상기하고는 웃음을 멈췄다.

'셋방살이는 서럽다니까.'

아무리 그래도 대놓고 자신의 머리 속이라고 무안을 주는 나일에 자존심 강한 그가 서러운 감정이 없을 수는 없었나 보다.

[흠음… 아무튼 녀석은 더듬거리며 내게 다가와서 말 한마디를 했지. 그게 뭔지 아느냐?]

"내가 알게 뭐요? 웃기는 말이니까 당신이 웃었지 않겠소?"

나일의 짐작은 맞아떨어졌다.

치우천왕도 나일을 다시 보게 됐다. 자신을 무안 준 나일에 대한 복수의 의미로 낸 거였는데…….

[맞았어. 얼마나 굶었는지 녀석은 이렇게 말했다. '저를 팔게요. 꾸륵, 꾸륵'. 인간의 언어를 배우기는 했지만 아직까지 제대로 배우지는 않아서 특이한 목소리로 '저를 팔게요'를 말한 것이었는데 어찌나 괴이했던지… 하하하… 신지에 오는 동안 너무 굶어서 자신의 살이라도 팔아 먹을 것을 사고 싶었던 것이네. 어쨌든 녀석과는 그렇게 친해졌고, 그 녀석이 한 첫마디로 그를 부르면 알아듣더군. 생긴 것도 저육(豬肉:돼지고지)을 닮고 해서 조금 짧게 '저팔게'로 불렀지. 그리고나서 여행을 하며 또 한 명을 만나 부하로 만들었다.]

치우천왕이 이쯤 이야기를 하자 나일은 '서유기'를 떠올렸다.

'젠장할, 어쩐지 사부가 서유기의 주인공으로 유희를 떠났다는 이야

기는 들어본 적이 없더라. 이것은 치우천왕의 이야깃거리였구나.'

아니나 다를까, 치우천왕이 이야기한 세 번째 인물은 서유기에 나오는 사오정이었다.

[그는 남쪽에서 올라왔는데 죽은 시체들의 얼굴, 즉 해골로 목걸이를 만들어 목에 달고 다니는 괴이한 인물이 있었다. 고루마왕(骷髏魔王)이라는 남쪽 땅 독인들의 왕이라고 자신을 밝혔는데, 나를 보자마자 대뜸 소리치듯 한 말이 강한 억양으로 '싸우자'였지. 사실 아는 말이 그 한마디뿐인 듯했다. 도저히 대화가 통하지 않았으니까. 그는 주술을 외워서 죽은 시체들을 일으켜 나를 공격하려 했지만 어디 그가 천마지체를 이룬 나를 이길 수 있겠는가? 나는 그를 제압하고는 심령제어대법을 펼쳐 결국 나의 부하로 만들었지.]

치우천왕의 목소리에는 자부심이 엿보였다.

자신이 강했다는 것!

그러나 그것을 이젠 추억으로밖에 되새길 수 없는 것이 다만 아쉬울 뿐이었다.

[말이 통하지 않았기에 나는 그를 부를 때마다 '싸우자'라고 불렀다. 우리는 그렇게 일 년간의 먼 여정의 발을 내디딘 거야.]

치우천왕은 한참을 그렇게 회상하다가 자신과 이야기를 하던 나일을 불러보았다.

[야, 몸의 주인… 자는 거야?]

나일은 조금씩 치우천왕의 이야기가 길어질수록 그 옛날 사부 덕분에 생긴 졸음이 몰려왔다.

"아직도 할 얘기가 남아 있어요?"

그렇지만 예의상 한번 물어봐 줬다. 더 듣기는 싫었지만……

[이제 초반부인데… 좀 많은데…….]

치우천왕의 이야기는 지금 시작인 것이다. 그런데 자신의 이야기를 들어주는 상대는 벌써 졸린 듯하니…

"아함… 그럼 끝 부분만 이야기해요. 결과만."

사부였다면 감히 이런 이야기는 하지 못했겠지만 자신에게 얹혀사는 치우천왕이었기에 나일은 의사 표현을 확실히 했다. '짧게 해라', '빨리 끝내라', '결론만 말해라… 안 그러면 그냥 잘 거다'. 그 모든 대략적인 의미가 함축되어 표현한 것이다.

할 수 없이 자신의 모험담을 잔뜩 늘어놓을 준비를 하던 치우천왕은 중간 과정을 생략한 채 여의주의 파편을 모아두었던 곳에 도착한 이야기를 하기 시작했다.

[흠… 결국 일 년 만의 각고의 노력 끝에 가루라가 말했던 곳을 찾았다. 그리고 그곳에서 가루라가 모아놓았다던 여의주의 파편을 찾아다녔다. 그런데 그것들이 보이지 않더군. 그 여의주 파편은 이미 그곳에 사는 드워프라는 종족이 여의주의 정화를 모아서 하나의 반지로 만들어두었기 때문이지. 그들은 말야…….]

나일이 짧게 결론만 이야기하라고 했는데 '제 버릇 개 못 준다'는 속담처럼 치우천왕의 이야기는 점점 또다시 늘어지기 시작했다.

[드워프란 존재는 땅속에 사는 인간과 다른 지적 생명체이다. 그들은 땅속에서 광물을 캐내어 진기하고, 아름답고, 단단한 물건을 만드는 것을 좋아해. 그들은 지상에 살지 않아. 땅속에서만 살지. 그렇기에 그들을 보기는 힘들다. 그들이 땅속에만 살고 땅 위로 나오지 않는 이유는 그들 자신이 신기한 물건을 만드는 데 온 생애를 다 보내기 때문이야. 그것이 그들 인생의 목표이기도 하고. 그래서 그 주요 재료인 광물

을 채집할 수 있는 땅속에서 온 생애를 보내는 것이다. 쇠와 구리 같은 것은 땅속의 흙이나 돌덩이를 높은 온도에 녹여서 추출하는 것이지. 쇠나 구리가 원래부터 덩어리째 있다는 것은 무식한 사람들의 생각이다. 드워프들이 꼽는 좋은 재료들은 모두 다 땅속 깊은 곳에서 나. 그곳에서 원석을 녹여서 재료로 사용하는 것이야. 세상은 겉 이면에 있는 것보다는 속 깊은 곳에 중요한 것이 더 많다. 그리고 중요한 것일수록 구하기는 어려워지지. 만년한철이 구하기 어려운 이유는 만년한철을 추출할 수 있는 재료가 바다 깊은 곳에 있는데, 적어도 오십 장 밑의 바다 속에만 있어서 범인이 그 깊은 곳을 들어가기는 힘들지. 무공을 익히거나 특수한 장비를 이용해서 그 깊이의 압력을 이겨낼 수 있다 해도 그 재료가 없는 경우도 허다하니. 드워프가 땅속 깊은 곳에서 작업을 하는 데에는 또 다른 이유도 있다. 땅속은 압력이 높기 때문에 금속을 녹일 수 있는 고온의 불을 만들기가 쉽기 때문이야. 이 같은 이치는 산에서 밥을 해 먹으면 알 수 있지. 압력이 낮기 때문에 평지보다 물이 빨리 끓지만 불길의 온도가 낮아서 설익은 밥이 되기 십상이거든. 그래서 설익은 밥을 먹지 않기 위해서 밥솥 위에 돌을 얹는 이치와 같다.]

나일은 짜증이 밀려오기 시작했다.

'아, 졸려 죽겠는데……'

암만 봐도 쓸데없는 이야기… 결론이 나오려면 먼 듯했기에 치우천 왕에게 정신 차리라는 의미로 헛기침을 두어 번 했다.

"흠, 흠."

나일의 헛기침의 의미를 알아채고 치우천왕은 드워프에 대한 이야기를 접고는 결론으로 들어갔다.

[아무튼 드워프가 만든 그 반지는 여의주의 정화가 모여 있었다. 드워프들은 그 반지를 '니벨룽겐의 반지'라 부르며 결사적으로 지켰다. 하나 결국 드워프들에게서 우리 일행은 반지를 빼앗아 황급히 다시 이 중원으로 돌아왔지. 그리고 나는 화설홍에게 그 반지를 들고 찾아갔어. 그녀가 더 이상 늙지 않게 하려고 나는 그것을 선물했다. 그러나 그녀는 무슨 이유 때문인지 한사코 거부했다. 안타까웠다. 그래서 나는 마활신공으로 반지의 기운을 내가 직접 흡수해서 그녀에게 전해줄 요량으로 반지를 내 손에 끼었는데 그 반지의 기운은 내 몸속에 들어오더니 나를 엉망진창으로 흔들기 시작했다. 그리고 더 어처구니없는 것은 나를 바라보던 그녀가 갑자기 그 순간 기린으로 변한 것이었다. 그녀가 말했다. 이 순간을 위해 사십 년을 당신 곁에 있었다고. 당신은 파멸이라고. 이제 가루라의 뜻에 따라 세상을 파멸로 만들겠다고. 난 있는 힘을 다해 그녀에게 봉인의 주술을 사용했다. 내 몸도 엉망이었고, 내 정신도 엉망으로 변해갔다. 하지만 내가 태초부터 갖고 있는 혼신의 힘으로 간신히 그녀를 한 자루의 검 속에 봉인할 수 있었다. 그리고… 문득 눈을 떠보니 지금 이렇게 된 것이다.]

"끝난 건가요?"

나일은 치우천왕이 이야기를 끝내자 급히 사실 확인을 위해 소리쳤다.

[아니, 조금 더 있는데…….]

치우천왕은 무언가 못내 아쉬운 듯이 다시 또 말을 시작했다. 사실 그 길고 긴 이야기를 이렇게 간단히 다 표현하기는 애초에 불가능했다.

나일의 요구에 자르고 잘랐지만 무언가 후일담 비슷한 것을 붙이고 싶었다.

[아! 한번 꿈결 속에서 누군가가 나를 강하게 부르는 소리가 들려왔다. 난 이곳에 갇혔는데 내가 원래 있던 신지의 후손 중에 하나가 나를 불렀지. 그때 나는 내가 갈 수는 없었지만 그를 돕고 싶었다. 그래서 그 꿈속에서 아직 남아 있던 내게 허락된 미약한 권능으로 하나의 소검을 그에게 건넸지. 그 검에 파천검이라는 이름을 새겨 넣었는데… 지금쯤 그 검은 어떻게 됐을까?]

그 순간 나일의 머리 속에 마득풍이 자신에게 주었던 파천검이 떠올랐고, 한쪽에서는 예전에 황생의 레어에서 읽은 책이 생각났다.

유방이 빈천할 때 큰 뱀을 죽인 적이 있었다. 어떤 사람이 '이 뱀은 백제(白帝)의 아들로 그 뱀을 죽인자는 적제(赤帝)의 아들이다' 라고 말하였다. 훗날 고조는 처음 병사를 일으켰을 때 풍현의 분유사당에서 제사를 지냈다. 패를 점령한 뒤 패공이라 칭하고서 곧바로 치우천왕에게 제사 지내고 피로 북과 깃발을 붉게 칠하였다. 마침내 10월 파상에 도달하여 제 후들과 함께 함양을 평정하고 스스로 한황이 되었다. 이 때문에 10월을 1년의 처음으로 여겼으며 붉은색을 숭상하였다.

사기(史記) 봉선서.

세상에는 명(明)만을 마교에서 일으킨 나라라고 알고 있지만 실상은 그것보다 더 깊이 중원에 관여해 왔다. 백성이 평안하고 법치가 바르게 선 삼황오제 가운데 하나인 수인(燧人)의 태평성대를 항상 만들고 싶어했다. 그래서 그 후로도 마교는 항상 중원에서 천마의 유지를 잇기 위해 나라의 기틀을 만드는 데 일조해 왔다.

중원을 처음으로 통일한 진시황은 동이족의 상인이자 당시 마교의 장로였던 여불위의 아들이었다. 그가 마교의 힘을 빌리지 않았다면 천하통일은 불가능했을 것이다. 하나 그에게 힘을 빌려줌으로써 마교는 악마의 소굴로 천하인에게 인식되었다. 역사상 가장 포악한 폭군의 배경이 마교였으니 사람들의 마교에 대한 인식이 좋을 리 없었다. 그때 얻은 이름이 마교였던 것이다. 다행히도 진시황은 자신이 마교의 힘을 빌려 황제가 된 것이 탐탁지 않았다. 그리하여 분서갱유라는 사상 초유의 일을 벌였고, 그의 출신 배경이 세상에 알려지지는 않았다.

또한 한(漢)을 세운 유방 역시 마교의 제자였다. 그는 동이족이 세운 한(韓)의 후예인 한신과 장량에게 자신이 마교인이라 신분을 밝히고 도움을 받아 나라를 건국하게 되었다.

한나라의 고조인 유방이 치우천왕에게 항상 제사를 지냈던 것은 유명한 일이었다. 그것보다 더 그가 마교인이라는 증거가 어디 있겠는가?

그런데 그에게 내린 검이 파천검이었던가?

나일은 자신의 기억 속을 다 뒤졌지만 해답을 찾을 순 없었다. 그럴 수밖에 없는 것이, 역사란 살아남은 자의 것이고, 한(韓)나라는 이미 망한 지 오래된 나라였으니까.

복잡한 생각을 하던 나일은 이내 단념하고 말았다.

'아이, 몰라. 졸려. 잘 거다. 깨웠단 봐라.'

[야, 몸의 주인… 자는 거야?]

치우천왕은 한참을 그렇게 불렀는데도 대답이 없자 자신도 다시 숙면을 취하기 위해 나일의 뇌 속으로 파고들어 갔다.

제29장

곰 이야기

태자궁.

자신의 궁 안에서 두 명의 시비에 둘러싸여 느긋한 마음으로 때를 밀고 있던 주성치에게 동창대영반 정염이 늦은 밤 보고할 문건이 있다며 찾아왔다.

주성치는 자신이 목욕하는 시간에 찾아온 정염이 못마땅했지만 시비에게 의관을 갖추라 명하고는 정염을 불러들였다.

"대영반, 무슨 일이세요?"

자신의 목욕을 방해한 것이 못마땅해서 그런지 주성치의 목소리는 퉁명스러웠다.

"보고드릴 사항이 있습니다."

"웬만하면 내일 보고해도 되지 않습니까?"

여전히 퉁명스러운 주성치의 노습에 징염은 못내 서운한 표정을 지었다.

"저는 오직 황태자 전하께 조속히 알려 드리려고 보고를 받자마자 왔는데, 불쾌하셨다면 제 목을 베어주십시오."

정염이 이렇게까지 말하자 주성치는 수춘산장에서 목숨 걸고 자신을 구했던 일들이 물밀듯이 떠올랐다.

"아니 뭐, 그렇게까지는 아니고… 그래, 보고할 게 무엇입니까?"

주성치의 말속에 퉁명스러움이 퇴색한 것을 느끼며 정염은 자신의 동창대영반 집무실로 날아온 소식을 전했다.

"우선 대륙의 동쪽 동이(東夷)에서 온 보고입니다."

"그래, 그 먼 곳에서 무슨 중요한 일이 생겼습니까? 지금은 우리 앞가림도 하기 바쁜 처지인데……."

주성치는 급한 보고라고 해서 긴장시켰던 마음을 풀고는 혀를 차며 정염을 보았다.

정염은 그런 주성치를 보면서 조심스럽게 말을 꺼냈다.

"이 대륙의 동쪽 땅, 동이에는 대명의 건국과 비슷한 시기에 새로운 나라가 건국되었습니다. 알고 계십니까?"

"나를 뭘로 보고, 그곳에 조선이란 국호(國號)를 쓰는 나라가 건국된 것을 황태자인 내가 모르겠습니까?"

주성치는 정염의 말에 기분 나쁘다는 표정을 드러내었다.

'하긴 아무리 취약하다고는 해도 그 정도는 알고 있으셔야지, 암.'

"알고 계시군요. 그 조선은 이 대명과 비슷한 시기에 건국되었는데 얼마 전 왕위 찬탈이 일어났다고 합니다."

"그게 어쨌단 말이에요?"

"이것에는 쉽게 간과할 수 없는 기분 나쁜 조짐이 있습니다. 그 왕위를 찬탈한 이가 바로 건국 왕의 다섯째 아들이라고 합니다."

"무엇이라고……!"

주성치는 정염의 말에 정신이 바짝 곤두서는 느낌을 받았다.

이 얼마나 공교로운 일인가?

거의 비슷한 시기에 자신이 이을 황위를 노리는 자가 바로 이 대명 건국 황제의 네 번째 아들이었으니… 그렇지만 주성치는 곧바로 정신을 차리고는 냉랭한 어투로 정염에게 쏘아붙였다.

"그게 어쨌단 말이에요? 그거야 조선에서 일어난 일일 뿐, 우리와는 상관없잖아요."

그 말에 정염은 주성치의 눈치를 보다가 입을 열었다.

"동이는 태양이 떠오르는 시작으로, 먼 옛날부터 어 중원의 어머니이자 성스러운 기운이 생성되는 곳이라 하여 극히 존경해 오던 곳입니다. 다른 남만, 북흉, 서융과는 다른 곳입니다. 알고 보면 이 중원도 동이의 한 갈래가 빠져나와서 개화시킨 것에 불과할 따름입니다. 게다가 이상하리만치 이 중원(中原)은 동이(東夷)에서 벌어진 일에 영향을 받고는 했습니다. 그래서 그 야만스러운 몽고족도 어떡해서든지 동이를 정벌하여 그 비밀을 풀고자 하였지만 그 강한 힘으로도 실패한 곳입니다. 성스러운 곳이죠."

정염은 주성치에게 동이에 대해서 자세하게 설명을 해주었다.

"아무리 그래도 그곳은 그곳, 이곳은 이곳일 뿐인데… 그곳에서 벌어진 일이 이곳에서 미리부터 똑같이 재현된다고 생각하는 자체가 우스운 일 아니겠어요?"

"그렇습니다. 소신도 그런 일들이 벌어지지 않도록 제 목을 걸고 충성을 다 바치겠습니다. 다만 염려스러운 것은 이번 일이 연왕 측에 전해진다면 연왕은 자신의 야욕 명분으로 삼아 동이에서 벌어진 일은 곧 중원에서도 벌어진다는 논리로써 천명(天命)을 받았다는 대의명분에 보탤 것입니다."

주성치는 자신이라도 그런 생각을 했을 거라는 의미로 고개를 끄덕였다.

"듣고 보니 그것도 그렇군. 이 사실을 알고 있는 사람이 많습니까?"

"저 말고도 여러 명이지만 알아서 입 단속을 시켜두었습니다."

"그래, 그 소식이 연왕의 귀에 들어가지 않도록 하세요. 반드시요."

주성치가 심각한 얼굴로 정염에게 다시 한 번 일의 중요함을 상기시켰다.

"예, 알겠습니다. 그리고 또 하나. 이번 전하의 성혼식에 연왕이 직접 참석해서 성혼의 참관인이 되겠다는 전갈을 보내왔습니다."

"그래……."

"이번 일은 놓칠 수 없는 호기입니다. 손자병법에 금적금왕(擒賊擒王)이란 말이 있습니다."

정염은 이 말도 알고 있는지를 확인하기 위해 넌지시 주성치를 쳐다봤다.

"계속해 보세요."

주성치는 그런 정염에게 갑자기 어려운 말을 꺼내서 당황한 표정을 드러내지 않았다. 오히려 다음 얘기를 재촉했다.

"'적을 잡으려면 우두머리부터 잡아라'라는 말입니다. 이번에야말로 그 능구렁이 연왕을 자신의 굴 속에서 끄집어내어 잡을 수 있는 기회입니다."

"듣고 보니 그렇군요. 항상 웅크리고만 있던 능구렁이가… 그래, 준

비는?'

주성치의 표정에 진지함이 묻어 나왔다. 상상할 수 없이 커버린 연왕의 세력을 정면으로 부수기에는 계란으로 바위 치기였다.

"그래서 전하의 성혼식에 맞춰 올 수 있도록 북방의 흉노를 맞고 있던 대명의 가장 강한 병사 십만을 이곳에 도착할 수 있도록 준비시켰습니다."

"그래, 북로정벌군(北路征伐軍)이군요. 그렇죠?"

"그렇습니다. 북로정벌군 십만과 북로정벌군 대원수(大元帥)인 진부철(秦副徹)이 이곳을 향해 오도록 계책을 시행시키고 있지만 시간상으로 볼 때 아마도 빠듯할 듯합니다."

말은 그렇게 하지만 정염의 표정에는 여유가 있어 보였다.

"하긴 거기서 여기까지 오기에는 무척 빡빡한 여정이 되겠군요. 그런데 그곳은 누가 지키는 거지요?"

"남아 있는 오만의 병력과 북로정벌군 부원수(部元帥)인 태호찬(太呼饌)을 주둔시켰습니다."

"남아 있는 병력으로 그곳을 지키려면 무척이나 부담되겠군요."

주성치의 안색이 미미하게 떨려왔다.

그럴 수밖에 없는 것이, 북로정벌군이 주둔함으로써 북쪽의 오랑캐들이 감히 대명에 발을 들이지 못하는 것인데, 그 북로정벌군의 상당수를 빼돌린 것을 적들이 눈치 채고 국경을 넘는다면 속수무책(束手無策)인 것이다.

"어쩔 수 없습니다. 이번은 두 번 다시 찾아오지 않을 기회이니까요."

정염도 이 일이 매우 위험한 도박이라는 것을 알지만 그만큼 그들이 이곳에 온다면 확실한 힘의 우위를 보여서 일이 뜻한 대로 진행될 것이기에 위험을 무릅쓴 것이다.

"그래, 알았습니다. 대영반이 알아서 조치하세요."

주성치는 정염에게 모든 것을 떠넘기고는 축객령을 내렸다.

"그럼 편히 쉬십시오. 소신은 이만 물러가겠습니다."

주성치는 또 한 번 기분이 상하고 말았다.

정염이 간 후 찾아온 황궁 학사 노림 덕에 욕탕 안에서 호젓이 오래 있지 못하고 몸을 일으켜 나왔기 때문이다.

"신(臣), 황궁 학사 노림이옵니다."

"들어오세요."

언제 보아도 단정한 모습에 회색 문사건을 쓴 노림이 방 안으로 들어왔다.

"무슨 일로 이 한밤중에 나를 찾으셨습니까?"

정염을 대할 때와 마찬가지로 주성치의 음성은 퉁명스러웠다.

"동창대영반 정염이 전해준 소식을 듣고는 찾게 되었습니다."

"그래, 또 무슨 일이 있습니까?"

노림은 비장한 표정을 지어 보였다.

"진언(眞言)드릴 게 있사옵니다."

노림의 말에 주성치는 당혹감을 금치 못했다.

또 무슨 중요한 일인가?

"동창대영반이 연왕을 치기 위해 끌어들이는 대원수 진부철은 입가에는 꿀을 바르고 있지만 마음속에는 칼을 품은 아주 음흉한 작자입니다. 그 재능은 뛰어나나 그 인물됨이 그러하여 황제 폐하께서 보위에 오르자마자 북쪽의 흉노를 막아내면서 여생을 보내도록 조치한 인물입니다. 그런데 그가 직접 오게 된다면… 두 마음을 품게 될 것이 걱정됩니다."

한참을 망설인 끝에 노림은 마지막 말을 토해냈다.

"지금 그를 불러들이는 것은 비설(飛雪)이란 책에 나온 행동과 똑같습니다."

"그래, 그 책에는 어떤 일이 적혀 있는데요?"

주성치는 또 노림이 무슨 이야기를 하려나 궁금증을 참지 못하고 물었고, 그 모습을 본 노림은 쓴웃음을 지었다.

'아직 어리시군요, 태자 전하. 저의 진언보다도 이야기에 더 관심을 가지시는 걸 보면……'

속으로 이런 생각을 하며 노림은 비설의 고사를 주성치에게 들려주었다.

"초(楚) 지방 남쪽에 한 사냥꾼이 있었습니다. 그는 피리를 불어 여러 동물들의 소리를 낼 줄 알았는데 한 번은 활과 화살, 그리고 등잔 항아리를 지니고 살금살금 산으로 사냥을 나갔습니다. 그는 사슴 소리로 사슴을 불러 그들이 오면 불을 비추고 활을 쏘아 잡고자 했습니다. 그러나 이리가 사슴 소리를 듣고는 달려왔습니다."

노림이 말을 끊으면서 탁자 위에 있던 차(茶)를 마시며 뜸을 들였다.

"그래서요?"

주성치는 노림이 지금의 현실을 이야기 형식을 빌어 자신에게 무엇인가를 들려주고 있다는 것을 알아챘다. 노림도 주성치가 이야기에 빠져들고 있단 것을 느끼고는 다시 이야기를 이어갔다.

"사냥꾼은 겁이 나 호랑이 소리로 이리를 놀래켰습니다. 이리가 사라지자 호랑이가 왔습니다. 사냥꾼은 더욱 겁에 쉴려 큰 곰의 소리를 냈고 호랑이는 사라졌습니다. 그러나 큰 곰이 그 소리를 듣고는 동족을 찾아왔습니다."

마지막 한 부분을 남겨놓은 채 노림은 다시 말을 끊었다. 그리고는 딱딱한 어조로 목소리를 굳혔다.

"전하께서 예상하셨다시피, 곰은 와서 보니 사람인지라 움켜쥐고, 때리고, 찢어 먹어버렸습니다."

노림의 무릎이 탁자 아래로 내려와서 무릎을 꿇었다.

"전하, 진부철은 연왕보다 더 위험한 자입니다. 그가 대의명분을 내세워 연왕을 처단한 이후의 일이 두렵습니다. 그는 분명 황실을 자신의 손아귀에 넣고 주무르려 들 것입니다. 소신은 그것이 걱정이옵니다."

"어서 일어나세요."

노림을 다급히 일으켜 세우는 주성치의 얼굴에 그늘이 졌다.

"그럴 수도 있겠군요."

주성치의 안색이 점점 창백해졌다.

"그를 이번 일에 끌어들이는 것은 고양이에게 생선을 맡기는 것과 진배없습니다."

주성치가 일으켜 세우자 못이긴 척 일어서면서도 노림은 끝까지 하고 싶은 말을 했다.

"그렇지만 동창대영반이 그 문제에 관해서 대책을 세우지 않았을까요?"

"대영반의 계책이라는 것이라고 해봐야 고작 북경에 있는 진부철의 식솔들을 감금하여 두거나 그에게 적정 선의 관직이나 재물을 내려서 그를 물러나게 하는 것일진대, 문제는 '그것이 과연 먹히느냐?' 입니다. 이번 일이 끝난 후 그를 승진시켜서 병부 대원수라는 명예 관직을 수여하고 그의 세력을 떼어놓는단 것만으로는 너무나 안일한 생각입니다. 진부철 역시 이 정도의 계획은 머리 속에 넣고 행동할 테니까요."

노림이 날카롭게 문제의 본질을 파고들었다.

"그래, 그렇다면 좋은 방법이 있습니까?"

초조한 듯이 주성치는 입술에 혓바닥으로 침을 묻혔다.

"가장 좋은 방법은 그의 힘을 빌리지 않는 것이지만, 힘을 빌렸다면 그에게서 진심이 담긴 충성을 받아내야 합니다."

노림의 말에는 힘이 실려 있었다.

"어떻게 말이오?"

"우선 전하께서 이 북경에 남아 있는 그의 식솔들을 구금할 것이 아니라 오히려 더 보살피고 후하게 대한다면 그도 감히 두 마음을 품지 않을 것입니다. 그리고 그가 온다는 소식을 연왕부에도 흘려서 양패구상(兩敗俱傷)토록 하기보다는 연왕부의 병력과 진부철의 병력이 서로 부딪치지 않게 균형을 이루도록 한 후 연왕은 저희가 직접 잡아서 피해를 최소한도로 해야 합니다. 연왕의 세력이 함부로 움직이지 못하게 하면서도 진부철의 힘을 최소한으로 빌리는 게 좋을 듯합니다."

노림은 주성치가 이미 북로정벌군을 움직이기로 마음먹었다는 걸 알고는 자신이 생각하는 가장 좋은 방법을 이야기했다.

"누가 연왕을 잡는단 말이오. 그는 분명 무림의 고수들을 대동할 텐데 병력으로 잡는 게 안 된다면… 연왕부의 고수들을 맡을 만한 고수가? 있군, 그 자식."

누구를 떠올렸을까?

주성치의 얼굴은 마치 넓은 삼이라도 먹은 것처럼 찌푸려졌다.

"그렇습니다. 이번에야말로 그를 제대로 써먹을 때입니다."

"그런데 그가 들어줄까?"

주성치의 얼굴은 회의적이었다.

누가 뭐라 말해도 늘 자기 멋대로인 그가 부탁을 들어줄까? 그만 있으면… 그가 자신의 편이 되어준다면 연왕이 무림고수를 많이 데리고 있다지만 하나도 두렵지 않을 것 같았다.

"최대한 노력해야 합니다. 기필코!"

노림의 얼굴에는 비장한 기운이 서려 있었다.

"그렇소. 그런데……."

주성치는 한참을 멀뚱하게 노림을 쳐다본 후 이윽고 입을 열었다.

"그 일은 누가 적임자일까요?"

이 말은 누군가가 설득하러 그와 만나야겠지만 자신은 그와 만나기 싫으니 알아서 처리하란 소리다. 하긴 이것 때문에 아무도 그와 접촉하지 않고서 차일피일 미루고 있던 것이 아닌가?

"크윽, 그것이 문제군요. 누가 적당할는지. 전하는 이곳을 떠날 수 없고, 저는 건강상… 콜록… 콜록… 저는 몸이 좋지 않고, 정신적으로 안정을 취해야 한다고 의원들이 말했지만 황제 폐하께서 명법을 정리하라고 황명을 내린 것도 있기에… 동창대영반이 적임자 같습니다."

나이만큼이나 노련한 노림은 아주 긴 변명을 대어서 그와 만나는 더럽고, 불쾌한 만남을 정염에게 미루었다.

"대영반이 만나려 할까요?"

그의 성격을 아는데, 과연 정염이 그를 만나서 포섭하려 들 것인가? 다시 한 번 주성치의 얼굴이 회의적으로 변했다.

"황명이라고 해두죠……."

노림이 궁색하면서도 거부할 수 없는 이유를 만들었다.

"음, 그럼 그렇게 하죠. 대영반에게 연락해 주세요."

"예, 알겠습니다. 그럼 소신은 물러가겠습니다."

노림은 그 길로 정염의 동창대영반 집무실로 찾아갔다.

동창대영반의 집무실은 황궁 안에서도 태자궁과 가까운 위치였기에 노림은 늙은 노구를 이끌고도 겨우 한 식경 만에 정염의 얼굴을 다시 볼 수 있었다.

"그래, 북로정벌군을 끌어들이기로 했는데… 그 대책이 궁금하군."

그러면서 노림은 주성치에게 써먹었던 비설의 고사를 들먹였다.

"하하하… 태사(台司), 이 정염이 어떻게 이 동창대영반 관직에 올랐는 줄 아십니까?"

정염의 얼굴에는 여유가 가득했다.

"그거야……."

하긴 정염은 저 동창대영반의 자리를 무려 삼십 년 동안이나 지키고 있는 인물이었다.

이 동창대영반의 자리가 그렇게 간단한 자리인가?

물론 나일에게 초라하게 깨지기는 했지만 정염의 무공은 황궁 내에서 가장 강했다. 하나 그것만 가지고는 동창의 대영반 자리를 차지할 수 없다. 그 자리에는 동창이 정보와 여러 가지 비밀스런 일을 처리하는 기관인만큼 유연한 상황 판단과 조작에도 능해야 하며, 대세를 이끌어가는 힘도 있어야 한다. 그리고 지금까지 지켜본 바로는 한 번의 뼈 아픈 실수, 즉 정염이 무공으로 그에게 패함으로써 줄줄이 그의 부하가 되었던 일만 빼고 본다면 지금까지 정염은 동창대영반의 자리에 가장 잘 어울리는 인물이었다.

"저도 쉽게 이 자리에 오른 것은 아닙니다."

정염은 말을 잠시 멈추고는 노림의 두 눈에 시선을 고정시켰다.

"아주 힘들고, 수많은 정적을 물리치고 여기에 앉아 있는 것입니다."

장내에 공기가 무겁게 가라앉으려 하자 정염이 분위기를 바꾸기 위해 노림에게 어울리지 않게 빙그레 웃어 보였다.

"태사, 그 이야기 아십니까?"

"무슨 이야기 말이오?"

"이것도 곰 이야기입니다."

정염은 노림을 보며 생각만 해도 우스워 죽겠다는 표정을 해 보였다.

"한 나그네가 산길을 가고 있었습니다. 그런데 멀리서 곰 한 마리가 보였습니다. 그 곰은 너무너무 착한 곰이었습니다. 곰이 다가오자 나그네는 옛날이야기에서 들은 대로 엎드려서 죽은 척했습니다. 곰은 엎드려 있는 나그네를 보았습니다. 어떻게 했겠습니까?"

"아마도 갈가리 찢어버리지 않았겠소?"

노림은 당연하다는 투로 말했지만 정염은 손가락을 흔들어 보였다.

"아닙니다. 분명 저는 착한 곰이라고 하지 않았습니까? 다시 한 번 생각해 보세요."

"착한 곰이라… 착한 곰이라……."

노림은 정염이 말한 의미를 혼잣말처럼 반복하며 중얼거렸다.

"혹시 착한 곰이 그 사람을 피해서 도망가는 것 아니오?"

자신없는 투로 노림이 내뱉자 이번에도 정염은 손가락을 흔들었다.

"아니에요, 곰은 너무나도 착해서 그 나그네를 땅에 잘 묻어주었습니다. 하하하."

정염은 자기 혼자 이야기하고, 이야기를 끝내자마자 혼자서 배꼽을 잡고 뒹굴었다.

'웃기긴, 개뿔이.'

차마 고상한 황궁 학사인 자신이 그런 말을 함부로 내뱉을 수는 없는지라 노림은 하고 싶은 말을 참았다.

"웃기지 않습니까? 아마 진부철도 착한 곰이 될 것입니다."

정염의 말에서 뼈가 있었다.

"그럼 벌써 방법이라도……."

노림의 말은 사실 쓸모없는 말이었다.

확실히 정염은 벌써 방안을 강구해 놓았으리라. 거저 동창대영반이라는 자리에 오른 것은 아니니까.

"잠시 귀 좀……."

정염은 노림도 알고 있을 자격이 있다고 생각했다. 그래서 노림의 귀에 대고 자신의 계획을 설명했다.

"뭐라고……?"

하나 이미 몸이 늙어서 가는귀가 먹은 노림 때문에 정염은 다시 귀에서 얼굴을 떼고 평상시처럼 이야기해야만 했다.

"사실 이 계책은 적도 모르고 우리 편도 모르는 것이 현명할 것 같았는데 태사께만 알려 드리겠습니다. 황태자 전하께서는 이 일을 아예 모르는 것이 좋을 듯해서 말씀 안 드렸습니다."

한참 동안 정염이 노림이 알아들을 수 있을 정도의 크기로 소곤거리자 노림은 자신의 무릎을 지고는 일어났다.

"그것이 가능하겠소?"

"당연합니다. 저희는 동창이니까요."

노림의 말에 대답하는 정염의 말속에서는 자부심이 느껴졌다.

한 가지의 걱정이 가시자 노림의 얼굴에도 여유가 생기기 시작했다.

"그리고 이번에 영웅학관에 머무르고 있는 '그'를 포섭해야 하오."

노림의 말에 정염은 시큰둥한 표정을 지었다.

"그것을 왜 나한테 이야기하십니까? 나는 지금 시행하고 있는 계책만으로도 바쁜 사람입니다."

당연한 일이다.

'자신이 하기 싫은 것은 남에게도 권하지 마라' 라는 말이 있지 않은가?

분명 노림도 하기 싫은 일일 텐데, 그렇다면 자신도 싫어하는 일이라는 것을 잘 알고 있지 않겠는가. 더군다나 동창의 일만으로도 바쁜데……

"그러니까 대영반이 그를 만나서 포섭하라는 황명일세."

그 말을 하는 노림의 표정에는 미안함이 가득했다.

"그러니까, 나보고 그를 만나란 말인가요? 난 죽어도 싫은데, 차라리 죽이십시오. 아니면 유배를 보내던가!"

황명이라고 했지만 역시나 정염은 완강히 거부했다. 하기는 누군들 하고 싶을까?

"이번 한 번만 만나게……"

노림은 정염의 두 손을 잡으며 애걸하다시피 부탁했다.

"싫습니다."

한사코, 결사적으로 반대하던 정염은 노림의 손자 노진이 그의 부하로 새롭게 들어온 것을 기억하고는 손바닥으로 무릎을 쳤다.

"노진을 시키죠. 그가 적임자입니다."

"왜 노진인가? 자네는 우리 노씨 가문에 원한이 그토록 깊나?"

순간 노림의 눈에서는 살기가 흘러나왔다.

다른 일도 아니고, 하필이면 그를 만나는 그런 끔찍한 일에 가문의 후계자를 끌어들이다니. 노림이 이토록 화를 내는 것도 당연한 일이었다.

"그게 아니고, 노진이 얼마 전에 그의 부하가 되었습니다."

"뭐라고?"

믿을 수 없다는 듯이 눈을 부릅뜬 노림에게 정염은 수춘산장에서 일어났던 일을 이야기하면서 노진이 와룡채의 회계 비서로 임명된 사실도 알렸다.

"안타깝군. 그런 불행이 우리 손주에게……."

노림은 진심으로 가슴 아파했다.

그것은 지금 손을 떨고 있는 것만 봐도 알 수 있었다.

"혜영이는 그 애벌레 대법을 당했고요."

"무엇이? 이 악마 같은 놈이……!"

자신의 손자와 손녀가 당했을 고통을 생각하니 가슴이 찢어졌다.

"어찌나 울면서 짜던지, 보기 민망스럽더군요."

하지 않아도 될 말까지 꺼내는 걸 보니 정염은 노림이 화병으로 쓰러져 죽는 꼴을 보고 싶었나 보다. 노림은 이를 갈면서도 간신히 신음을 참았다.

"자네는 그걸 보고만 있었단 말인가?"

"그럼 어떡합니까? 그 자식의 성질을 태사도 아시시 않습니까?"

정염이 이렇게 이야기를 하는데 노림으로서도 할 말이 없다. 그의 성격을 생각하니 정염이 못 나선 것도 수긍이 갔다. 보통 악독한 놈인가?

그렇게 정염에게 미루어졌던 임무는 자연스럽게 노진에게 넘어갔다.

"칠위, 팔위를 들라 해라."

정염은 노림과의 회의를 마치고 나서 동창 비밀위 두 명을 불러들였다.

"동창(東廠) 칠위 금적선과 팔위 한진표가 당도했습니다."

집무실 밖에서 동창 비서가 외쳤다.

"들라 해라."

"신 금적선, 대영반 각하를 뵙습니다."

"신 한진표, 대영반 각하를 뵙습니다."

"일어들나게."

정염은 인사하는 그들을 직접 일으켜 세우고는 탁자에 앉으며 손짓했다.

"이번에 현주(懸肘)로 가야 하겠는데, 급히 말일세."

다른 때 같으면 자리에 앉은 두 명의 비밀 위사에게 서찰을 건네주고 임무에 대한 더 이상의 추가적인 설명이 필요없었지만, 이 일은 간단한 임무가 아닌 만큼 그들에게 서찰을 준 후에 한동안 임무에 대한 이야기와 함께 준비된 상태를 확인했다.

"칠위의 인피면구 만드는 기술은 여전하겠지?"

정염이 금적선의 어깨를 두들겨 보이며 물었다.

"부족하지만 역용술과 축골공까지 연습해서 별 무리는 없을 것입니다."

자신있게 말하는 칠위를 보며 정염은 흐뭇한 표정을 지었다.

"팔위의 경공은 여전히 바람 같겠지?"

정염이 헝겊에 싼 물건을 한진표에게 건네며 물었다.

"날로 도망치는 것만 늘어갑니다. 맡겨만 주십시오."

다시 한 번 두 비밀 위사의 어깨를 두들기는 정염의 얼굴에는 흡족함이 엿보였다.

"그래, 그곳에 가서는 삼위의 말에 따르게. 지금 당장 떠나게."

"존명!"

"존명!"

말을 끝내자마자 두 명의 동창 비밀 위사는 북로정벌군이 주둔하고 있는 현주 지방으로 쉴 새 없이 달려가기 시작했다.

*　　　*　　　*

아침에 깨어나 보니 조금씩 내공이 모이는 게 느껴져 나일은 오래간만에 가부좌를 틀고 진기를 일주천시켰다.

"컹컹커(에이, 젠장. 쥐 코딱지만큼 도는구나)."

아직 단청의 마법 효과가 지속되고 있는지 미약한 진기의 흐름만이 느껴지고, 원래 넘쳐 나던 기운은 어디론가 사라져 보이지 않아서 자신도 모르게 소리쳤는데 입에서 개 소리가 나오는 바람에 방 안의 인물들이 모두 깨어났다.

"어디서 개 소리가 들렸는데. 나일아, 혹시 방 안에 개가 들어왔냐?"

어느새 친해진 서태우가 부스스한 얼굴로 나일에게 물었다. 하지만 대답할 수 없는 처지인 나일은 황당하다는 표정으로 고개를 가로젓는 게 자신이 할 수 있는 최선의 행동이었다.

"어, 나도 개 소리를 들었는데. 그게 꿈이 아니었구나."

같은 방을 쓴 지 한 달이 넘어가지만 아주 약간만 친해졌을 뿐 초반 나일의 기세에 눌려 아직까지도 거리를 두고 생활하는 방위가 말을 받자 나일은 방위를 향해 인상을 찌푸렸다.

'으헥, 무서워라.'

슬그머니 고개를 다시 베개에 갖다 댄 후 눈을 감는 방위를 보며 서태우도 아직 못다 한 잠을 보충하기 위해 몸을 뉘었다.

'휴우, 개망신당할 뻔했네. 그나저나 이놈의 사형은 도대체 어디 간 거야?'

간밤에 치우천왕과 이야기 나눴던 꿈이 생각나서 이상한 느낌에 단청에게 이 이야기를 하려 했는데 필요하면 사라지고, 뭐 시킬 거 있으면 나타나서 시키는 얄미운 단청은 아침이 다 되었는데도 기숙사에 들어오지 않았다. 나일은 하도 꿈자리가 찜찜해서 세상에서 가장 유식한 사형을 찾기 위해 기숙사 이곳저곳을 둘러보기 시작했다.

단청은 어젯밤 금룡회의 전당포를 찾아갔다.

은밀하게…….

벌써 며칠째 술을 굶었던가? 나일을 혼내주는 것까지는 좋았는데 이 자식이 삐쳐서 말도 하지 않는 탓에 술 좀 먹자고 말할 기회조차 없었다.

그래서 결국 나일이 잠들기를 기다렸다가 나일의 몸 수색을 단행했다. 물론 술값만 슬쩍 훔치려고 품 안을 뒤지는데 나오라는 돈은 보이지 않고 비단 주머니 안에 두 개의 패가 있었다. 하나는 옥패로 가운데에 사마(司馬)라고 쓰여진 것이었는데 별로 돈이 될 것 같지는 않았다. 하지만 나머지 하나가 바로 이 황금 영패였다. 이것은 소위 말하는 대박이었다.

다시 살금살금 나일의 비단 주머니를 가슴에 집어넣고는 그 길로 북경성까지 한달음에 달려갔다. 그리고는 낮아 보아두었던 금룡회 전당포에 황금 영패를 내밀었다.

"이 정도면 은 이백 냥은 나가겠는데요."

한밤중이라 가게에서 원래 일하는 전문가들은 다 퇴근하고 이제 전당포 경력 3개월 차인 화우명만이 남아 있었다. 화우명은 자신이 초보라는 것을 나타내지 않으며 노련한 목소리로 단청이 내민 황금 영패의 가치를 논했다.

"그게 무슨 말이오? 이 황금으로 된 영패가 고작 이백 냥이라니, 적어도 천 냥의 값어치는 있지 않소?"

단청은 자신이 내민 금패를 칭찬하면서 값을 후려갈기는 노련한 수법을 사용한 화우명을 째려봤다. 단청 또한 전문가였다. 물건을 보는 안목이 탁월한 자신이 보기에도 최소한 천 냥은 나가는 금패였다.

그러나 단청은 지금 들고 있는 황금 영패가 정확히 무엇인지는 몰랐다.

탁자 위에 놓여진 황금 영패가 동창대영반임을 증명하는 패임과 동시에 동창의 위사들을 마음대로 부려서 황제와 그 직계를 제외한 모든 이들을 잡아들이거나 죽일 수도 있는 무소불위(無所不爲)의 힘을 지닌 패임을 알아보지 못한 것이나. 당언히 그것은 화우명도 일지 못했다.

"아, 물론 이 패를 판다면 천 냥을 드리겠습니다. 그렇지만… 보아하니 일단은 맡길 셈인 것 같은데, 그렇다면 이백 냥밖에 빌려줄 수 없다는 얘기요."

"아무리 그래도 그렇지……."

화우명은 초보답지 않게 노련히 단청과 협상을 하였고, 단청은 긴가민가하면서도 우선은 시큰둥한 반응을 보였다.

"하하, 싫으면 다른 곳에 가보십시오. 이 한밤중에 어디서 이런 거금을 빌려주는 곳이 있는가."

나이도 십대 후반인 화우명이 헛웃음 지으며 노련하게 배짱을 튕기자, 이 밤중에 이 패를 이용해서 돈을 빌리는 것만으로도 족하다고 생각한 단청은 내키지 않았지만 수락했다.

"이자는 한 달에 삼 부요. 그리고 이것의 값어치를 천 냥이라 치고 이자와 원금이 천 냥을 넘으면 이 물건의 소유주는 금룡회가 될 것이오."

'에라이, 도둑놈들.'

노련한 척해 보였지만 끝내는 금패의 가치가 천 냥 이상이라는 것을 인정한 꼴이 된 화우명에게 단청은 속으로 욕을 해댄 후 고개를 끄덕여 보였다.

"좋소, 금방 갚으리다."

돈을 받아 들고 단청이 달려간 곳은 북향루가 아닌 가지루. 오랜만에 단청은 가지루에서 밤을 보내게 되었다.

새벽이 지나고 아침 해가 떠올 때 즈음 단청은 가지루를 나섰다.

햇빛에 눈이 부셔왔지만 간밤에 이백 냥을 이천팔백 냥으로 만들었기에 흐뭇한 마음으로 도박장을 나설 수 있었다. 그리고 북향루의 첫 손님으로 들어가는 영광도 가질 수 있었다.

"이 집에서 제일 비싼 술이랑 개고기!"

눈을 비비며 아침부터 술을 퍼마시러 오는 인간이 누군가 쳐다보던 점소이는 단청을 알아보고 고개를 끄덕이더니 주방으로 향했다.

'그럼 그렇지, 며칠 못 보았더니 그거 만회하려고 아침부터 술 퍼마시러 오는구나.'

점소이가 주방장을 깨워 주문한 음식을 내오자 단청은 단번에 개고기 다리 하나, 술 한 병을 들이켰다. 그리고는 아직 졸린 눈을 비비고 있는 점소이를 불러 열 냥을 건넸다.

"이보게, 잘 먹었네. 그럼 저녁때 또 보세. 나머지는 자네가 가지게. 아침부터 깨워서 미안한 값이네."

"네네, 감사합니다."

점소이는 지금까지 단청이 이곳에 와서 이렇게 많은 돈을 준 적이 없는지라 간밤에 좋은 꿈을 꿨다고 좋아하면서 넙죽 받아 챙겼다.

단청은 그렇게 아침부터 술을 퍼먹고는 영웅학관을 향해 가다가 이미 수업 시간도 늦었고, 간밤에 도박을 하느라 무리도 했고, 술도 먹었는지라 오늘 하루 수업을 제끼고 기숙사로 향했다.

나일은 단청을 찾아다니다가 안 보이자 아침밥을 먹었다.

무엇보다 중요한 것이 바로 밥 아닌가?

밥을 먹고 수업을 들어가려다가 다시 생각이 단청에게 미쳤다. 함께 붙어 다니던 단청이 혼자서 도대체 무얼 하고 있기에 나타나지 않을까? 하는 궁금증을 혼자서 풀어내다가 두 가지 결론으로 마무리를 지었다. 분명 단청은 술을 마시거나 도박장에 갔거나 둘 중에 하나일 것이다. 단청이 그 두 곳에 갔다면 돈이 어디에서 나왔을까? 하는 생각을 하다가 이내 자신의 품속을 뒤졌다.

없었다.

분명히 자신이 신주단지처럼 소중히 간직했던, 쓸모가 많은 동창대영반패에 생각이 미치자 도저히 수업을 들어갈 기분이 안 났다. 그래서 발걸음을 돌려 기숙사 방 안으로 들어가 단청을 기다리기 시작했다. '이놈의 사형은 수업 시작한 지가 언젠데 아직도 기숙사에 들어오지 않는 거야? 혹시 수업에 들어간 것은 아닐까?' 하는 생각도 들었지만 이내 고개를 가로저었다. 단청은 자기 혼자서 수업에 들어가는 그런 사람이 아니다. 다른 사람에게 자신의 유식함을 떠벌리기 좋아하는 사람이지 일방적으로 듣는 것은 무척 싫어하는 이가 바로 단청이다. 그래서 자신의 전공 수업도 들어가지 않는 사람이 아닌가. 이윽고 방문 앞에서 누군가 문을 여는 기척이 들렸다.

"사형!"

단청이 방문을 열고 들어오자 화가 많이 나 있는 음성으로 나일이 퉁명스럽게 불렀다.

"깜짝이야. 수업도 안 들어가고 여기서 뭐 하는 거야?"

죄지은 게 있으니 단청이 놀라는 것은 당연하다.

"다 아니까 빨리 돌려줘요."

"뭐를?"

'이게 벌써 눈치 챘나? 아니야, 저놈이 벌써 눈치 챘을 리가 없을 텐데……'

단청은 그쪽으로 생각을 굳히고는 정말 자신은 아무것도 모른다는 얼굴로 되려 물었고, 나일은 기가 막혔다.

"정말 이럴 거예요? 내 금패 내놔요!"

그제야 기억이 난다는 듯 단청은 순순히 자신의 짓임을 인정했다.

"아하, 그거 전당포에 있는데……."

"뭐예요?"

그게 어떤 것인데 전당포에 있다는 말인가? 정말 기가 막혔다.

"어쭈, 지금 나한테 대드는 거냐? 그러다 한 대 치겠다?"

아니꼬운 목소리로 단청이 말하자 나일의 몸이 저절로 움츠러들었다.

"그런 게 아니라, 다만……."

움츠러들어서 제대로 말을 잇지 못하는 나일을 단청이 몰아붙이기 시작했다.

"다만 어쩌라고. 겨우 이백 냥짜리 가지고 쩨쩨하게 네가 나한테 그럴 수 있어?"

"아닙니다. 휴우……."

단청이 황금 영패가 어떤 것인지 모르는 듯해서 다행이라는 생각과 한편으론 잘못은 분명 사청이 했는데 왜 자신이 이렇게 됐는가의 분노도 스멀스멀 피어올랐다.

"아무튼 그것 찾아줘요. 저한테는 소중한 것이에요."

나일은 막상 분노를 표출했지만 후환이 두려워 눈을 찔끔 감았다가 떴다.

"내가 헛 가르쳤구나. 헛 가르쳤어."

장탄식 터뜨리는 단청을 보며 가슴 한구석에서 죄책감도 일어났지만 우선은 즉각적인 보복이 없는 것에 한숨을 내쉬었다.

"사형, 그거 맡긴 돈 어디 있어요? 아니, 얼마나 남았어요?"

가장 궁금한 것을 물어보는 나일을 처량하게 바라보며 단청은 가슴 속에 있는 돈 다발과 은전들을 모두 꺼냈다.

"내 그 이백 냥을 불려서 이천팔백 냥을 만들었는데 조금 써서 지금 은 정확히 이천칠백팔십 냥일 거다."

"우와, 이렇게나 많아요? 당분간은 돈 걱정 없이 살겠네. 우선은 황 금 영패부터 찾고, 참, 그거 맡긴 곳이 어디예요?"

입이 찢어질까 두려울 정도로 환한 기색이 완연한 나일을 향해 단청 은 지난밤 자신이 황금 영패 맡긴 곳을 가르쳐 주었다.

"근데 이십 냥을 금세 썼네요? 돈을 이렇게 불렸다는 것은 밤새 도 박을 했다는 이야기인데 그새 어디에 쓴 거예요?"

슬그머니 전표 다발을 가슴으로 가져가는 나일의 행동을 눈치 챘지 만 여전히 기운 빠진 목소리로 단청이 대꾸했다.

"북향루에서 아침에 술 한잔하고 오다가 거지가 보이길래 적선 좀 했지."

"우씨, 나한테는 자비로울 때가 없으면서 다른 사람들에게는 잘해준 단 말야……."

나일이 투덜대자 단청의 손이 나일의 머리털을 후려갈겼다.

털썩.

머리털을 갈겼음에도 살짝 머리통까지 스쳤기에 나일은 아픈 표정 을 지었다.

"우씨~"

"뭐야? 이거 갖다 줬으면 됐지, 그깟 것 내 마음대로 쓰는 것도 안 되냐? 마누라도 아니고 바가지는."

그 말에 나일은 머리통을 어루만지며 시큰둥하게 대답했다.

"누가 뭐래요? 다만 서운하다고요. 나는 이렇게 매일 때리고, 잔심부름 다 시키면서… 사형은 제일 가까운 나를 제외한 다른 사람에게만 잘하잖아요."

드디어 올 것이 왔다.

나일에게서 그동안 억눌려 왔던 분노가 폭발하는 소리가 들렸다. 이 상황은 실제 상황이라고 얘기할 수 있으리라. 그러나…

단청은 꼬박꼬박 말대꾸를 하는 나일을 침상으로 던져 버리고는 그 위에 올라타 마구잡이로 주먹을 휘두르기 시작했다.

픽, 퍼벅!

안면을 강타해서 다시 목 위를 내리찍는 손길.

픽! 퍼벅, 퍼버버벅!

그리고 들려오는 나일의 애절한 울부짖음.

"아~ 잘못했어요. 존경합니다."

연신 주먹에 여기저기를 맞으면서도 나일은 들러붙어서 단청의 손을 잡기 위해 발악했고, 노력이 헛되지 않아 산신히 구타에서 해방될 수 있었다.

"이놈아, 내가 그러는 것은 아끼는 제자일수록, 아니, 사제일수록 엄히 가르쳐야 한다는 나의 신념을 이행하려는 것뿐인데 정말 내 맘을 모르겠냐?"

여기저기 멍이 든 나일을 바라보며 자신이 심했다고 느꼈는지 단청이 쬐금 미안한 표정을 지었다. 나일은 이런 때일수록 감동받았다는 느낌을 단청에게 전해주어야 한다는 걸 경험적으로 알고 있기에 군소리없이 명심하겠다고 대답했다.

"나일아, 너도 언젠가는 이렇게 행동하는 나를 이해힐 것이다."

'개뿔이… 진짜 왜 나만 가지고 이러는 거야? 젠장, 어떻게 해서든 사형의 마수에서 벗어나야 해. 그것만이 편히 살 길이야!'

나일은 속으로 이런 다짐을 굳게 맹세하면서도 겉으론 진심으로 감동한 표정을 얼굴에 드러내었다.

"사형의 말씀에 다는 아니지만 공감하고 이해합니다. 저 잘되라고 하는 거 알면서도 잠시 그것을 잊고 불평을 토했던 저를 용서해 주십시오."

역시 연기의 대가 나일은 자신의 속마음과 정반대의 말에도 별 무리 없이 감정을 넣을 수 있었다.

"그래, 그랬다면 다행이구나."

단청이 말을 마친 후 자려고 자신의 침상으로 가려 하자 나일이 머리를 긁적였다.

"사형, 그런데 이 꼴로 다니면 사감들이 이상하게 쳐다볼 텐데……."

길림성 부근에서 서식하고 있다는 팬더와 유사한 눈탱이, 그리고 부어 터진 입술을 자랑하는 나일을 향해 단청이 손을 뻗었다.

"패럴라이즈 얼라이드(상처를 치유하라)."

"됐냐?"

침상에 걸터앉은 단청을 향해 나일이 다시 머뭇거렸다.

"사형, 저기요, 어젯밤에 이상한 꿈을 꿨는데요."

"아, 됐어. 나 잘 거야. 담에 얘기하자. 그나저나 너, 말을 할 수 있네?"

"아, 그렇네요?"

그제야 나일은 자신이 그 빌어먹을 저주에서 벗어났다는 것을 알았다.

"아싸, 아싸!"

그동안 말을 못해서 얼마나 미칠 것 같았던가?

그것에 생각이 미치자 방금 단청에게 맞은 것쯤은 그냥 넘어가 줄 수 있다고 생각했다. 그 정도야 늘상 있는 일이니까.

나일은 급히 진기를 다시 일주천해 보았다.

"내공은 아직 다 복구되지 않았지만 말은 할 수 있게 되었군요."

"그래, 좋으냐?"

"물론이죠. 세상이 다 내 것 같죠."

"그래, 내가 그럼 다시 세상을 빼앗아줄까?"

단청이 목소리를 깔며 으스스하게 말하자 나일은 잽싸게 침상으로 들어가 누우며 소리쳤다.

"사형, 편히 주무세요."

"이놈아, 지금은 대낮이다. 아니, 대낮이 되려면 아직 멀었다."

"아, 그렇군요……."

나일이 침상에서 내려오자 단청이 자신의 침상으로 들어가며 말했다.

"아무튼 나는 어제 일을 해서 피곤하니까 잘란다. 이따가 수업 끝날 때 즈음해서 깨워라."

그리고는 금세 잠이 들기 시작했다. 어차피 단청이 움직이는 시간대는 저녁 시간이니까.

"야, 대머리!"

찬권운룡 혜진은 고개를 돌려 자신을 부른 듯한 목소리의 주인을 찾았다.

'저 인간이구나. 제길, 지금은 말려줄 사람이 없으니 일단 튀자.'

혜진은 나일을 발견하고는 못 들은 척하며 줄행랑을 놓았다.

"아, 심심해. 모처럼 누군가를 갈굴 수 있을 줄 알았는데……."

나일은 비무 시합장에서나 만날 수 있던 혜진을 학관 관내를 지나나 발견하고는 괴롭혀 볼까 하는 마음에 불렀다. 그런데 자신을 보자마자 혜진이 도망을 치자 아쉬운 마음에 입맛을 다셨다.

"에이, 식물원에나 가볼까?"

나일은 식물원이 있는 학관 뒷길을 걸어가다가 나무 밑동을 잘라놓은 의자에 앉아서 어젯밤 꿈속에 나타났던 천마를 떠올렸다.

천마는 자신의 몸에 진기가 사라졌다고 해서 나타났는데, 그 후에도 자신의 몸이 약해졌다는 말을 남겼다.

나일은 곰곰이 그 말을 되새긴 후 진기를 일주천시켰다. 정말 오늘은 황생의 레어를 빠져나온 후 가장 많이 운기한 날이었다. 사형의 저주가 풀렸는데도 아직 예전 무릉도원에서 모은 내공의 반밖에는 모이지가 않았다. 나일은 그 이유를 생각하기 시작했다.

첫째는 그동안 무공 수련을 게을리 했기 때문이라는 것이다.

바깥에 나온 이후로 무공 수련을 해본 적이 없었던 것 같다. 귀찮기도 하고 자신의 실력에 대한 믿음으로 인해 수련하지 않아도 난 천하무적이다라는 생각을 가졌기에 그리 된 것이다. 그리고 둘째는 무릉도원의 경우 기의 양이 이곳과는 비교할 수 없을 정도로 응축되어 있었기 때문이다.

그것에 익숙해서 자신이 익힌 무하신공은 자연적으로 바깥의 기운과 몸속의 내기가 서로 통하면서 순환을 하는데, 기(氣)의 농도가 낮아지다 보니 몸속의 내기가 바깥으로 나오려 하지 않고 몸속에 머물러서 그 기만큼만 사용하면 조금씩 빠져나가 희석된 기가 나일의 몸으로 보충되기 때문이다. 정말 그러하다면 상태를 보아하니 더 이상의 내공이 사라지지는 않을 듯싶었다. 그런데 이상하게도 자신의 내공이 조금씩 사라지는 것을 느꼈다. 나일은 사부가 자신에게 무하신공의 특징을 설명하던 장면을 떠올렸다.

"사부, 그러니까 무하신공을 익히면 끝내는 내공이 사라진다는 말인가요?"

"아니, 사라진다는 것이 아니라 사라지지 않을까? 라고 했다. 내 이론에 의하면, 이 무하신공을 익힌다면 몸 안에 내공을 모을 필요 없이 언제든지 이 자연의 기를 사용할 수 있다는 것이지. 억지로 몸 안에 끌어들이지 않고."

"아! 반무의 경지가 되는 것이군요?"

"그렇지, 오랜만에 옳은 소리를 하는구나."

나일도 거의 십 년 만에 처음 듣는 사부의 긍정적인 말이라 기분이 좋아졌다.

"그럼 언제쯤 이 무하신공을 완성할 수 있나요? 한 십 년?"

"이 사부의 무공은 지금이라도 깨닫고 실행한다면 완성될 것도 같은 그런 류의 무공이지만… 내가 보기에 지금의 너라면……."

"저라면 뭐요? 한 시진?"

딱!

"이 사부랑 장난치자는 거냐? 너라면 한 천 년 동안 죽어라 수련하면 되지 않을까 하는데."

"그렇게나 많이요? 그러다 늙어 죽겠어요."

저절로 나일의 얼굴이 찌푸려졌다.

"걱정 마라. 이곳에 있는 한 육천 년도 끄떡없이 버틸 수 있으니까."

"휴우~"

침울한 표정을 짓는 나일에게 황생은 하고 싶은 말이 무궁무진하게 남아 있다는 표정을 지었다.

"말하세요. 세이경청하죠."

"요 녀석, 눈치도 빠르구나. 험험… 이 무하신공은 무하심결(無下審決)이라는 내공심법을 바탕으로 전(前) 팔식, 중(中) 팔식, 후(後) 일식으로 이루어져 있다."

"뭐가 이리 복잡해요?"

복잡한 것을 싫어하는 나일의 입에서 절로 불만이 터져 나왔다.

딱!

나일의 뒤통수에 경쾌한 격타음이 울려 퍼졌다.

"이 사부가 제일 싫어하는 게 뭐지?"

그제야 자신이 무엇을 잘못했는지 깨달은 나일이 재빨리 대답했다.

"사부님께서 유식의 극치를 드러내시는데 끊는 거요."

"알면 듣기만 해라."

"…네……."

다시 한 번 헛기침한 후 황생이 말을 시작했다.

"전 팔식은 무하신공을 익혀서 현경에 들면 그때 사용할 수 있는 초식이고, 중 팔식은 무천의 초입에 들면 사용할 수 있을 것이다. 그리고 마지막으로 후 일식은 네가 죽으면 죽었지 어떤 경우에라도 사용하면 안 된다. 후 일식을 내가 가르쳐 주는 대로 무공으로 펼친다면 이 세상이 멸망할 정도의 위력이다. 이 초식을 사용할 상황이 생긴다면 차라리 죽거라! 그렇지만 진정한 반무의 경지에 든다면 이 초식을 '무공이 아닌 또 다른 방법으로 펼칠 수 있는 방법 또한 깨달을 것이다' 라는 게 이 사부의 생각이다… 자냐?"

따악!

그새를 못 참고 졸고 있는 나일의 뒤통수를 후려갈긴 후 황생이 방금 자신이 무슨 이야기를 했는지 물었다.

조금 뜸을 들인 후에 놀랍게도 나일은 황생의 말을 모두 기억해 내었다.

"흐음, 나는 자는 줄 알았지. 눈 감길래……."

겸연쩍은 표정을 지으면서 황생은 자신이 오해한 이유를 말했다.

"사부님, 자다니요? 저는 사부님의 깊은 가르침을 가슴에 새기기 위해 눈 감고 정신을 통일시켜 가며 마음속으로 수없이 되뇌느라 그랬습니다."

나일은 황생의 말에 무안할 정도로 열심히 듣고 있었노라고 말했다.

그때 신농이 땅바닥에 내려앉자 황생의 머리 속에 무언가가 스쳐 갔다.

설마 했는데 황생은 신농의 얼굴이 피로해 보이자 자신의 짐작이 맞다는 것을 확신했다. 그래서 나일을 향해 사악하게 웃어 보였다.

"좋다, 믿으마. 내가 뭐라고 했다고? 아니, 방금 전에 말고 제일 처음에 한 말이 뭐였지?"

날개를 퍼덕이며 날아오르려는 신농을 잡아서 연못으로 던지며 황생이 묻자 나일은 사부가 눈치 챘다 여기고는 꼬리를 내렸다.

"죽여주십시오. 제가 신농에게 사부님의 말씀을 듣고 있다가 저한테 물으면 부리로 글자를 쓰라고 했습니다. 죽여주십시오."

"내 이럴 줄 알았어. 감히… 오냐! 죽여달랬으니 죽여주마."

나일을 한동안 밟아대던 황생은 다시는 졸지 않겠다는, 그리고 앞으로는 눈만 감으면 조는 것으로 생각해도 좋다는 나일의 말에 화를 풀었다. 물론 나일이 힘들게 담근 과일주를 챙기는 것까지 포함해서…….

"그러니까, 음… 이 무하신공을 완성하기 위해선 물론 끊임없는 수련과 깨달음이 동반돼야 한다. 그리고 나 역시 알지 못하는 무엇인가를 진정으로 깨달아야만 완성이 됐다고 볼 수 있지. 아니, 원천적인 완성은 불가능하지만 그 근처에는 갔다고 볼 수 있지."

나일은 한동안 회상을 하다가 문득 날이 어두워졌음을 깨닫고는 일어섰다.

그 무엇인가가 도대체 무엇인가?

그리고 나는 왜 이렇게 약해진 것일까?

자신이 느끼기에 내공이 사라지는 것은 무공이 완성돼서 자신의 무공 경지가 반무로 향하기 때문이 아니라 아무래도 수련 부족 같았다. 내공도 확실히 예전보다 많이 모이지 않으니…….

'오늘부터라도 열심히 수련을 해야겠구나. 이러다가는 정말 무공이 발전하기는커녕 퇴보하겠다.'

혼자서 다짐하며 식물원 길목에서 일어나는데 자신이 근 일주일간 앉아 있던 꽃밭에 누군가가 앉아 있는 것을 보고는 호기심이 동해서 자세히 살펴보았다.

"오늘은 오지 않았구나, 단청. 내일은 올까? 이만 일어나야겠다."

나직이 혼잣말을 읊조린 후 일어선 사람은 북궁주희였다.

'나를 기다리고 있는 건가?'

그런 생각이 일자 나일의 가슴 한 켠이 아파왔다.

나일은 재빨리 다가가서 북궁주희의 손을 잡았다.

"단청, 왔구나? 오늘은 많이 늦었네…….."

단번에 자신의 손을 잡은 사람이 나일이라고 북궁주희는 때려맞췄다.

나일은 북궁주희의 손바닥을 펴고는 글씨를 써 내려갔다.

—어, 일이 있어서. 여기서 뭐 하는 거야?

"뭐 하긴, 너를 기다렸지."

—왜?

"치이, 그렇게 말하니 서운하네. 그냥 하루 종일 맘놓고 얘기할 수 있는 사람이니까……."

북궁주희의 얼굴에 장난기 묻어나는 웃음이 보였다.

—그래.

나일은 북궁주희의 손을 끌어서는 방금 전까지 앉아 있던 나무 밑동에 앉혔다.

"참, 얼굴 한번 만져 봐도 돼?"

—왜?

"그냥, 모처럼 얻은 친군데 얼굴 정도는 알아두려고……."

나일이 잠시 뜸을 들이더니 주희의 손바닥을 끌었다.

— 딱 한 번이야.

"알았어. 친구 하니까 또 나일 그 자식이 생각나네. 그 녀석이 나에게 말이야, 친구하자고……."

입을 놀리면서 북궁주희의 손이 나일의 얼굴을 쓰다듬기 시작했다.

스르륵.

밤하늘에 별이 무척이나 많이 떠오르기 시작했고, 달빛도 은은히 그들을 내리쬐기 시작했다.

제30장

십 년 만에 녹림대회 개최

　"녹림총채에서 우전살(牛田殺) 영호목이 풍귀채 식구들을 만나러 왔소이다."

　녹의를 입은 세 명의 사내 중 한 명이 호기롭게 외쳤다. 세 사내 중 그래도 소리친 사내가 제일 반반했다. 물론 일반적인 관점에서 봤을 때는 셋 다 똑같은 험악한 인상이었지만······.

　그 모습을 지켜보던 풍귀채의 망루지기 정소추는 뒤에 있던 사내가 치켜든 깃발에 녹림총채를 상징하는 열일곱 개의 작은 소도(小刀)와 하나의 대도(大刀)가 새겨져 있는 것을 보고는 재빨리 망루 아래로 내려왔다.

　"풍귀산의 식솔 정소추입니다. 급히 본 채에 연락을 할 테니 이 길로 쭈욱 올라가시고 계시면 본 채의 식구들을 만나시게 될 겁니다. 아니면 일각만 기다리시면 본 채에서 사람들이 마중 나올 것입니다."

정소추는 풍귀채로 올라가는 소롯길로 그들을 인도한 후 망루로 다시 올라와서는 망루 위에 있는 커다란 종을 정중하게 일곱 번 타종하기 시작했다.

땡, 땡, 땡, 땡, 땡, 땡, 땡.

풍귀도 나웅은 지금 들려온 종소리를 들으며 자신의 옷매무새를 단정히 하고는 풍귀채의 정문을 향해 걸어갔다.

망루에서 들려온 종소리는 일정한 간격으로 일곱 번, 그 일은 중요한 손님이 당도했다는 뜻이다. 나웅이 정문 앞에서 직접 나와 있자 풍귀채의 산적들도 빠짐없이 나와서 중요한 손님을 기다리고 있었다.

이각이 지나자 풍귀채의 소두목 중 하나인 목정환이 녹림총채의 깃발을 흔들면서 당당히 발걸음을 옮기는 세 명의 사내를 데리고 들어왔다. 그리고는 채주실로 그들을 데리고 가려다가 나웅을 발견하고는 그의 앞에 절도있는 동작으로 무릎을 꿇으며 말했다.

"채주님, 녹림총재 흑전낭을 맡고 있는 소누목 영호목과 그 일행이 옵니다."

목정환의 말이 끝나자 영호목이 나웅에게 공손히 인사를 했다.

"오랜만에 뵙습니다, 나웅 채주님."

"그래, 오래간만이구나. 무슨 일로 여기까지 온 것인가?"

대뜸 하대를 놓으며 나웅도 반가운 표정을 지어 보였다.

"여기 총표파자님의 서찰을 가지고 왔습니다."

"아니, 그것보다 우선은 시장했을 텐데 요리라도 대접해야지. 따라오게."

나웅이 자신의 집무실 쪽으로 걸음을 옮기며 자신을 보좌하는 풍귀채의 행동대장 겸 소두목인 왕호에게 술상을 봐오라는 눈치를 보냈다.

"그래, 서찰에 어떤 얘기가 쓰여 있나?"

나웅이 집무실의 호피 의자에 앉아 영호목에게 자리를 권한 후 이야기하자 영호목이 아까 그 서찰을 가슴에서 꺼내어 나웅에게 두 손으로 공손히 바치고는 자리에 앉았다.

원래 녹림 칠십이채 서열의 제일은 물론 녹림 전체의 총채주, 흔히 총표파자라는 명칭으로 불린다. 그 다음부터는 세력과 채주의 무공 실력으로 각 채의 서열이 매겨지는데, 그것이 곧 산채의 서열이 된다. 그러니 녹림에서도 손꼽히는 무공을 지니고 세력도 다섯 손가락 안에 꼽히는 풍귀채의 채주 나웅은 녹림 전체에서도 서열 오위가 되는 것으로 매우 높아 보이지만 실제는 그렇지 않다.

본래부터 녹림이란 곳은 산채 단위로 생활을 하기에 같은 녹림의 식구라 할지라도 같은 산채의 식구가 아니면 보기도 힘들고(구역이 다르기 때문에), 본다 하여도 서열이 낮은 사람에게 명령을 내릴 수도 없거니와 명령을 한다 해도 듣는 사람이 없다. 이것 또한 녹림의 불문율이다. 그렇기에 지금 영호목이 하는 지극히 공손한 태도는 오히려 어색한 감이 없지 않았다.

나웅은 영호목에게서 서찰을 받은 후 내용을 읽어갔다.

"그래, 유월 초하룻날 녹림총채 호골채에서 녹림대회(綠林大會)를 연다고?"

"그렇습니다. 십 년 만에 녹림호걸들을 모시고 중요한 안건에 대한 토론 겸 그동안 왕래가 드물어 보지 못했던 분들의 얼굴이라도 한번 보자는 취지지요."

영호목도 이미 서찰의 내용을 알고 있다는 듯 나웅에게 슬쩍 얘기했다.

"그래, 안건은 무엇인가?"

나웅이 서찰에서 눈을 떼어 녹림도치고는 제법 세련미를 풍기는 영호목에게 고개를 돌려 물었다.

"그것이… 저도 잘 모르겠습니다."

짐작은 하지만 확실히 알고 있지 않다는 듯한 영호목의 대답에 나웅의 양미간이 찌푸려졌다.

"내가 이 산골에서 산다고 무시하는 건가? 어서 말해 보게. 알다시피 나는 궁금증은 못 참는 고질이 있다네."

몇 년 전이던가?

나웅은 관군이 비밀리에 수송하는 마차가 있다는 정보를 듣고 마차 안에 무엇이 들었는가 궁금해하다가 결국 마차를 털려고 나섰다. 사실 산적들의 최대의 적은 관군이다. 성공하든 실패하든 간에 그것은 엄청나 죗값을 받게 된다. 그래서 관군이 직접 운반하는 마차를 털려는 것은 담이 없으면 못하는 짓인 것이다. 그런데 그것도 단지 궁금증 때문에 털려 했으니……. 그러나 싸움이 벌어지기 직전 마차를 책임지던 사천 관아의 장 포두가 싸움을 피하기 위해 마차 안을 공개했다. 그 속에는 사천까지 놀러 왔다가 목에 칼을 쓰게 된 희대의 사기꾼이며 바람둥이인 북경 고관대작의 아들이 있었으니, 죽음을 무릅쓰고 얻게 된 성과로 어이없는 것이었지만, 그 후로 풍귀도 나웅이 궁금증을 못 참는 병이 있단 소문만은 녹림 전체에 널리 퍼지게 되었다.

그 일화를 떠올린 영호목은 자칫 잘못하다가는 돌아가는 길에 풍귀도 나웅이 직접 자신들을 잡아서 고문을 가하며 불라고 할지도 모른다는 생각이 들었다. 그리고 자신이 알고 있는 안건이 이미 총채 내에선 공공연한 비밀이기에 나웅에게 자신이 알고 있는 것을 슬쩍 흘리기로 마음먹었다.

"아마도 이번 녹림대회에서는 합법적인 사업에 뛰어드는 녹림을 맞이하게 될 것 같습니다."

영호목의 말에 나웅이 콧방귀를 뀌었다.

"흥, 그것이 쉬운가? 마을로 내려가 사업을 한다 해도 합법적인 사업에 손을 대는 건 불가능한 것을 왜 모르는지……."

"아닙니다. 요즘 총채에는 공공연하게 소문이 떠도는데, 산채를 하나의 합법적인 문파로 인정해 줄 뿐 아니라 영지까지 하사받는 것을 보장받았다고 합니다."

영호목의 말에 나웅은 놀란 눈을 치켜떴다.

"무엇이? 어떻게 그런 일이 생길 수 있단 말인가? 농담이 심하군."

"이것은 채주님이니까 말씀드리는 것이온데……."

영호목이 은근슬쩍 말꼬리를 줄이자 성질 급한 나웅은 영호목을 재촉했다.

"어서 말해 보게. 내가 속 터져 죽는 꼴이 그렇게도 보고 싶은가? 이 사람, 궁금해서 미치겠네."

나웅이 이렇게 나오자 영호목도 더 이상 버틸 수가 없었다.

"놀라지 마십시오. 남경의 연왕이 저희 녹림총채에 자신이 황위에 오르는 데 도움을 준다면 그러하겠다고 약속했습니다."

그 말에 나웅은 너무 놀라서 더 이상 말을 잇지 못했다.

"그래서 그것 때문에 녹림대회를 개최하는 건가?"

"그렇습니다. 여러 호걸들의 의견을 물어보고 녹림총채가 가부(可 否)를 결정하려는 목적으로 이렇게 녹림대회를 개최하려는 것입니다."

영호목의 말에 나웅은 대뜸 고함을 쳤다.

"그게 말이 되는 소린가? 내, 연왕을 직접 보지는 못했지만 교활함 이 하늘을 가린다는 소문은 들었네. 그래, 그가 약속을 이행할 듯싶은 가?"

"문서로 기록하고 연왕의 친필이 들어간다면 연왕도 쉽게 약속을 어 길 수는 없겠지요."

고함을 지르는 나웅과 대조적으로 영호목의 안색은 차분했다.

"흥, 하나도 마음에 들지 않는군. 황제가 되려고 별 수를 다 부리는 연왕도 마음에 안 들고, 녹림도이면서 녹림도의 길을 포기하려는 총채 도 말이야."

"나 채주님, 이번 건이 성사된다면 녹림의 꿈이 이루어지는 것과 다 름없습니다. 아시다시피……."

"시끄럽네! 난 좀 쉴 테니 나가 있게."

영호목의 말을 자르며 나웅이 소리치자 그제야 술상을 봐오던 풍귀 채의 산적 왕호는 그대로 술상을 내가지고 가며 영호목 일행을 이끌고 사랑채로 안내했다.

"휴우, 내 이럴 줄은 알았지만 생각보다 반발이 더 심하군."

하기사 나웅의 반응을 예상치 못한 것은 아니다. 총채에서도 녹림대 회를 위해 사람을 파견할 때 나웅의 이러한 성격을 알고 있기에 차분 한 자신을 이 풍귀채로 보낸 것이 아닌가. 아마 성질 급한 사람이 왔으 면 칼부림이 났어도 몇 번은 났을 것이다.

영호목은 푸념을 털어놓더니 술잔에 가득 술을 따라 마시며 곁에 있던 사내에게 술을 건넸다.

"다음은 어딘가?"

"양명산의 혈림채(血林寨)입니다."

곁에 있던 사내가 말하자 영호목이 고개를 절레절레 흔들었다.

"어려운 사람들만 내 몫이군. 그래, 또 어디 욕 먹으러 가볼까……"

나일의 이번 상대는 바로 신천문(伸天門)의 강원재(姜元材)였다.

이 강원재라는 인물은 영웅학관에서 가장 나이를 많이 먹은 인물이다. 스물다섯 살에 입관해서 올해로 정확히 십 년째 학관 생활을 하고 있는 그는 젊은 학관사들과 거의 비슷한 나이인 서른다섯 살이었다. 게다가 언뜻 보면 영웅학관 학관사로 착각하는 이들이 있을 정도로 나이보다 더 늙은 용모의 소유자였다.

강원재는 올해가 학관에서 보내는 마지막 해이다. 영웅학관 학칙상 이곳에 입관한 후 십 년까지 영웅증을 획득하지 못하면 더 이상 영웅학관에 머물 수 없기 때문이다.

그는 자신의 애검인 청강검을 꺼내어 기름 먹인 헝겊으로 정성껏 닦아주었다. 한참을 닦은 후에야 고개를 들어서 자신의 방 천장을 보았다.

"나는 할 수 있다. 나는 할 수 있다."

한동안 그 말을 되뇐 후 강원재는 자신의 비무가 벌어질 제팔 연무장으로 향했다.

그는 도착하자마자 자신의 상대가 왔는가를 살폈다.

'제멋대로 굴며 강의 시간에는 잠만 잔다는 안하무인, 오만방자, 막무가내의 전형이라는 나일은 어딨지?'

소문으로 그의 악명을 들었고, 지난 시합도 관람했기에 자신의 이번 비무 상대인 나일의 얼굴 정도는 이미 눈에 기억시켜 두었다. 강원재는 비무대 주위를 훑기 시작했다. 나일을 찾는 것은 생각보다 쉬웠다.

나일은 지금 작년 영웅무제 4강 진출 및 가을에 열리는 영웅수련회 결승 진출자였던 소림의 찬권운룡 혜진과 서로 삿대질을 하고 있었다. 그리고 그것을 기다렸다는 듯이 무관사 적안마검 하동구가 나타나서는 그 둘을 각각 구석으로 보내 버렸다.

"소문대로 재미있는 녀석이군."

강원재는 자신이 첫사랑만 실패하지 않았다면 생겼을지도 모를 아들 나이의 나일을 보며 중얼거렸다.

나일이 구석진 곳으로 서서히 걸어나가자 이번 일은 재빠른 하동구의 진압으로 조기 진압되었음에도 이미 알려질 대로 알려진 나일의 성격 때문인지 나일이 벌써 다섯 번째 가는 비무대 왼쪽 구석 자리와 그쪽으로 가는 길목에는 자리가 텅텅 비어 있었다.

'과연 영웅학관 기재들은 머리가 똑똑하고 선견시명(先見之明)도 뛰어나구나' 하는 생각까지 들게 할 정도였다.

"내 이런 일이 벌어질 줄 알고 있었다."

나일을 응원 온 단청은 저번에도 혜진과 싸워서 구석으로 밀려가는 것을 봤던 터라 그렇게 조용히 살라고 했건만, 또 사건을 벌이는 나일을 보며 혼자서 중얼거렸다.

이윽고 심사위원석의 무관사 한 명이 나타나 오늘의 첫 시합인 자신과 나일의 이름을 호명하자 긴장되는 마음을 감추며 강원재는 비무대를 향해 서서히 걸어나갔다. 자신이 걸음을 옮기는 순간부터 벌써 자신의 이름을 부르며 환호하는 사람들이 생겨났다. 저번 시합까지만 해도 없던 일이라 강원재의 안색이 붉어졌다.

강원재는 천천히 비무대에 올라갔다. 비무대 위에는 나일이 먼저 올라섰지만 그의 이름을 환호하는 사람은 딱 한 사람뿐이었다.

강원재는 고개를 돌려 그를 봤다. 뉘 집 아들인지 참 잘생긴 공자가 나일을 응원했다. 그런데 힐끔 쳐다본 나일의 얼굴은 미묘하게 찌푸려 있었다. 말로 표현할 수 없게…….

'젠장, 사형이 왔잖…….'

"시합 개시!"

무관사의 말이 끝나자마자 강원재는 나일을 향해 뛰어들며 검광을 뿌려댔다. 초반 선공으로 승기를 잡으려는 것이다. 나일이 오른손에 쥔 감산도를 피해 왼쪽으로 돌면서 뛰어드는 것이 성난 멧돼지 같았다. 지금 펼치는 것이 바로 이곳에 와서 배운 청성의 절기 유치검법이다. 강원재의 청강검이 나일의 온 전신을 휘감았다.

유치검법(幼稚劍法) 제일초식 구슬치기(履瑟痴奇)! 제이초식 팽이치기(彭移痴奇)! 제삼초식 딱지치기(莌地痴奇)! 제사초식 당다먹기(艌多默奇)!

연속적으로 매끄럽게 연결되는 강원재의 검 속에서 나일은 위태위태해 보였지만, 몸을 이리저리 돌리며 잘 피해 나갔다. 감산도를 산 이후로 비무에서는 거의 감산도를 들고 시합에 임했는데 이것이 오히려 나일에게는 짐이 되었다. 어차피 감산도를 힘껏 휘두를 수 있는 상대가 영웅학관 내에는 없었고, 자칫 힘 조절에 실패했다가는 상대를 두 조각 내기 십상이라는 것을 경험했다. 저번 상대도 예리해 보이는 검을 들었지만 나일이 휘두른 감산도를 막다가 하마터면 몸이 두 조각날 뻔했다. 그러나 나일은 이 감산도를 포기하지 않았다. 우선은 무기가 있어야 무언가 있어 보였고, 자신은 도전의 관생이니 도를 들고 싸워야 하는 것이 이치에 맞다고 생각했다. 그래서 짐이 되는 감산도를 들고 시합에 나오는 것이다. 강원재는 그런 나일을 향해서 자신의 가장 자신있는 초식인 말둑박기(末쑥撲奇)를 펼쳐 나일이 들고 있는 감산도를 향해 맞춰 나갔다.

픽! 찌징. 쨍그렁!

분명 상대의 감산도를 떨어뜨리려고 검신 부분을 쳤는데 오히려 자신의 애검이 두 조각나자 강원재의 안색이 바뀌었다. 자신이 쳤건만 자신의 검이 부러지다니… 나일의 감산도는 보도(寶刀)가 아니다. 아니, 오히려 정성천과 대향표국 분타에서 꾼 돈으로 산 삼십 냥짜리 싸구려 도였다.

강원재도 그것을 알아봤나. 척 보면 척 아닌가. 단번에 자신의 검이 수명이 다 되어서 제 기능을 못하고 형편없이 부러져 나간 것이라고 느꼈다. 시뻘게진 얼굴로 강원재가 아들뻘인 나일을 향해 소리쳤다.

"이게 어떤 건데……."

안타까운 목소리로 말하던 강원재의 입술이 떨리더니 죽기 살기로 무작정 나일을 향해 돌격해 들어갔다.

나일은 유등을 보고 뛰어드는 불나방 같은 강원재에게 감산도를 든 오른손 대신에 왼손 손바닥으로 머리를 짚어 못 들어오게 막아내고는 감산도의 칼등으로 후려갈겼다.

"이게 미쳤나. 완전히 미쳤나 보네. 미친놈한테는 내가 약이시."

정신을 고쳐 주려는 착한(?) 생각으로 나일은 열심히 강원재를 후려 팼다.

우습게도 나일이 뻗은 팔 때문에 강원재는 나일에게 전혀 접근을 하지 못했다. 강원재의 키는 오 척 육 촌, 나일의 키는 육 척 일 촌으로 무려 오 촌의 차이가 나기에 벌어진 일이다.

한 대, 두 대, 그리고 서서히 쓰러지며 정신을 잃어가는 강원재를 향해 나일의 칼등은 사정없이 내려쳐 갔다.

나의 아버지는 백정이었다.

백정은 소나 말, 돼지 등 가축 죽이는 그런 사람을 일컫는 말이다.

나는 어려서부터 아버지를 놀리는 말을 들으면 참지 못하고 늘 말썽을 일으키곤 했다. 사실 아버지가 백정이라는 것보다 백정의 아들이란 소리가 더 듣기 싫었는지 모른다. 그렇다고 아버지가 이런 힘든 일을 한다고 우리 가족이 잘 먹고 잘살았던 적은 없었다. 백정의 수입이란 것은 뻔하기에 나는 이런 욕을 먹으면서 돈도 잘 벌지 못하는 아버지를 좋아했던 기억이 없다.

나는 항상 집에 있으면 피 냄새를 맡곤 했다. 가축의 피.

한 번은 아버지가 일하는 마을 밖 도살장에 간 적이 있었다.

아버지는 돼지를 잡고 있었다.

돼지의 울음소리를 들으면서 묵묵히 자신의 일을 하시는 오 척 단구의 아버지 등 위로 돼지의 피보다 더 선명한 석양이 지고 있었다.

항상 아버지는 그랬다.

누군가 동네 사람들, 심지어 동네 꼬마들마저도 백정이라 놀려도 묵묵히, 화를 내지 않으시던 한결같던 아버지. 그 모습이 좋았었는지, 아니면 너무나 울화통이 터졌는지에 대한 내 기억은 중요하지 않다. 그때는 나의 관심이 아버지를 떠났으니까. 같은 칼을 든다면 백정이 아닌 무사가 되겠노라고 아버지에게 얘기한 것이 내 나이 열여섯 때였다. 오 척 육 촌의 작은 키와 왜소한 몸매는 무사가 되기에 적합치 않다던 주위 사람들의 비아냥거림은 당연한 것이리라.

나는 내가 쭉 지켜보았던 아버지처럼 묵묵히 검을 수련했다. 다행히 내가 다닌 섬서성(陝西省) 형원(鎣遠)의 신천도장(訊天道莊) 장주 증산명(增山名)은 내게 언제나 힘이 되어주었다. 열심히 수련을 하면 언젠가는 훌륭한 무사가 될 것이라고.

나는 도장에 다니면서도 아버지에게 손을 벌리지 않았다. 백정의 수입이란 게 뻔하기에 낮에는 도장에서 검을 휘둘렀고, 밤에는 근처 주루의 점소이를 하면서 도장에 수업비를 낼 수 있었다.

그러기를 오 년.

내 나이 스물한 살에 영웅학관의 영웅삼관에 도전했다. 정말 불가능해 보였던 ㄱ 난관들… 그렇지만 나는 쉽게 절망하는 사람이 아니었나 보다. 내리 삼 년을 1차 관문도 성공하지 못했지만 네 번째 도전에서는 1차 관문을 통과할 수 있었다. 그리고 2차 관문도 시간만 더 있었으면 충분히 성공할 수 있었을 정도로 실력이 향상됐음을 느꼈다. 조금만, 조금만 더 열심히 한다면 불가능하지는 않다.

나는 끊임없이 노력했고, 또 했다. 남들의 몇 배는 열심히 했으리라. 그리고 결국 그 다음 해 내 나이 스물다섯 살에 영웅학관에 입관하였다. 하나 역시 기재들을 모아놓은 이곳에서 나의 능력은 아주 하찮은 것이었다. 그렇지만 나는 여전히 이곳에서도 열심히, 가장 열심히 했다. 그렇게 칠 년이 지나는 동안에도 나는 두각을 나타내지 못했다. 나와 같이 입관했던 동기들이 학관을 떠나가고, 후배들마저 영웅증을 획득하지 못하고 자신들이 왔던 곳으로, 자신의 재능이 모자람을 한탄하며 떠나갔지만 나는 결코 그럴 수 없었다.

나는 구 년을 유치검법에 매달렸다.

밤이나 낮이나 나의 애검을 닦으며 수련했다.

물론 이 영웅학관에는 이 검법보다 뛰어난 검법이 많이 있지만 욕심내지 않았다. 한 가지를 대성하리라는 일념으로 오직 이 검법만을 수련했다. 다른 곳에 눈 돌리지 않고서.

나는 언젠가 이 검법으로 무림에 이름을 날릴 것이다.

지금은 분명 이곳에 모인 기재들보다 재능이 없지만 나는 내가 재능이 없다 생각지 않는다. 다만 어렸을 때부터 뛰어난 재능을 보이지 않았을 뿐이다. 타고난 재능이 조금 없다 해도 나는 내가 대기만성(大器晚成)형의 기재라는 생각으로 그 미래를 준비할 것이다. 아버지가 영웅학관 입관식 때 건네준 이후 나의 애검이 된 스무 냥짜리 청강검과 함께…….

"나일 승(勝). 야, 그만 해. 나일 승! 그만 좀 해. 안 그러면 실격패야……."

무관사 하동구는 아직도 감산도의 칼등으로 장작 패듯 강원재를 후려쳐 가는 나일에게 승리를 알렸지만 나일이 멈추지 않자 만류하며 나섰다.

"우~"

비무대 아래에 있는 기재들이 야유를 보내자 나일은 감산도를 칼집에 꽂으며 관중들을 쳐다보았다.

"야, 우~ 한 놈 다 나와. 죽을래? 네가 주범이지?"

나일이 혜진을 가리키며 관중 전체를 향해 협박하자 거짓말처럼 비무대 아래가 조용해졌다. 그리고 야유를 보내던 혜진 또한 고개를 슬쩍 돌리며 나일을 외면했다.

"어쭈, 대답 안 해? 너, 따라와!"

나일이 혜진을 가리키며 손가락으로 자신을 따라오라는 시늉을 보냈지만 곧 이어 자신의 머리로 들려오는 전음에 묵묵히 비무대 아래로 내려올 수밖에 없었다.

"한 번 더 개가 되면 그 개 같은 성질이 고쳐지겠냐? 잔말 말고 조용히 내려와라."

*   *   *

구비화는 무정왕룡 주연발의 문관대전 시합을 응원하기 위해 제삼연무장으로 향했다.

매 시합마다 열렬히 응원했기에 자신의 성원(?)에 힘입은 주연발이 연전연승(連戰連勝)한 것이란 생각이 들자 주연발의 시합에 빠질 수가 없었다. 그래서 이번에도 일어나자마자 두 시진가량을 꽃단장에 힘쓴 후 주연발의 시합을 응원 온 것이다.

노진 또한 제3연무장에 오게 되었다.

마땅히 지금 당장 할 일도 없었고, 누군가에 대한 호기심도 있었기에 의식하지 않았는데 제3연무장으로 발걸음이 향했다.

자신에게 이겼던 그 잘생긴 청년.

그때부터 그에 대한 호기심이 생겼지만 결정적인 것은 그가 자신의 채주인 나일, 그 악마의 사형이라는 것이다. 그래서 그 사람의 시합이 오늘 제3연무장에서 벌어졌기에 그에 대한 호기심으로 시합 구경을 오게 됐는데… 젠장할, 저쪽에 그 미친 소저가……

구비화는 자신의 손에서 미꾸라지처럼 잘 빠져나갔던 똘똘한 꼬맹이를 발견하고 자신이 두 시진 동안이나 공들여 단장했다는 사실도 잊은 채 무턱대고 노진을 향해 달려들었다.

물론 그런 구비화를 보고 노진은 뺑소니를 쳤다.

영웅학관 내에서 숨막히는 추격전이 벌어지고 있었다.

원래 그들의 목적지였던 제삼 연무장을 지나 제이서고(第二書庫)를 돌아서 학관 정문 앞의 영웅호를 한 바퀴 돌며 반 시진가량을 뛰어 식물원에 도달했을 때는 둘 다 파김치가 되어서 뛰는 건지 걷는 건지 모를 정도로 흐느적거리게 되었다. 그러나 그 둘은 오기와 집념으로 멈추지 않았다.

둘레가 삼 장이 넘는, 영웅학관 개관식 때 대명의 건국 황제 홍무제가 친히 엄청난 괴력을 발휘하여 황산에서 뽑아 심었다는 전설(?)이 있는 참나무를 사이에 두고 구비화와 노진은 서로를 바라보며 연인처럼 술래잡기를 하고 있었다.

"야, 꼬맹이! 헉… 헉… 그때 한 무례한 행동에 대해 빨리 사과해."

주저앉아 쉬고 싶어하는 다리를 억지로 통제한 구비화가 노진을 향해 소리 질렀다.

"헉… 헉… 내가 언제 틀린 말 했어요?"

노진도 많이 지쳤는지 구비화가 멈춰 서자 자신도 멈춰 서서는 한마디도 지지 않고 쏘아붙였다.

"…뭐라고? 너, 잡히면 죽어……!"

구비화는 당장이라도 달려들 것같이 자세를 취했지만 척 보기에도 그것은 허세였다.

"잡을 수 있으면 잡아보시지!"

구비화의 허세를 눈치 채고는 역시 움직일 힘이 없는 노진도 배짱을 퉁겼다.

"헉… 헉… 이 빌어먹을 꼬맹이가. 너, 죽는다."

"헉… 헉… 정신 오락가락한 미친 소저가."

구비화의 욕설에 노진도 한마디를 지지 않았다.

"뭐라고? 넌 누나도 없냐, 어디서 그런 못된 말을 배워 가지고."

"우리 누나가 뭐, 당신처럼 정신이 이상한 사람인 줄 알아?"

"뭐? 너, 잡히면 죽을 줄 알아!"

잠시 소강 상태를 유지하던 둘은 기력을 조금 보충했는지 다시 참나무를 사이에 두고 다정(?)하게 세 번쯤 돈 후에 멈춰 섰다.

"야! 이 그지 발싸개 같은 꼬맹아!"

몸은 쉬지만 입은 쉬지 않는 구비화였다.

"미친 소저."

"뭐라고? 가정교육이 덜된 못된 꼬맹이."

"홍, 막무가내로 덤비는 소저야말로 가정교육이 안 됐지."

손가락질까지 하는 노진의 모습을 보면서 화가 머리끝까지 솟은 비화는 질 수 없다는 생각에 속사포처럼 노진을 향해 욕과 손가락질을 해대었다.

"이 말미잘, 해삼, 멍게 같은 꼬맹이. 사내도 되지 못한 아직 어린 꼬맹이가 못돼 처먹어 가지고. 그래, 너, 크면 도망치는 거랑 못된 짓 잘하니끼 산적이나 해먹으면 딱이겠디. 내가 아는 사람 중에 산석 조카가 있는데 소개해 줄까? 넌 보나마나 정의의 협객을 만나 한칼에 목이 잘릴 거다. 에이, 버르장머리없고 싸가지없는 놈."

구비화의 말에 이미 타의에 의해 산적이 되어버린 노진은 속이 뜨끔했지만 혼자서 열이 받아 있는 구비화의 말에 맞대응해 봤자 손해라는 생각을 하며 두 손을 들더니 구비화를 향해 손바닥을 펴 보인 후 근엄하게 외쳤다.

"반사!"

한순간 노진을 향해 욕을 하며 떠들어댔던 말들이 한꺼번에 사라지고 주위는 정적만이 감돌았다.

반사라니? 너무 유치하고 어처구니없는 말이지만, 당하는 입장에서는 욕을 먹는 것보다 더 더럽다.

내가 지금껏 공들여 한 모든 욕들이 나에게 다시 돌아오는데…….

"취… 취소해……."

"싫어, 미친 소저."

"제발……."

"싫다니까."

할 말을 잃은 비화가 망연자실한 표정을 지을 때, 멀리서 누군가의 외침이 들려왔다.

"야, 회계 비서! 너, 감히 그분이 누군데! 너, 이리 안 와?"

구비화는 그 말이 들린 곳으로 고개를 돌리다 그것이 자신의 뺨을 때렸던 나일이란 것도 잊은 채 주저앉아 울기 시작했다.

"엉엉엉… 엉엉엉… 흑흑……."

무엇이 그렇게도 서러운지, 아니면 서러움을 한껏 부풀리려고 그러는지…….

나일은 단청의 괴상한 저주가 풀린 후에도 거의 매일 식물원을 찾아 왔다.

그냥 이곳에 오면 마음이 편안해지는 기분이 들어서이기도 했고, 혹시나 '북궁주희가 이곳을 찾지 않을까?' 하는 마음도 있었다. 그래서 자신이 쉬는 시간, 정확히 말하자면 단청이 영웅문제 시합에 나가자 잽싸게 식물원에 와서는 꽃향기를 맡으며 여기저기 돌아다니고 있었다. 그런데 사람들이 잘 찾지 않는 식물원 북쪽에서 소란스러운 소리가 들리자 '무슨 일인가?' 하는 호기심에 이곳을 찾았다가 장차 자신의 부인 될 와룡채의 안주인에게 겨우 회계 비서 따위가 반항하는 장면을 목격한 것이다.

"좋은 말 할 때 너, 이리 와."

나일이 손가락으로 까닥이는데도 쭈뼛거리던 노진은 나일이 마침내 주먹을 쥐어 보이자 쏜살같이 다가와 무릎을 꿇으려 했다. 하나 자연스럽게 나일이 그런 노진을 일으켜 세웠다. 그리고는 노진의 귀에 조그만 목소리로 협박을 가했다.

"저 아름답고 고귀한 숙녀 앞에서는 산적에 산 자도 꺼내지 마라! 저분은 산적을 싫어하니까 입 밖에 내면 그 대가는 톡톡히 치르게 해줄 건데, 알아들었지?"

당연히 더러워서라도 노진이 고개를 끄덕였다.

"비화야, 이 꼬맹이가 너한테 무슨 잘못을 했니?"

나일이 묻자 구비화는 울음을 그치며 서러운 표정을 지었다.

"저 못된 꼬맹이가 나한테 미친 소저라고 했어."

나일이 키가 작은 노진을 자신의 앞에 두고는 구비화의 말이 끝나사 단청이 자신에게 하였듯이 귀엽고, 자그마한 노진의 뒤통수를 후려갈겼다.

"따악!

"그리고?"

노진의 뒤통수를 거침없이 갈겨댄 나일의 행동에 마음이 흡족해짐을 느끼며 비화는 노진을 향해 고소하다는 표정을 지어 보인 후 다시 입을 열었다.

"나보고 막무가내고, 가정교육이 안 됐대."

"감히 그랬단 말이야?"

"따악!

"또 이놈이 무슨 헛소리를 지껄였니?"

구비화의 한마디가 끝나면 어김없이 울리는 노진의 뒤통수와 나일의 손바닥 마찰음에 신이 난 구비화는 하나하나 열거하기 시작했다.

"말미잘."

"따악!

"해삼."

"따악!

"멍게."

"따악!

비화가 하나를 말하면 기다렸다는 듯이 응징하는 나일의 손바닥과 호흡이 찰떡처럼 맞아떨어질 때 고통스런 표정의 노진이 손바닥을 들어 보였다.

"잠깐만요."

"왜?"

자신을 보며 의아스런 표정을 짓는 나일에게 노진은 손가락으로 구비화를 가리키며 소리쳤다.

"그 말은 다 저 미친… 아니, 세상에서 가장 아름답고 고귀한 소저가 제게 한 말인데요."

순간 아차 하는 표정을 짓던 비화는 노진이 자신에게 충격 주었던 그 말을 생각해 내었다.

"이 꼬맹아, 네가 그걸 반사했으니 내가 그 욕을 다 먹은 거나 다름 없잖아."

이만하면 지금 구비화가 말도 안 되는 억지를 부린다는 걸 알아챌 만도 한데 무조건 구비화의 편인 나일은 그런 것에 신경도 쓰지 않고 무표정한 얼굴로 노진의 뒤통수를 후려갈기며 뚱한 목소리로 노진에게 말했다.

"그래서?"

당연히 노진은 마음속으로는 수만 번도 더 저주를 퍼부었지만 겉으로는 '채주님이네' 하고는 모셨던 얼마 되지 않은 나날들이 떠올랐다. '그래, 예전에 맞았던 것에 비하면 지금 맞고 있는 것은 모기가 긁고 있는 거나 마찬가지다'라고 생각했다. 그리고 지금 나일이 한 말은 아마도 '그래서 나보고 어쩌라고'의 준말일 것이다.

"아닙니다, 제가 죽을죄를 지었습니다."

노진은 표현은 그렇게 했지만 너무나 서러워 자신도 모르게 눈가에 눈물이 맺히며 울음이 터져 나오려 했다. 그것을 억지로 참아내려 했지만 이미 그것은 조절할 수 없었다.

"엄마아~"

급기야 내성동곡하는 노신을 보며 크게 낭황한 구비화는 이 모는 일을 나일에게 떠넘기려고 이번에는 나일을 향해 소리쳤다.

"난 너 같은 애가 정말 싫어, 이 무식한 산적 조카야! 아무리 그래도 아직 어린앤데 그렇게 때리면 어떡해? 정도껏 했어야지. 정도껏! 힘 세다고 자랑하는 거야?"

말을 마친 비화는 슬그머니 자리를 떠났고, 노진은 혼자 울다가 나일이 중얼거리는 소리를 듣고는 울음을 멈출 수밖에 없었다.

"무식한 산적 조카… 제일 싫어……."

나일이 구비화가 내뱉은 말들을 혼자서 중얼거렸다.

심상치 않은 나일의 분위기에 눌린 노진은 일단 구비화 때문에 뒤통수를 맞는 것은 멈추어졌지만 나일의 모습에 왠지 모를 불안감을 느꼈다.

아마도… 자신의 짐작이 맞다면 엄청난 폭풍이 밀려들 것이다. 이를 감지하며 나일이 눈치 채지 못하도록 슬그머니 몸을 움직였다.

'무조건 피해야 한다. 나는 유림의 태산(泰山) 노가장의 후계자이다. 기필코 살아남아서 죽더라도 대를 이은 다음에 죽어야 한다.'

노진은 속으로 필사적으로 되뇌며 조금씩 나일로부터 멀어졌다. 그리고 아직도 구비화의 말에 충격을 받은 듯한 나일에게서 벗어난 후에는 무조건 달렸다.

'이대로 어디로 도망쳐야 살 수 있을까? 그래… 그 사람이라면!'

노진은 얼마 전 나일의 사형이라 했던 단청이 시합을 벌이고 있을 제3연무장으로 정신없이 달리기 시작했다.

한편 나일은 멍하니 구비화의 말들을 되뇌다가 이렇게 구비화에게 욕먹은 게 모두 노진 탓이란 생각에 영웅학관을 뒤지며 노진을 찾아다녔다.

'채주가 잠시 생각을 정리하는 동안 그새 도망을 쳐? 잡히기만 해봐라. 이번엔 단단히 버릇을 고쳐 주지'라는 일념으로 쥐 잡듯이 노진을 찾다가 제3연무장의 문을 벌컥 열어젖혔다.

그러나 오호~ 통재라!

저 버릇없는 회계 비서가 단청의 대국을 지켜보고 있는 것이 아닌가?

아니, 대국을 지켜보는 게 아니라 눈치를 보아하니 자신을 이곳에서 기다린 듯했다.

이곳이라면 안전하리라는 예상을 하고.

나일은 어쩔 수 없이 입맛을 다시며 노진을 노려본 후 다시 발걸음을 식물원으로 돌렸다.

＊　　　　＊　　　　＊

흔히 영웅학관의 관생들이 영웅오미(英雄五美)라 부르는 다섯 명의 미녀들이 있다.

오군도독 이형원의 딸 서미(書美) 이언지(李言知).

아미의 대현 장로의 제자 철미(鐵美) 연하선(然河船).

유림의 거두 노욱의 딸 문미(文美) 노혜영(盧慧迎).

주남 사마세가의 장녀 몽미(夢美) 사마연(司馬連).

하북 남궁세가의 둘째 딸 유미(遊美) 남궁은(南宮銀).

단청이 이번에 문관대전 시합을 벌일 사람은 바로 이 영웅오미 중 몽미(夢美) 사마연이다. 이번 영웅문제 중에서 유일하게 여인의 몸으로 남아 있는 여인이며, 작년 4강 진출사 중의 한 명이다. 낭연히 낮은 사람들은 사마연의 승리를 점쳤고, 영웅학관의 여관생들은 자신들이 풀지 못한 한을 사마연이 풀어주기를 바라며 일방적으로 사마연의 승리를 장담하고 나섰다.

8강 진출자를 가리는 제팔시합이 열리는 제삼연무장에는 열여섯 명의 16강 진출 기재들이 두 명씩 짝을 지어 바둑판을 사이에 두고 앉아 있었다.

사마연은 무림사기를 작성하는 주남(週南) 사마세가 가주 사마우(司馬宇)의 손녀 중 맏이이다. 그러니까 사마연의 증조할아버지가 천하삼대국수 중 하나라고 일컬어지는 바로 그 사마빈인 것이다. 비록 여인의 몸이라 가문에서 내려오는 모든 기예를 물려받지는 못했지만 본래 지닌 능력이 뛰어났다. 여인이 아니었다면 가문의 후계자가 되었을 것이라고 사마세가의 식솔들이 수군거릴 정도로 뛰어난 기재였다.

이제 삼 년 차. 이미 목표했던 영웅중은 획득했다. 그러나 영웅학관 문관생들의 정점(頂點)에 오르고 싶다는 욕구를 실현시키고 싶다.

단청은 이미 자신의 상대가 미모가 뛰어나다리는 소문은 들었지만 막상 지척에 두고 반상에 마주앉아 자세히 들여다보니 소문이 과장된 게 아니라 오히려 이 아름다움은 말로써 표현할 수 없기에 표현할 수 있는 한계까지만 표현한 것이라 생각됐다. 딱 꼬집어 어디가 아름답다라고 말할 수는 없었지만 사마연이 풍기는 신비로움과 황홀함은 마치 하늘나라의 선녀 항아(姮娥)가 지상에 내려온 것으로 여겨질 정도였다.

문관사가 시합 개시를 알리자 단청이 반상 아래의 모래시계를 뒤집고는 흑으로 착점을 하면서 시합이 시작됐다. 사마연의 기예는 부드러웠다. 마치 강물처럼……

그렇지만 단청은 그 물줄기를 거스르지 않으면서도 오히려 사마연보다 더 유연하면서 웅장한 바둑을 전개해 나갔다. 사마연의 바둑이 강물이라면 단청의 바둑은 바다와 같은 그런 기질이 숨어 있었다. 그렇기에 반상의 싸움은 사마연에게 불리하게 돌아갔다. 돌덩이도 뚫는 강물의 힘이지만 바다의 그 고요하고 광활함에는 묻혀 버릴 수밖에 없다는 것을 사마연도 곧 알게 되었다. 그리고 결국 자신의 대마가 상대의 세력에 포위되었다.

사마연은 한참을 고민했다.

'어떻게 할 것인가? 어떻게 하면 이 난관을 넘어설 수 있을까? 꼼짝없이 지겠구나… 이런 것이 남자들이 말하는 여인의 한계인가?'

무심코 자신의 동생인 사마혁이 떠올랐다.

자신보다도 뛰어나지 않은 재능을 가졌고, 자신보다 늦게 태어났지만 남자이기 때문에 자신의 차지였을 모든 것을 독차지한 녀석…….

녀석은 자신이 그토록 배우고 싶어하던 가문의 비기도 배우지 않고 무림사기를 직접 서술하겠다고 혼자서 가출할 정도로 아직 철이 없었다. 한때는 그래서 자신이 여인으로 태어난 것이 무척이나 원망스러웠던 적도 있었다.

하나 지금은 아니다.

자신이 여인의 몸으로 태어난 것도… 모든 것이 하늘의 안배라 생각한다.

분명 여인과 남자는 서로 다른 특징이 있고, 서로 할 수 있는 일이 다르다.

그러나 바둑에서, 머리만을 사용하는 바둑에서 진다는 것은 남녀를 떠나서 인간 대 인간으로 자신이 상대보다 못하다는 게 확연히 드러나는 것이다.

어쨌거나 이번 판은 정말 힘든 난관이다.

앞에 있는 상대가 비록 노진이라는 희대의 신동을 이기고 왔다지만 그리 걱정하지는 않았다.

자신은 삼 년 차니까.

'그래, 삼 년 차다……. 아니야, 아니야. 그게 아니야.'

그런데 자신은 남녀를 떠나서 인간 대 인간으로의 대결이라 했으면서 왜 또 경험을 들어서 상대를 얕보고 있는 것인가? 지금의 대결에서 그런 것은 상관이 없는 것인데… 광대한 바다에 둘러싸여 자신의 돌은 점점 그 빛을 잃어가고 있었다.

상대편 세력 속에서 고립되는 경우에는 빨리 안정하는 길을 찾아야 한다. 일단 살고 나서야 후일을 도모하든지 말든지 할 것 아니겠는가?

'에잇, 사나이 대장부가 목숨을 구걸하면서 치사하게 사느니 싸우다 죽는 것이 낫다'라고 하면서 무조건 싸우려는 사람도 있는데 그것은 만용(蠻勇)일 뿐이다.

한(漢)나라를 세운 데 공헌한 한신 같은 영웅호걸들도 때가 아니다라고 느끼거나 형세가 불리하다 판단될 때는 남의 가랑이 밑을 기지 않는가? 원대한 꿈을 실현시키기 위해 순간의 불편이나 굴욕은 참고 넘어가는 것, 그것이 진정한 용기이다.

그런데 자신은 경험을 들어 또 허세를 부리려 했다.

'우선은…….'

그래서 결국 사마연은 대마를 살리기 위해서 실리를 단청에게 양보

했다.

인간 대 인간으로, 다시 초심으로 돌아가서 새로 시작하는 것이다.

'기회는 올 것이다.'

사마연은 그렇게 생각하며 차분한 마음을 가지려 노력했다.

한 수 한 수 침착하게 대응했지만 결국 끝까지…

자신의 상대는 허점을 보이지 않았다.

바둑의 승패가 결정난 후 사마연은 다른 이유로 자신이 여인의 몸으로 태어난 것에 대해서 화가 났다. 남자였다면, 가문의 비전인 '불패의 진룡기보'를 배웠다면… 그랬다면 자신이 더 좋은 승부를 벌일 수 있었을 텐데 하는 아쉬움.

'불패의 진룡기보'는 가주와 다음 대 가주만이 배울 수 있기에 자신이 접하지 못한 금단의 기보였다.

한 번만 보았더라면 지금처럼 마지막까지 힘을 쓰지 못하고 지지는 않았을 것이다. 그것에 대한 생각이 미치자 너무나 아쉬웠다.

'그런데 이 사람은 무척이나 친밀한 기분이 드는군?

뭣 때문일까?

바둑을 두는 내내 자신의 앞에 있는 상대가 자신을 이긴 것에 대한 불만은 없었다. 그러나 당혹스러운 것은 상대가 무척이나 가깝게 느껴지는 기분이다. 생면부지의 인물을 만났음에도 오래전부터 찾아왔던 그런 사람을 대한 기분이랄까?

도무지 그런 감정을 느끼는 연유를 사마연은 알지 못했다. 단청이 잘생겼다는 것은 인정하지만 그것만으로는 설명이 안 된다. 한동안 사마연은 그 이유를 두고 고민하다가 다시 정신을 차리고는 고개를 숙였다.

"졌습니다."

단청은 자신의 상대였던 사마연의 얼굴을 바라보며 참 지혜로운 여인이고, 성품 또한 그 외모에 맞게 대범한 여인이라는 것을 바둑이 끝나자 간파했다.

바둑의 기예는 하루아침에 만들어진 것이 아니다.

무인이나 관부의 장군들일 경우 바둑은 전투를 즐기는 바둑이고, 선비는 세력을 중심으로 단아한 바둑을 펼치는데 사마연의 바둑은 싸워야 할 때와 피해야 할 때, 그리고 세력을 군건히 할 때를 이상적으로 조합했다. 영웅문제의 첫 상대였던 노진과 거의 엇비슷한 실력이라고 평가했다. 아니, 오히려 더 뛰어난지도 모른다.

이 정도의 상대가 일개 여인이라니, 단청은 한순간 고개를 저었다. 이 세계에 오래 있다 보니 은연중 자신도 여인을 무시하는 마음을 갖게 된 것에 대한 자책이었다. 오히려 바둑이야말로 육체가 아닌 정신의 싸움이니만치 성(性)이 중요한 것은 아니다.

단청은 다시 사마연을 평가했다. 사마연은 확실히 능력이 있었다. 객관적으로 볼 때 사마연의 실력은 국수들이 흔히 말하는 통유(通幽)에 접근했다.

옛사람은 바둑을 무공에 비유했는데 아홉 단계로 그 과정을 나누었다.

수졸(守拙)을 졸렬하게나마 이제 겨우 제 한 몸은 지킬 수 있게 된 강호초출의 풋내기로 비유한다면 그 다음 단계인 약우(若愚)는 겉으로 보기에는 어리석은 것 같은데 사실은 그 나름의 생각과 지모(智謀)가 있으며, 어느 정도의 기본기도 갖추고 있는 삼류고수이다.

그 위의 단계인 투력(鬪力)은 어느덧 힘이 붙어 싸워야 할 상황에서는 싸울 수가 있다. 아직 다듬어야 할 부분이 많기는 하지만 이제는 그렇게 만만한 상대가 아닌 것이다. 용기와 지혜가 있으니, 험난한 강호무림에서 능히 살아남을 능력을 가진 것이다.

다음의 소교(小巧)는 기교를 부릴 수 있지만 아직은 전국(全局)을 살피는 안목이 좀 부족하다. 국지전(局地戰)에서 병법이라 부르기에는 부족한, 단순한 작전을 구사하면서 스스로 바둑의 묘미를 즐길 수 있게 된다. 무인으로 치면 한 지방의 패주로 자리 잡음이다.

그 위가 용지(用智)이다. 큰 이득을 위해서 작은 손해쯤은 감수하는 지략도 생겼고, 전술의 차원에서 한 걸음 더 나아가 바둑판 전체를 연관시키는 전략을 구상하기도 하며, 무인이라면 중원을 좌지우지할 수 있는 힘과 안목이 개안한 경지이다.

사마연이 도달한 통유(通幽)에 이르면 바둑이 심오한 세계로 들어간다. 바둑의 진경(眞境)을 음미할 수 있는 높은 수준에 도달했고 승부의 요체(要諦)도 터득하게 되었다.

통유를 뛰어넘으면 구체(具體)라 부른다. 한 판의 바둑을 통해 조화(彫花)와 중용(中庸)의 정신을 구현할 수 있다. 무공으로 치면 현경의 경지에 발을 들여놓았다고 볼 수 있는 것이다.

그 위에 좌조(坐照)라 불리는 경지는 사람의 노력만 갖고는 안 되며 기재(棋才)를 타고난 일부 선택된 사람들만이 도달할 수 있다. 바둑이나 무공이나 이 정도의 단계에 이르면 신선(神仙)이라 불러도 무방한 능력을 지녔다고 본다. 하나 바둑의 역사에도 '불패의 진롱기보'를 저술한 황생의 기예민이 이 경지에 이르렀다고 본다. 그의 기보에는 우주 삼라만상(森羅萬象)이 들어 있었다.

마지막으로 입신(入神)은 신(神)의 경지에 이르렀다는 걸 의미한다. 승부의 허무까지도 초월했으며, 더 이상 설명할 필요도 없고, 설명할 말도 없다. 사람의 지혜, 인간의 영역을 벗어난 세계의 일이다. 아직 나온 이도 없고, 나올 수도 없다고 생각하는 경지이다. 바둑에서 이 경지에 이르게 된다면 만류귀종(萬流歸宗)에 의해 자연스럽게 무공에서도 반무에 오르리라고 상상할 뿐이다.

*　　　　*　　　　*

노진은 나일이 나가자 아직 시합이 끝나지 않은 연무장을 빠져나와서 곧장 집으로 향했다. 더 이상 학관 내에 있다가는 무슨 일을 당할지 모른단 생각에 발걸음을 재촉하고는 집에 도착하자 후련한 한숨을 내쉬었다. 노림이 그런 노진의 모습을 발견했다.

"무슨 일이 있는 게냐?"

노진은 그 목소리의 주인공이 할아버지임을 알고는 노림에게 달려갔다.

"나일… 그 악마 같은 놈이……."

노림이 그런 노진이 측은했는지 꼬옥 안아주었다.

"에구, 불쌍한 것. 너도 그놈한테 당했다면서……."

"오늘도… 할아버지……."

노진은 노림이 자신의 아픔을 알아주자 목놓아 노림을 불렀다.

"그래, 그놈의 자식! 그 악마 같은 벼락 맞을 자식 때문에 고생이 많다."

흘러내리는 노진의 눈물을 닦아주며 노림이 등을 토닥였다.

"할아버지도요……."

어린 나이답지 않게 노진도 노림을 위로했다.

"휴우~ 우리 노씨 가문이 무슨 대죄를 지었길래 이러는 거요!"

노림이 장탄식을 하며 하늘을 바라보며 소리쳤다.

"진아……."

"예, 할아버지."

시간이 흘러서 아픔이 조금 치유되었는지 노진의 목소리에는 의연함이 가득했다.

"휴우, 그래. 고생이 많았지? 조금만, 조금만 참거라……."

"네에……."

사실 노진은 비명을 지르고 싶은 심정이었지만 할아버지가 이렇게까지 이야기를 하니 그냥 속으로 화를 삭이기로 했다.

"그놈의 자식을… 우리는 그를 우리 일에 끌어들여야 한다. 그를 이용해야만 대명이 바로 설 수 있거든……."

차마 그 다음 말은 하지 못하고 노림은 뜸을 들였다.

그러자 노진의 눈이 말똥거렸다.

"할아버지… 저한테 뭐 하고 싶은 이야기 있으세요?"

눈치 빠른 노진이 물어오자 노림은 다시 한 번 탄식하며 꺼내기 싫은 말을 끄집어냈다.

"사실은 그놈을 포섭하는 임무를 네가 맡았단다. 네가 그놈을 포섭해서 우리 편으로 끌어들여야만 한다. 물론 하기 싫다는 것은 잘 안다. 하나… 그 일을 할 수 있는 사람은 너뿐이니……."

물론 이 말은 노림이 지어낸 말이다. 하지만 완전한 거짓말은 아니다. 할 수 있는 사람은 와룡채 삼인방 모두이지만 누구도 그 일을 하지 않으려 한다.

"네에?"

노진이 놀라서 눈이 땡그래졌다.

"저… 저는 죽어도 그 일을 못해요."

완강히 거부하는 노진을 보며 노림의 얼굴에는 안타까움이 스쳤다. 하나…

"대명의 국운이 걸려 있는 일이다. 너의 어깨에 그 모든 것이 걸려 있단다."

노림은 노진을 설득하기 시작했다. 그리고…

"제가 할 게요……."

노진은 그리하여 세상에서 제일 마주치고 싶지 않은 인물 포섭하는 역할을 맡게 되었다. 나일을 피하기 위해서 학관 내에서도 두리번거리며 다니고, 식사를 하더라도 식당 안에 나일이 있으면 피하던 게 도대체 몇 번이던가? 그런데 이제는 자발적으로 그를 만나야만 하다니……

순식간에 노진의 마음속에는 근심들로 가득 찼다.

'에이, 설마 죽이기야 하겠어.'

그렇게 마음을 다잡았지만, 나일을 막상 만나려고 하니 겁이 덜컥 나는 것은 어쩔 수 없었다.

뚜두둑, 뚜두둑!

나일은 술 생각이 간절했다.

이번 시합의 상대였던 단리세가의 단리변(段理變)의 손가락을 부러뜨려 버리며 나일은 코웃음을 쳤다. 물론 때리기도 많이 때렸다. 웬만하면 그냥 평범하게 때렸을 텐데 오늘 주먹에는 감정이 실려 있었다.

시합 시작 때부터 단리변을 일방적으로 응원하는 관생들의 함성은 늘 있어왔기에 웃어넘길 수 있었다. 그런데 녀석의 편에 붙은 관생들 중에 왜 이리도 많은 여관생들이 섞여 있는 건지……

게다가 이 녀석이 그 여관생들에게 멋있게 보이려고 멀리서 되지도 않는 손가락질로 '일양지'를 외쳐 대는데 욱하는 마음이 일어났다. 그 순간에 나일은 녀석의 손가락을 잡아서 부러뜨리고 말았다. 이미 나일은 학관 내의 공적이었다. 시합을 치러 나갈수록 느끼는 것은 자신을 응원하는 사람이 없다는 서글픔이었다. 있으나 마나한 사형만이 자신을 감시할 뿐 자신의 시합에 응원하는 사람이 없는 게 한편으로는 부끄러웠다. 그런데 이 녀석에게는 일방적인 응원과 함께 수많은 여관생들의 응원이 뒤에 있으니 나일의 속이 좋을 리 없다. 게다가 이기고 나서도 자신을 욕하는 수많은 여관생들의 목소리가 나일의 귀를 간질였다. 이렇게 기분이 가라앉을 때는 술이 최고다.

그렇지만 수중에 돈을 쓰고 싶지는 않았다.

'아껴야 잘산다.'

요즘 들어 정성천을 보면서 뼈저리게 느끼는 말이다. 부자이면서도 자잘한 돈 계산조차 철두철미한 정성천은 결코 허투루 돈을 쓰지 않았다. 나일은 그 모습에 감명을 받은 것이다.

그중에 제일 술맛나는 것은 이러니저러니 해도 공짜 술이 최고다.

나일은 한참을 그렇게 머리를 굴리다가 자신의 부하들을 방문해서 한잔 얻어먹기로 마음을 굳혔다. 처음에는 황궁을 방문할까 했는데 그쪽은 너무 멀고 귀찮은 절차가 많은 걸 이미 경험한 터라 이내 자신의 군사인 노림의 노가장으로 생각을 돌렸다.

"가만. 뭐지, 이 불길한 기운이 엄습하는 것은……."

방문을 나서려는데 단청의 모습이 나일의 발목을 잡았다. 저 극악한 사형이 자신만 술을 먹고 오면 또 어떤 이유를 붙여 괴상한 짓을 벌일지 모르는지라 나일은 잠시간 갈등에 휩싸였다. 그리곤 이내 사형과 같이 가는 것이 차라리 뒤탈이 없을 것 같아서 넌지시 이야기를 했다.

"좋다. 뭐, 꼭 술이 먹고 싶어서라기보단 보통 사람들이 사는 곳을 방문하는 것도 괜찮을 것 같다는 생각에……."

'속이 뻔히 들여다보인다.'

물론 나일은 사형의 목적이 좋은 술과 음식이란 것을 뻔히 알고 있었다. 요 며칠 술을 못 마셔서 있는 성질, 없는 성질을 모두 자신에게 토해 내는 단청의 행패를 꿋꿋이 버텨냈지만 도저히 더 이상은 자신이 감당할 수 없었다. 이번 기회에 단청의 이유없는 짜증을 풀어주고, 자신도 가지고 있는 울적함을 털며 노가장의 술을 축내기 위해 길을 떠났다.

노가장은 희대의 행패 부리기 대가 두 명이 노가장으로 향하고 있다는 것을 모른 채 평소처럼 하루를 보내고 있었다. 노가장의 가주 노욱(怒旭)은 평소 절친한 친구인 오군도독부의 군사 이형수의 집에 놀러 갔기에 화를 피할 수 있었지만 나머지 식솔들은 그들을 마주쳐야만 할 것이다.

나일은 지금 찾아가는 곳이 자신의 부하 집이라는 이야기를 했다. 그러면서 자신이 노림을 부하로 두게 된 사연을 이야기했다. 그런데 크게 화를 낼 줄 알았던 단청은 오히려 그럴 수도 있지… 라는 말로 나일을 두둔했다.

그 이유는 첫째가 좋은 술을 먹는데 그 기회를 사소(?)한 일로 인해 놓칠 수 없다는 것이다. 여기에는 단청이 너무 오래 술에 굶주렸는지라 아마도 상황 판단보다는 이해 득실을 따진 것이다.

둘째로는 나일 자신이 그들을 부하로 거두게 된 사연을 미화(美化)시킨 것도 그 하나의 이유였다. 사실과는 다른, 그러니까 어쩔 수 없는 상황에서 그들을 구해주었더니 스스로 부하가 되기를 자청했다는, 당사자가 들었으면 분을 참지 못해 쓰러질 정도의 아름다운 이야기로 포장했기 때문이다.

나일과 단청은 노가장 정문 앞에 있는 나무 뒤에서 주변을 살폈다.

노가장이 워낙 유명한 곳인지라 찾기는 쉬웠다.

밤하늘의 달이 두둥실 떠 있다 해도 그 둘의 실력이라면 충분히 노가장을 지키는 무사들을 따돌리겠지만 오늘 이곳을 찾은 목적은 노진에 대한 응징 및 노림이 자신을 찾지 않은… 그러니까 노림이 술과 안주를 사들고 한 번도 자신을 찾아오지 않은 것에 대한 담례의 의미였다. 그래서 나일은 몰래 숨어들지 않고 정정당당히 그들을 만나려는 마음을 지녔지만 일단은 습관을 그렇게 들였는지라 나무 뒤에 숨어서 노가장을 엿보았다.

"여기 맞지?"

"제가 어떻게 알아요, 저도 이곳은 처음인데."

잘 찾아왔는가를 물었지만 아직까지 단청이 자신의 몸에 행했던 일들이 앙금처럼 남은 나일은 퉁명스럽게 대꾸했다.

그 보복은 곧바로 행해졌다.

딱!

"왜 때려요! 제가 틀린 말 했어요?"

딱— 딱—

"정말 내가 심심풀이 땅콩이에요?"

딱, 딱— 픽, 픽, 픽—

"차라리 나를 죽여요. 나 죽고 말래……."

모르는 것을 모른다고 하는 것이 죄란 말인가?

잠시도 쉬지 않고 자신을 학대하는 단청에 대한 반발심이 나일의 온몸을 휘감았다. 게다가 지금은 단청에게 술 먹을 수 있는 건수를 제공한 당사자가 자신인데 이렇게까지 해서야 쓰겠는가?

"이게 어디서 감히!"

단청은 쉽게 반성치 않는 나일을 보며 전에 나일에게 걸었던 주문을 다시 읊어갔다.

"패밀리어… 욱……."

"제가 무조건 잘못했어요, 사형. 그 지옥 같은 시간을 또 당하란 말이에요? 제가 죽일 놈입니다. 존경합니다, 사형. 세상에서 가장 유식한, 존경하는……."

단청은 자신의 입을 막고서 처절하게 내뱉는 나일의 아부성 대사를 유유히 들으면서도 손을 놀렸다.

빡, 픽!

그때 노가장의 정문에서 누군가 그들을 향해 소리쳤다.

"거기 누구냐? 손 들어… 움직이면 쏘겠다! 암호!"

근처에서 구타 소리와 비명, 그리고 처절한 삶에 대한 의지로 절규하면서 상대에게 아부하는 목소리를 듣고는 한 명의 경비 무사가 천천히 나일과 단청이 있는 곳을 향해 다가오며 소리쳤다. 그리고 다른 경비 무사는 호각을 꺼내 들고 언제든지 신호할 준비를 했다.

"젠장할! 그렇게 왜 때려요? 쪽팔리게 됐잖아요."

"이놈이! 그새 또 까분다. 패밀리어……."

단청의 입에서 다시 그 저주의 주문이 들리려 하자 나일은 단청의 입을 급하게 막으면서 불쌍하고 처량한 표정을 지었다.

"사형, 우선은 저놈들에게 우리가 왔다는 것을 알리고요."

시기 적절한 나일의 말에 마지못해 단청이 고개를 끄덕였다.

"뭐 하는 거야? 암호를 대야지. 아니면 적어도 이곳에서 얼쩡대는 용건을 대던가?"

경비 무사는 손에 든 무기로 나일과 단청이 숨어 있는 나무를 겨누며 소리를 질렀다.

"야! 쏴봐! 그거 쏴지냐?"

나일의 말에 경비 무사의 얼굴이 붉어졌다.

지금 자신이 가지고 있는 것은 봉이었다. 활같이 쏠 수 있는 장거리 무기는 노가장 안쪽 내원을 지키는 무사들이나 가지고 있는 것이다. 정문의 경비 무사인 자신은 노가장이 유림의 본거지인지라 칼 대신 봉을 들고 근무를 서고 있던 터였다. 그러나 원래 이렇게 활을 가진 척해야 상대가 미리 겁을 먹고 함부로 날뛰지 않는 터라 벌써 정문 근무만 십 년째인 그는 노련하게 마치 뒤에 활이 있는 척한 것이다.

"에잇, 내가 보기에는 평범한 봉인데."

나일의 말에 단청도 수긍한다는 뜻으로 고개를 끄덕였다.

"맞아, 내가 보기에도 저건 봉이야. 저 두께에서 무언가 쏘아진다는 건데, 아무리 봐도 그것을 작동할 수 있는 장치는 눈에 띄지도 않는데……."

단청이 그러면서 다시 한 번 봉을 유심히 쳐다볼 때 나일이 달빛을 받으며 유유히 경비 무사의 앞에 섰다.

"그거 봉 맞지? 그럼 쏜다가 아니고, 벤다도 아니고……."

나일은 한참을 생각하다가 머리를 쳤다.

"음⋯ 맞아, 그러니까 때린다! 맞아~ 이게 적당한데. 다시 한 번 해봐. 움직이면 때린다. 킥킥킥."

그 말을 마치고 나일은 다시 나무 뒤로 가서 숨어버렸다.

뿌작…….

"장난치지 말고 나와! 웬놈들이냐?"

나일의 말에 경험에서 우러나온 자신의 지식이 농락당했다는 것을 눈치 챈 경비 무사는 봉을 부러뜨리면서 나일과 단청이 숨은 곳을 향해 소리를 질렀다.

"아⋯ 이것 참, 장난도 못 치겠네. 어서 빨리 뛰어들어 가서 노림하고 노진 좀 나와보라고 그래."

나무에서 나와 나일은 귀찮다는 손짓까지 해 보이며 경비 무사에게 손을 저어 빨리 전하라는 시늉을 해 보였다.

"이놈 봐라? 노(老) 가주님과 공자님의 이름은 니들 같은 시정잡배들이 함부로 입에 올릴 수 없는 이름이다. 감히 무엄하게⋯⋯."

나름대로 노가장은 규율이 제대로 잡혀 있고 인망도 얻었는지 경비 무사 말속에 대뜸 나일을 욕하는 소리와 노가장을 존경하는 마음이 드러났다.

그러나 나일의 목소리뿐 아니라 마음속에도 그들에 대한 존경심은 눈곱만큼도 없었다.

"야, 맞고 불러올래, 지금 보내줄 때 갈래?"

"그래도 이놈이! 썩 꺼지지 않고 어디서 감히 농지거리야!"

마침내 나일의 건방진 말에 경비 무사는 분을 참지 못하고 부러진 봉을 양손에 잡고는 나일이 숨은 곳을 향해서 달려왔다.

"어쭈, 잘한다. 한번 열심히 해봐라."

나일이 경비 무사를 향해 다시 한 번 비꼬자, 단청이 그런 나일을 보면서 등을 두드렸다.

"명심해라. 괜히 때려서 개값 물지 말고 적당히 돌려보내서 고급 술 실컷 먹자."

단청의 말이 끝나는 순간 경비 무사는 나일을 향해 부러진 봉으로 때려(?)갔다.

빡, 빡!

몸을 움직이지 않은 나일의 양 어깨에 정확히 격중한 봉은 마치 돌덩이를 친 듯이 둔탁한 느낌만 주며 오히려 부러져 나갔다. 경비 무사는 순간 손이 저려 옴에 봉을 놓치고 말았다. 그리고 나일은 그런 경비 무사의 얼굴을 쳐다보았다.

씨익.

"이번엔 내 차례인데… 맞을래, 지금 갈래?"

멍한 표정을 짓던 경비 무사는 황급히 물러섰고, 그 때를 같이하여 멀찌감치 떨어져 이 장면을 지켜보던 다른 무사의 입에서 호각 소리가 울려 퍼졌다.

삐익, 삐익—

그 소리가 울려 퍼지자마자 노가장의 모든 경비 무사뿐 아니라 식솔들 또한 다 나타났다. 그들이 하나둘씩 모여들었고, 나일을 목격한 노혜영이 고함을 질렀다.

"복면산선!"

부르르 몸을 떨며 경악성을 토한 노혜영이 등을 돌려 다시 노가장으로 뛰어들어 가며 소리쳤다.

"오지 마, 복면산선! 다시는 안 그럴게요! 한 번만 봐주세요!"

정신없이 뛰며 겁에 질린 목소리로 소리치자 단청이 나일을 보며 왜 저러냐고 물었다.

"미쳤나 보죠. 그나저나 이 자식들은 채주를 앞에 두고 뛰쳐……."

나일의 목소리는 반갑게 인사하며 뛰쳐나오는 노진과 노림을 보며 더 이상 이어지지 않았다.

"채주님을 뵙습니다."

"채주님을 뵙습니다."

이미 두 조손이 한 두목을 섬기는 것을 알던 터라 둘은 아주 반갑고, 와줘서 감사하다는 표정으로 나일과 단청을 맞았다.

"야, 쟤는 노진이잖아? 여기가 쟤네 집이야?"

나일은 단청의 물음에 고개를 끄덕인 후 그들에게 전음을 날렸다.

"한 번도 안 찾아와, 망할 늙은이! 그러다가 군사 직책을 몰수하는 수가 있어."

"넌 감히 나를 보면서 까불어댔지? 오늘 한번 교육을 해볼까?"

노림으로서는 나일의 말대로 군사라는 직책을 몰수하고 와룡채에서 빼준다면야 더 바랄 게 없지만 나일의 성격을 아는데 어찌 그런 말이 나오겠는가?

또한 노진은 스스로도 뜨끔한 행동이 마음에 걸려 개운치 않은데 이걸 빌미로 저 악마 같은 채주가 꼬투리 삼아 정신 교육을 시킨다면 자신만 손해인지라 미리 나일의 비위를 맞추자고 비상한 자신의 머리로 이미 계산을 해둔 터였다.

"우선은 이 집에서 제일 비싼 술과 안주를 내오너라."

나일의 말에 노림과 노진은 재빨리 자신들의 식솔에게 눈치를 보내며 얼른 준비하라고 손짓했다.

"이놈아, 여기가 무슨 주루냐? 우린 그저 친분을 도모하기 위해 찾아온 거지."

슬그머니 다가온 단청이 나일의 귀에 이야기를 하자 나일도 잠시 흥분해서 한 말이 실수임을 깨닫고 헛기침을 했다.

"아! 그러니까 나는 그저 어떻게 살고 있는지, 잘 지내는지, 그런 것들이 궁금해서 찾아온 것이야."

그렇게 말했음에도 이미 본색이 드러난 나일의 말에 노진과 노림은 그저 고개만 끄덕일 뿐이었다. 나일과 단청은 노림이 이끄는 노가장의 사랑채로 들어섰다.

"이쪽은 나의 사형이다."

나일이 단청을 가리키며 말하자 단청이 그 말에 덧붙였다.

"저는 이 못난 녀석의 사형으로 영웅학관생 단청입니다."

노림은 단청의 정중한 말에 호감이 느껴졌지만 자신이 모시고 있는 채주 나일의 사형이라는 점이 못내 께름칙했다.

유유상종이라는 말이 있지 않은가?

그렇다면 단청도 보기에는 단아한 서생의 분위기지만 성격은 개차반일 것이 분명했다.

"저는 와룡채의 군사 노림입니다."

"저는 와룡채의 회계 비서 노신입니다."

나일은 그런 그들이 차린 술상을 바라보면서 이미 술잔을 따르고 있었다. 우선 자신에게 해를 끼치는 사람부터…….

"사형, 받으세요. 군사도……."

그리고는 술병을 노진의 잔에다 대었다.

"채주님, 이 녀석은 술을 아직… 성인이 아닙니다."

노림이 황급히 나일을 만류했지만 눈을 부라리며 온 얼굴을 험악하게 찌푸리는 나일의 모습에 노진을 향해 어서 술잔 받으라는 시늉을 할 수밖에 없었다.

"진아… 어서 받지 않고 뭘 하느냐. 채주님이 따라주시는 술을……."

"네, 알겠습니다."

조부의 말이 떨어지자 후닥닥 술잔을 받는 노진을 보며 그들의 행동에 어이없음을 느낀 단청이 말했다.

"아무리 봐도 저 아이는 성인이 되려면 멀었는데 왜 아이에게 술을 따르는 거야? 아깝게."

단청의 마지막 말에서 느꼈을 테지만, 단청은 사회적 도덕 때문이 아니라 아까워서 반대를 한 것이다.

"사형, 저는 열두 살 때 이미 주도에 입문했습니다. 그런데 저 노진은 이미 열세 살입니다. 술을 알 때도 됐지요. 채주인 제가 가르쳐야지요."

그리고는 노림을 돌아봤다.

"여기 술 많지?"

고개를 끄덕이는 노림을 보며 나일이 그것 보라는, 걱정하지 말라는 몸짓을 단청에게 해 보였다.

"저기 채주님, 부탁이 있습니다."

술이 얼큰하게 들어갔을 때 눈치를 보다가 노림이 조심스럽게 나일을 불렀다.

나일은 술맛도 괜찮고 음식도 기가 막힌 터라 포만감에 긴장이 풀어지던 터였다.

"왜? 누가 너 때리냐? 감히 내 부하를……."

마치 자신이 황제라도 되는 양 거만하게 주저리주저리 떠들어대는 나일을 보며 노림은 가만히 고개를 숙였다.

'너만 아니면 누가 나를 때리냐? 오직 나를 때리는 유일한 놈이 바로 너다. 황제 폐하도, 아니, 우리 아버지도 나를 이렇게 때린 적은 없다' 라고 노림은 속으로 얘기했지만 그것을 말로 꺼낼 용기는 없었다.

"그게 아니라……."

"그럼 누가 너 괴롭히냐? 감히 내 부하를? 아니면 소원이 있나?"

'너는 너 자신이 나한테 한 일을 정녕 잊었단 말이냐? 지금껏 맞고 괴롭힌 거 다 잊을 테니 두 번 다시 네 얼굴 안 보는 게 내 수원이다.'

노림이 나일을 욕하느라 잠시 말이 없자 나일은 불길한 예감이 들어서 못을 박았다.

"미리 말해 두는 건데, 나 돈은 없다. 돈 빌려달라고 하지 마! 이건 명령이야!"

역시 나일에게 가장 중요한 것이 무엇인가를 잘 알게 해주는 대목이다. 노림은 자신을 뭘로 보냐는 말 대신 그저 기가 차다는 표정을 짓고 지금 황궁에 불어닥친 위기를 이야기하였다.

"그러니까… 지금 황궁은 참으로 위급한 시기……."

노림의 말투가 난청이 자기 자랑이라는 부시무시한 마공을 펼치려

할 때 쓰는 기수식이란 것을 간파한 나일이 노림의 말을 잘랐다.

"요점만 얘기해. 난 늙은이가 길게 이야기하는 게 세상에서 제일 싫은 놈이야."

"뭐라고……!"

나일의 말에 속으로 찔리는 단청이 나일을 향해 버럭 소리를 지르며 손을 들자 마음이 움직이면서 몸 역시 마음을 따라가는 바, 나일의 몸은 저절로 경직되고 나일의 입속에서 거침없이 내뱉어지던 말들이 겁에 질린 어조와 아부 성격을 띤 언어가 되어서 나왔다.

"물론 나의 사부가 하시던 금과옥조 같은 말들은 예외로 치고… 저… 사형, 한마디 하시죠."

잠시 삐칠 뻔한 단청을 간신히 달랜 나일이 한숨을 돌리자 단청은 노림을 바라보았다. 단청은 머리 속으로 제물을 받은 용이 소원 들어주는 장면을 떠올리며 물었다.

"그래, 무슨 부탁입니까?"

노림은 무공이 뛰어난 나일이 해주었으면 하는 그런 일들을 단청에게 털어놓기 시작했다.

"내가 왜 도와줘야 하는데……."

나일의 물음에 노림이 머리를 굴리는 사이 노진이 끼어들었다.

"왜냐하면 저희는 채주님의 부하이니까요. 부하는 채주에게 충성을 다하고, 채주는 넓은 아량으로 부하를 돌봐야 하니까요."

입에 침도 묻히지 않으며 재잘대는 노진을 나일이 노려보았다.

"니들이 언제 충성을 했냐?"

나일의 말에 노림과 노진 둘 다 몹시 서운한 얼굴이 되었다.

"저희는 항상! 채주님께 마음속으로는 충성을 다하고 있지만 아직 표현이 서툴어서 그런 겁니다. 이제부터는 겉으로도 그것을 보여 드리겠습니다."

역시 똑똑한 노진은 나일을 향해 말도 안 되는 아부로 포섭해 갔다.

"그래도 싫은데… 체질적으로 난 그런 진흙탕 싸움에 끼어드는 게 싫거든. 그리고 또, 바쁘다."

나일이 거부하려 하자 노림과 노진, 두 조손의 이마로 굵은 땀방울이 맺혔다. 이것이 실패한다면 모든 게 다 도루묵이 되는 것이다. 그렇다면 방법은 북로정벌군을 이용한 대규모의 전투뿐이다. 그렇게 된다면 서로가 엄청난 타격 입을 것이 뻔하고, 대명의 국운이 쇠락하게 될 것이다. 뿐만 아니라 북로정벌군이 이 싸움의 결과로 인해 타격을 입는다면 국경선 밖의 외적들이 이것을 기회로 수시로 국경선을 약탈하려 들 것이다. 그렇게 돼서는 안 된다. 노림과 노진은 서로 눈빛을 주고받으며 이야기를 했다.

'할아버지, 어떻게 하면 저놈을 끌어들일 수 있을까요?'

노진이 이렇게 눈빛으로 묻자 노림이 고개를 흔들었다.

'나도 모르겠구나. 저놈이 관심있는 게……'

"힘험… 그런데 혹시 용존청이라고 하는 술이 있냐?"

두 조손이 눈빛 대화를 하고 있을 때 나일이 물었다. 그때 먹었던 용존청의 기억이 아직도 남아 있기에 이곳이라면 있지 않을까? 하고 혹시나 해서 던진 물음이었다.

용존청이라면… 있기는 있다.

반쯤 먹다 남은 것. 하지만 절대 저놈에게 줄 순 없다. 그게 어떤 것인데… 노림은 고개를 가로저으려다가 가만히 생각해 보니 그 용존청을 빌미로 끌어들여 볼까? 하는 마음을 품었다.

'그래, 되든 안 되든 용존청으로 일단은 꼬셔보자.'

노림은 시비를 불러서 자신이 애지중지 아껴 먹고 있는 용존청을 나일과 단청 앞에 가져오게 했다.

"이게 용존청입니다."

"음, 맞군. 근데 먹다 남은 거 아냐?"

나일이 손으로 용존청을 집어서 흔들었다.

"이게 누굴 거지로 아나? 새것으로 내와."

나일은 술을 병째로 입 안에 밀어 넣으며 말했다.

"그거밖에 없는데요. 그런데 이번에 수석 비서의 성혼식 날에는 이 용존청이 무척……."

"그렇단 말이지. 그게 언제야?"

나일이 눈깔이 돌아서 물었다.

"칠월 십오일입니다."

"그래."

"오실 거지요? 오신다면……."

노림이 애절한 눈빛으로 나일을 바라보았다.

"흐음……."

나일이 고개를 돌려 단청을 바라보았다.

"그만 일어나자. 술도 다 먹었는데."

나일이 고민하자 단청이 나일을 끌고는 나가자고 하며 노림을 향해 포권을 해 보였다.

"벌써 가시려고요?"

확답을 받지 못한 아쉬움과 얼굴을 마주치지 않아도 된다는 후련함이 노림의 가슴속에 교차했다.

나일과 단청은 다시 학관으로 기어들어 가며 대화를 나눴다.

"사형, 저, 이번에 제 부하들을 도와야겠습니다. 채주라고 해서 폼만 잡는 것보다 부하와 어려움을 함께하는 그런 사람이 되고 싶습니다."

나일은 마치 용존청을 먹으러 가는 것이 아니라 진심으로 부하의 어려움을 해결하기 위해 나서겠다는 듯이 말했다.

"진심이냐?"

"네, 그들은 저의 부하들입니다."

단청도 노림의 이야기를 들었지만 조심스러웠다.

그들이 한 이야기는 그만큼 엄청난 내용의 이야기였다. 덥석 받아들일 수 없는 문제였다. 물론 자신이 끼어든다면 문제가 없겠지만 하늘이 용납하지 않을 것이다. 예전에도 그런 일이 있었다. 제갈공명으로 유희하던 때에 그는 유비를 황제로 만들고 싶었지만 하늘은 그것을 원치 않았고, 그의 바람은 실패했다. 모든 일은 하늘의 뜻에 따라야 하는 것이다.

"우선은 성혼식 때 가고 보자. 그리고 상황을 보고……."

단청은 '우선은 용존청을 마시고 보자'를 심산으로 이야기를 꺼냈고 나일도 이것은 시간을 두고 생각할 문제라 마지못해 수긍했다.

"끄응, 그러도록 하죠."

제31장
친구, 그리고 비무

땡강, 땅, 땅, 댕.

나일과 단청은 서태우가 수업에 들어간 사이 방 안에서 서태우의 금을 팅기려고 수업을 땡땡이 치고 들어왔다. 먼저 금을 잡은 것은 나일이었고, 팅기는 금음으로 인해 방 안이 시끄러워진 것이다.

"나일, 그것 이리 줘봐. 너는 탈 줄도 모르잖아."

"에이, 그럼 사형은 할 줄 알아요?"

따악!

"매를 벌어라, 벌어. 빨랑 줘봐."

나일이 금을 건네자 단청이 금을 팅기듯 타기 시작했다.

"자, 어떠냐? 내 실력이."

단청의 연주는 서태우에 비해 조금 엷은 느낌이 들고 어색해 보이기는 했지만 이미 상당한 수준에 도달했음을 보여주고 있었다.

"우와! 사형, 언제 이렇게 연습했어요?"

나일이 부러운 듯 묻자 단청이 연주를 멈췄다.

"내가 서태우 몰래 이거 타느라 얼마나 고생했는 줄 아느냐? 그놈이 얼마나 이 금을 아끼는지, 내가 한 번만 빌려달라고 했는데 진짜로 딱 한 번만 빌려주고 그 다음부터는 절대 안 빌려주더라. 접시랑 여자랑 악기는 돌리는 게 아니라고."

단청의 얼굴에는 고뇌와 기쁨이 교차했다. 아! 어떻게 이것을 연습해 왔던가?

"아! 그렇군요. 사형, 저도 타볼게요."

"넌 탈 줄 모르잖아!"

나일이 금을 향해 뻗었던 손을 치며 단청이 금을 끌어안았다. 다분히 나일을 무시하는 말투였지만 그까짓 것에 아랑곳하지 않으며 나일이 다시 손을 내밀었다.

"에이, 사형이 가르쳐 주면 되잖아요."

나일이 실실 웃으며 다시 금에 손을 갖다 대는 수간 다시 한 번 단청이 나일의 손을 때렸다.

"귀찮아. 너 가르치다간 백 년은 족히 걸릴걸? 너는 그냥 감상하는 데 만족해라."

"정말 이러기예요? 그럼 금이나 주세요. 한번 타보게."

"글쎄 구경이나 하라니까."

금을 두고 옥신각신하다가 결국 단청이 주먹을 들이밀자 나일은 금에서 손을 떼고는 방 안을 나가 버렸다.

나일이 씩씩대며 죽림이숙을 나실 때 같은 방 농료인 방위가 죽림이

숙으로 들어오고 있었다. 방위는 무슨 일을 당했는지 얼굴이 온통 멍자국으로 가득했다.

"어? 방위, 얼굴이 왜 그래?"

나일이 묻자 방위는 무엇이 서러운지 콧물과 눈물을 섞어서 질질 짜기 시작했다. 대부분의 사람은 이런 경우 다른 사람에게 말하기 어려운 일을 당하고 갑작스런 대화에 본능적으로 주책없이 눈물은 흘리지만 결코 입을 열진 않는다.

"울지 말고 얘기해 봐."

"아니야… 아무 일도 아니야."

고개를 가로젓고는 방위가 얼굴을 가린 채 다시 기숙사 안으로 걸음을 옮기려 했다.

그 모습을 보며 나일은 화가 났다. 방금 단청에게도 무시를 당했는데 은연중에 소심하고 남자답지 못하다 생각한 방위에게까지 무시를 당하니 속에서 열불이 난 것이다.

"야! 너 누구한테 맞았냐? 이런 칠칠치 못하게… 사내대장부가 남한테 맞고 다니냐?"

위로하는 건지 비아냥거리는 건지 모를 나일의 말에 방위의 가슴은 온통 멍이 들었다.

"냅둬! 관둬! 무공 좀 익혔다고… 그래, 너도 그놈들이랑 똑같아!"

무언가에 대한 분노를 토해내는 방위를 보며 나일이 움찔 놀랐다.

"너, 정말 누구한테 맞았구나?"

나일이 방위의 어깨를 잡고 얼굴을 자세히 들여다보자 방위가 거세게 나일의 손을 뿌리쳤다.

"정말 왜 그래! 나 좀 내버려 둬!"

방위가 이렇게 열을 내고 있는 것을 보아하니 육체적인 상처뿐 아니라 정신적으로도 꽤나 충격을 받은 듯했다. 누가 순하고 소심한 방위를 이렇게 만든 것인가? 친하지는 않지만 같은 방 동료로서 나일도 그 부분에 대해선 화가 났다. 방위는 절대 스스로 잘못을 저지를 수 있는 위인이 아니다. 그것에 생각이 미치자 나일은 방위를 이 꼴로 만든 놈들을 혼쭐 내주고 싶었다.

"내가 그놈들 때려줄게!"

나일의 말에 방위는 한순간 마음이 차분해지다가 덜컥 겁이 났다.

자신을 때린 놈들은 영웅학관 내에서도 악명이 자자한 영웅오사(英雄烏蛇)인데 지금 나일의 모습을 보아하니 진실로 혼자서 그들에게 달려갈 듯하지 않은가.

혼자서 다섯 명을 이길 리도 없고, 괜히 사고를 쳐 사건이 더 커지는 것보다는 그냥 덮어두는 게 경험적으로 더 낫다고 여겼다. 그래도 나일의 모습이 고마웠는지라 방위는 손사래를 치면서도 아까보다는 부드럽게 말했다.

"고마워. 근데 이쯤에서 끝내는 게 좋을 듯해. 영웅학관에 힘들게 들어왔는데… 이쯤은 참을 수 있어……."

끝끝내 방위가 말을 얼버무리며 돌아서자 나일이 방위의 어깨를 돌렸다.

"궁금해서 그러는데, 너도 남자냐? 분하지도 않냐고… 보아하니 다수한테 둘러싸여 당한 것 같은데 그냥 이렇게 있을 거야? 그렇게 후환이 두려워?"

나일의 일갈에 말할까 말까 고민하는 표정이 역력했던 방위가 결심을 굳혔는지 입술을 깨물었다.

"나는 너만큼 힘이 있지도 않고 그들과 싸우기도 싫어. 백 번을 죽었다 깨어나도 나는 그들을 못 이기니까……."

"그건 너한테 문제가 있는 것 같다. 너 스스로가 살기를 눈에 담고 악을 쓰며 대들었으면 그들도 너를 이렇게까지 괴롭히진 않았을 거 아냐?"

"아니. 그놈들은 내가 반항하면 할수록 더욱 괴롭힐걸. 내가 그놈들을 이길 수 없다는 걸 아니까. 안 그래?"

오히려 자신에게 되묻는 방위의 말에 나일은 당혹스러웠다. 지금껏 죽기를 각오하면 못할 것이 없다고 생각했는데 가만 생각해 보니 자신도 그러했던 때가 있었다. 북궁주희와 단청. 그 둘을 떠올리니 힘이 없어서 당할 수밖에 없는 처지를 이해한 것이다. 누구에게나 삶의 방식은 다 있는 것이다. 방위의 방식은 무저항이었다.

"그럼 다시 묻자. 나도 혹시 그놈들을 만나면 피할 테니까 그놈들이 누군지나 알려줘……."

"그렇게 알고 싶어? 영웅오사, 그놈들이야."

그 말을 남기고 방위가 쓸쓸한 뒷모습을 보이며 기숙사 방으로 올라가자 나일은 주먹을 불끈 쥐었다.

"내 이놈들을……."

나일은 영웅오사(英雄五蛇)를 찾아 나섰다. 술집에서 술을 마시면서 흘러들은 말 중 영웅오사에 대해 떠들어대던 사람들을 떠올렸다. 영웅증을 딸 실력도 없기에 영웅학관 관생이라는 자부심을 버리고 동네 잡배들처럼 모든 것을 포기하고 약한 자들만 골라 괴롭히며 살고 있는 놈들! 흔히 영웅칠룡이라 부르는 학관에서의 특출난 기재들과 하늘과 땅 차이라는 뜻으로 영웅오사로 불리는 그들은 온갖 나쁜 짓을 도맡아 하는 재미로 하루하루 학관 생활을 보내고 있는 놈들이었다. 나일은 정문에서부터 그들이 있을 만한 곳을 뒤지다가 학관 뒤쪽의 창고까지 뒤져 봤지만 보이지 않자 포기하고는 수업은 빠져도 빠질 수는 없는 곳 북향루를 향해 걸어갔다.

"그러니까 그 소심한 놈이 바지에 오줌까지 지리면서 싹싹 빌더라구."

"아, 더러워. 그래서 그냥 보냈냐?"

영웅오사의 다섯 명이 다 모여서 술을 마시며 이야기꽃을 피우고 있었다.

"아니, 그냥 심심하기도 해서 얼굴만 집중적으로 때려줬지. 잘못해서 몸을 치다가는 오줌 묻을 것 같아서."

"하하하."

"크크크!"

자신의 무용담을 이야기하며 그들이 오늘 얻은 수입으로 술값 걱정 없이 앉아서 술을 마시고 있을 때 나일도 북경루 안으로 들어왔다.

쉬융―

싸늘한 공기가 북향루에 퍼졌다.

"야, 우리도 그렇지만 저 녀석은 혼자서 대낮부터 술을 먹으러 오다니 대단하다."

"그렇네. 얼굴에 건달기가 가득한 것을 보니 아마 이곳 토박이 건달인가 보다."

영웅오사 중 두목 격인 진소풍이 입가에 비웃음을 달고 소곤거렸다. 비록 지금은 학관 내를 흐리는 미꾸라지 취급을 받지만 가문이나 소속 분파에선 기재로 꼽히는 그들이기에 시정잡배는 눈 아래로 보고 있었다. 하나 이곳은 학관과 가까운 곳에 있어서 괜한 시비를 일으키지 않으려고 목소리를 낮췄다.

그들이 서로 작게 소곤거릴 때 나일을 알아본 점소이가 이층으로 자리를 권했다.

"오셨어요? 늘 마시던 자리로 가실 거죠?"

제법 친근하게 말하는 점소이를 보며 영웅오사는 내심 진소풍의 말을 인정하지 않을 수 없었다.

"저놈은 매일 오나 보네."

"그렇게 말이야."

몇 마디 더 돌고 나서 그들은 또다시 와자지껄 술을 마시기 시작했다.

"늘 먹던 걸로."

나일은 그래 봤자 닭구이랑 죽엽청 한 병이면서도 제법 폼나게 점소이에게 말했다.

그렇게 반 시진가량을 자작하다가 사형이 이때쯤이면 북향루로 술을 마시러 올 것이란 생각이 들었다. 그 생각이 들자 갑자기 술맛이 떨어진 자신을 향해 소곤거리는 이들을 힐금 쳐다보고는 주루를 나왔다. 그리고는 이내 북경성 쪽으로 구경이나 하면서 사형이 못 찾을 듯한 술집을 찾아 걸음을 옮기기 시작했다.

"어라… 노진."

그렇게 북경성 쪽으로 느긋이 걸어가다 자신의 회계 비서이자 앞으로 장래가 촉망되는 노진을 발견했다. 현재 와룡채의 인물 중 제대로 된 남자가 없기에 나일로서는 그나마 남자다운 산적이 될 가능성이 가장 큰 노진을 인재라 생각하고 있던 중이었다.

"또 아는 척 안 하네."

노진의 등에는 순간적으로 목 뒤의 척추를 타고 식은땀이 흘러내리고 있었다. 결코 마주치고 싶지 않은 나일의 목소리를 듣고 몹시 놀랐고, 한편으로는 고민하게 만들었다. 어젯밤에 자신의 집에 왔을 때 부탁했던 것의 확답을 들을 기회라는 생각이 머리를 스친 것이다. 그러나 이내 그 생각은 잠시 접었다. 나일과 단둘이 있는 상상만으로도 끔찍했던 악몽이 되살아나는 노진이었다.

'튈까? 아냐, 그래 봤자 곧 잡힐 거야. 저놈이 어떤 놈인데……'

이미 웬만큼 상대가 어떤 성격을 소유했는지 파악한 노진은 놀라우리만치 우거지상이던 얼굴을 돌아서는 순간 동안 만나서 기쁘다는 표정으로 변화시켰다.

"채주님께서 어쩐 일로?"

노진은 나일의 수업 시간이 반 시진 후에야 끝난다는 걸 알고 있었다. 문과생의 경우 큐요일에는 미시정(未時正)에 수업이 끝나고 무관생은 신시초(申時初)에 끝나기 때문이다.

"그냥, 여기저기 구경이나 하려고. 그런데 너는 어딜 가냐?"

"집에 갑니다."

"이런 녀석, 그렇지 않아도 심심했는데 군사나 한번 만나러 갈까?"

'나랑 같이 집까지 함께 가잔 말인가?'

나일과 동행해서 집까지 같이 갈 것을 생각하니 노진은 앞이 깜깜했다. 무슨 일이 있어도 그것은 막아야 한다.

"할아버지는 지금 황궁에 용무가 있어 출타하셨을 겁니다."

"그래, 그럼 지금쯤 왔겠구나."

나일이 자신의 의도를 눈치 채지 못하고 노가장으로 계속 향하려 하자 노진은 다급해졌다.

"아차, 내 정신 좀 봐. 학관 서고에 책을 두고 왔네."

이번 노진의 의도는 자신은 학관에 볼일이 있으니 나일 혼자 노가장으로 가라는 뜻이다. 만약 나일이 혼자서 노가장에 간다면 자신은 한밤중에나 집으로 갈 예정이다. 나일을 피해서…… . 불효라는 것을 알지만 나일의 먹이로 자신의 할아버지를 던져 준 것이나 다름없다.

"어, 그리고 보니 나도 학관에 가야겠다."

나일도 갑자기 품속을 뒤지며 무언가 사라진 듯한 행동을 취했다. 노진은 이렇듯 상황이 꼬이자 최악의 상황을 그려봤다.

나일과 같이 학관에 갔다가 다시 노가장으로 간 후 노가장에서도 같이 시간을 보낸다. 아니 될 일이다! 만약 그렇게 오랜 시간을 함께한다면 미쳐 버릴지도 모른다. 노진은 다시 용기를 내어 말했다.

"맞다, 집에도 같은 책이 있지."

아주 뛰어난 연기력이었으나 음성 속에 들어 있는 어색함을 나일이 눈치 채지 못할 리 없었다. 그동안 단청에게 자신이 써왔던 방법들이 아닌가? 한순간 나일의 얼굴이 일그러지면서 음산한 목소리가 노진의 귀에 흘러들어 갔다.

"너, 장난하나?"

나일의 말에 노진은 하는 수 없이 나일의 처분대로 하겠다는 처량한 모습을 보이기 위해 고개를 숙였다.

"가자, 노가장으로."

세 걸음에 한 대씩 뒤통수를 쳐가며 말하고 웃는 나일과 나일의 비위를 맞추랴, 뒤통수를 어루만지랴, 숨 가쁘게 바쁜 노진이 영웅학관에서 노가장으로 가는 사잇길로 접어들었을 때였다.

"정말 왜 이래요!"

앞에서 다섯 명의 사내들이 한 명의 여인을 희롱하고 있는 장면이 목격되었다.

금요일이라 자신의 집으로 가서 주말을 보내려던 구비화를 영웅오사가 희롱하고 있었던 것이다.

"채주님, 어서 빨리요."

예상치 못한 곳에서 구비화를 만난 나일이 흠칫거리자 노진이 재촉했다.

'지금 도와줘 봤자⋯⋯.'

나일이 잠시 생각에 잠겼다. 구비화는 지금 자신을 상당히 싫어한다. 여기서 괜히 구해준다고 나서면 오히려 이걸로 무언가를 바라는 모습처럼 비춰질 수 있었다. 자신이 그렇게 쪼잔한 모습이 되어서야 어떻게 구비화의 마음을 얻겠는가? 이런 것은 나중에, 아주 나중에 중요한 순간 마지막 비장의 무기로 남겨두는 편이 좋다.

"먼저 가서 있거라. 흠. 난 복면을 쓰고 등장할 테니 너는 구 소저에게 나라는 것은 밝히지 말고 나를 멋있게 띄워라. 내 말 이해했지?"

나일이 잘해야 한다는 뜻으로 주먹을 흔들어 보이자 노진은 고개를 끄덕이며 달려갔다.

그 순간 나일은 품에서 복면을 꺼내고는 나무 위로 올라가서 노진이 자신을 멋있게 소개하기를 기다렸다.

영웅학관이 기재들의 모임이라 해도 기재들이 모두 착하고 바른 생활을 하는 것은 아니다. 그 가까운 예도 나일과 단정을 들 수 있고, 또

학관 내에서 악명이 자자한 무관도전 삼 년 차 패거리인 영웅오사를 들 수 있다.

사실 영웅학관에서 검전의 기재들이 대부분 명문에 속한 자제들이 나 제자들로 구성됐다면 도전의 경우에는 군소방파의 인물들이 다수 포함되어 있다. 그러다 보니 도전의 관생들이 검전의 관생들보다 실력이 떨어지는 것도 사실이다. 그래서 영웅칠룡 중에도 도전의 관생이 포함되지 못하고 검전의 관생들이 네 명이나 포함된 것이다.

아무튼 이 영웅오사의 경우 눈치는 빨라 가지고 자신들보다 강한 자들은 괴롭히지 않으면서 약한 자 괴롭히기, 아녀자 추근대기를 하는 재미로 영웅학관에 기거한대도 과언이 아니다. 이들은 원래 영웅오사(英雄烏蛇)였는데 금년에 네 명이었던 놈들이 고관대작의 아들을 영입하면서 다섯 명이 되어 영웅오사(英雄五蛇)라고도 불리고 있었다.

구비화는 집에 가는 길에 꽃들과 자신의 아름다움에 관해서 이야기를 하며 어쩌다 보니 지금 이런 상황에 처했다.

그래도 설마 백주대낮에 자신이 이런 꼴을 당할 줄은 몰랐다. 하기는 그럴 가능성이 다른 사람들보다 많은 것은 인정한다. 남자들은 자신의 미모를 보면 그냥 지나치지 못하니까. 하나 용납은 할 수 없다.

"어이, 소저. 나랑 사귀자니까? 나 영웅학관 관생이야."

영웅오사 중 한 사내가 구비화의 어깨에 손을 댔다. 영웅학관의 관생이란 것은 일반인들에게는 동경의 대상이었다. 웬만한 여자는 자신이 영웅학관의 관생이란 사실만 이야기해 주면 자신을 다른 눈으로 보고 오히려 먼저 접근하는 경우도 있었다. 그래서 우선은 그것을 이용해 본 것이다.

그러나 구비화가 누구인가? 세상에서 자신이 제일 이쁘고 고상한 존재인 줄 알며 살아가는 인간이다. 구비화는 자신의 어깨를 짚어오는 손을 뿌리치며 고함을 질렀다.

"내가 누군지 알아? 무정왕룡 주연발님의 약혼자야!"

보통의 여인들과 달리 자의에 의해서, 그러니까 사람들이 쳐다만 봐도 혼자서 별 생각을 다하는 구비화였기에 별 가책 없이 침착하게 자신의 미래상을 읊었다.

"거짓말. 증거를 보여봐."

영웅오사 중 콧수염을 멋들어지게 기른 김홍구는 이런 상황에서도 되려 침착한 구비화를 보며 어깨로 다시 뻗으려던 손을 끌어당기며 말했다.

"흥! 이쁜 건 알아가지고. 눈은 높구나! 감히 어디서 수작이야? 나도 영웅학관 관생이다. 어디서 감히 희롱이야?"

반격까지 가하는 구비화를 보며 김홍구는 다른 영웅오사들의 눈치를 보았다.

'젠장, 이거 진짜 건드리면 안 되는 계집 아냐?'

서로들 눈빛을 교환하는데 모두가 당황스러워하는 눈빛이었다.

"너네들, 영웅학관 관생이면서 이런 짓을 하는 걸 보니 영웅오사들이 확실하구나."

게다가 자신들의 정체까지 들추자 이대로 슬슬 물러서려던 영웅오사는 무슨 수를 쓰든지 이 일을 묻어야 한다는 생각으로 서로에게 다시 눈빛을 보냈다. 이 일이 학관 내에 알려지면 문책은 당연한 조치일 터. 자신들을 영웅학관에 보내고 어깨에 힘주고 다니시는 부모님을 생각하니 어떡해서든 이 일을 무마해야겠단 생각으로 김홍구는 눈빛을 부드럽게 하며 말했다.

"소저, 재미있지 않소? 이곳은 이렇게 위험한 곳이니 조심하라는 뜻으로 장난 좀 친 것이오."

"웃기고 있네."

구비화의 대꾸에 갑자기 영웅오사는 적막에 휩싸였다.

그리고 잠시간의 침묵 후 별안간 김흥구가 입을 열었다.

"잡아라."

그들이 구비화를 잡는 것은 식은죽 먹기였기에 금세 구비화는 혈이 제압되었다.

"이제 어쩌지?"

김흥구가 다른 사람들의 의견을 묻자 진소풍이 입을 열었다.

"어쩌긴, 그냥 묻자."

"산채로? 그건 너무 잔인하잖아."

"그것밖에 방법이 없어. 생각해 봐. 이 일이 알려지면 우린 파멸이라고."

그때였다.

그들이 서로의 의견을 조율할 때 노진이 조용히 등장하며 말했다.

"지금 당신들의 모습도 썩 좋은 것은 아니지."

조용히 나타나서는 나직하지만 힘있게 말하는 목소리에 흠칫 고개를 돌린 영웅오사는 아직 어린아이인지라 다행이라며 한숨을 쉬었다.

"휴우~ 놀랐잖아, 꼬맹아. 혼자니?"

김흥구가 어린애 사탕 주며 유괴하는 방법으로 노진에게 은근히 묻자 노진이 고개를 가로저으며 고함을 쳤다.

"아니, 세상에서 가장 멋있는 그분이 나와 함께하신다!"

사뭇 진지하게 노진이 말을 하자 영웅오사는 도대체 이게 무슨 소리인가? 하며 고개를 갸우뚱거렸다.

"나와주세요, 복면산선!"

이제나저제나 노진이 부르기를 바라던 나일은 하늘에서 유유히 떨어져 내리면서 이미 혈이 제압되어 기절한 구비화를 보았다.

"야! 왜 이렇게 늦게 부르는 거야! 다행히 너무 늦진 않았지만 이래서는 나의 활약을 보지 못할 거 아냐!"

나일이 음성을 변조해 말하자 노진이 재빨리 나일에게 다가가 귓속말을 했다.

"채주님, 이놈들을 제압하고서 마치 전래동화에 나오는 숲 속의 잠자는 소저를 깨우는 무림고수처럼 입맞춤으로 깨우면 더 극적 효과가 있지 않을까요?"

노진은 사실 구비화 때문에 나일에게 한번 호되게 맞은 경험이 있기에 그것이 떠오르자 구비화도 한번 호되게 당해보아야 한다는 생각으로 일부러 늦게 나온 것이었다. 하나 나름대로 만족스러운 노진의 대답이었기에 나일도 그 장면을 떠올리면서 고개를 끄덕였다.

"좋아, 우선 이놈들부터."

그리곤 영웅오사를 가리키며 덤벼보라는 시늉을 했다.

"야, 덤벼. 시간 끌지 말고."

이미 복면을 쓴 복면산선이란 괴상한 별칭의 사내 무공이 자신들이 다 덤벼도 어떻게 할 수 없는 고수라는 것을 한때 촉망받는 영웅학관 내의 기재들인 그들이 모를 리가 없었다.

"한 번만 봐주시면 다시는 안 그러겠습니다, 대협."

눈치를 보다가 김홍구가 가장 먼저 무릎을 꿇으며 빌었다.

원래 이런 부류의 놈들은 일을 벌인 놈이 오히려 두려움이 많아서 먼저 무릎을 꿇게 된다.

"이것들이 장난하냐? 잔말 말고 덤벼. 아니면 내가 간다."

그 말에도 살려달라는 말만 이구동성으로 떠드는 영웅오사를 향해 나일이 성큼성큼 걸어가서는 발길질을 했다.

뻥!

적당히 조절한 발길질에 유익현이 나가떨어지고, 알맞은 강도의 왼 주먹에 성일혁이 나무 둥치에 처박혔다. 그러자 가만히 이렇게 빌기만 하다가는 딱 반죽음을 당하리란 예감에 김홍구가 일어났다.

"잠깐만… 요."

무슨 할 말 있으면 하라는 눈치를 주자 주저없이 김홍구가 말했다.

"저의 아버지가 형부시랑이시고, 외숙부가 화산파의 장로로 계십니다. 그러니 아버지와 외숙부의 얼굴을 봐서라도……."

김홍구의 말에 기가 차다는 표정을 짓는 나일과 '저 새끼 진짜 나쁜 놈이네'라는 눈빛으로 쳐다보는 노진을 외면한 김홍구는 자신의 배경을 계속 들먹였다.

"이런 건 나쁜 짓이죠. 저도 나쁘고 대협님도 나쁘고, 만약 저한테도 저들처럼 하신다면 관군을 풀어서라도 끝까지 추적할 겁니다. 그러니 저만이라도 빼주세요."

아예 협박으로 변한 김홍구의 말에 나일은 저놈만 두들겨 패기로 마음먹었다.

"너, 내 얼굴 알아? 모르지?"

퍽!

정강이를 걷어찬 후 다시 물었다.

"니 배경 믿고 그랬냐? 난 너 같은 놈이 제일 싫어!"

빡!

반대 편 정강이를 걷어찬 후 나일은 이제는 묻지도 않고 골고루 패기 시작했다.

퍽, 퍽, 퍼벅……

뻗어버린 김홍구의 뺨을 후려쳐 깨운 후 그 광경에 겁먹은 아직 안 맞은 두 놈에게 고개를 돌렸다.

"얘, 니들 친구냐? 니들도 얘랑 똑같냐?"

당연히 그 광경을 봤는데 고개를 끄떡일 리 없다.

"저 새끼 우리는 모르는 놈이에요. 저희는 얘네랑 친구예요. 얘네랑 똑같이 해주세요."

김홍구가 맞는 것을 본 두 놈은 한 대 맞고 뻗은 놈들을 가리켰다.

"그래, 그래. 잘 생각했다."

뻑, 뻑!

"모름지기 사내가 이러면 쓰나?"

두 놈을 처리한 후 나일은 다시 김홍구의 앞에 섰다.

"넌 도저히 안 되겠다. 너네 집이 어디냐?"

"제가 알아요."

노진은 형부사랑의 집이 어딘 줄 알기에 김홍구의 고통을 덜어주는 의미에서 말했다.

"잘됐네. 어떻게 애를 가르쳐서 저렇게 됐는지 그놈의 집구석 구경이나 가야겠다."

뻑!

나일은 쓰러진 채 눈을 뜨려는 김홍구에게 앞서 반죽음을 선사했던 공포의 한 대보다 조금 더 강하게 발로 찼다. 아무 말도 안 했으면 똑같이 맞고 끝났을 것을, 괜히 배경을 내보이며 협박했다가 미움받아 더 맞은 꼴이 된 것이다. 사람에게는 각자의 사는 방식이 있는데, 김홍구 식 삶의 방식은 이런 것이었고, 결과적으로 그것이 더 큰 화를 부른 것이다.

"가만, 우선은 여기 먼저 해결해야지."

나일은 쓰러진 구비화의 혈도를 풀고는 복면을 말아서 걷어 올려 입술 부위만 드러낸 후 구비화의 입술에 갖다 댔다. 달콤한 그 무언가의 느낌을 음미하던 찰나 정신을 차린 구비화는 복면을 쓴 괴한이 자신의 눈앞에 있자 본능적으로 귀싸대기를 날렸다.

짜악. 뻑!

"아악!"

나일은 피할 수 있었지만 이 느낌을 끝내고 싶지 않아서 비화가 자신을 때린다는 걸 알았지만 피하지 않았다. 워낙 나일의 몸이 단단해서 오히려 때린 구비화가 손목이 뼈 비명을 지른 것이었다.

"괜찮소, 소저?"

나일이 묻자 구비화의 눈에서 닭똥 같은 눈물이 흘렀다. 손목이 부러져 나간 것 같은 아픔을 참지 못한 것이다. 나일은 그 일에 죄스러움을 느끼는 한편 이런 상황이 벌어지게 된 것은 죄다 노진이 일을 잘못 꾸며서 그랬다는 생각에 노진을 노려봤다.

낌새를 눈치 챈 노진은 나일의 비위를 맞추기 위해 구비화에게 나일이 어떤 일을 했는지를 멋있게 포장하기 시작했다.

"…그러니까 누나의 고함 소리를 듣고 여기 이… 그러니까 복면산선께서 악당들을 사투 끝에 물리치시고 기절한 누나를 살리려고 혈도를 풀고 인공호흡을 시도하려는 도중에 누나가 깨어난 거죠… 그러니까."

이마에 땀을 연신 훔치며 노진이 나일을 옹호하자 나일의 눈빛이 조금 풀렸다.

"복면산선, 먼저 누나의 뼈부터 맞춰줘야죠. 그러니까 누나는 뭔가 오해를……."

계속되는 노진의 나일 옹호하기가 이어질 때 나일이 구비화의 손목 뼈를 맞춰주었다.

"우선은 집에 가서 쉬셔야겠죠? 복면산선, 뭐 해요? 빨리 누나를 집에 모셔다 드리지 않고."

노진이 말하면 나일이 행동하고, 그러던 중 구비화가 찡그린 상태에서 애매한 웃음을 지었다.

"저기… 제가 오해했나 봐요. 제가 워낙 이뻐서… 복면산선께서 정신을 잃고……."

한동안 횡설수설 주절대던 구비화는 또 자신만의 상상에 빠졌다.

"이제 괜찮은 듯하니까 염려 마세요. 그럼."

뒤돌아 서서 가는 구비화는 그래도 개운치 않았는지 옷소매로 입술을 닦았다.

"이 떨거지들은 어쩌지?"

나일이 영웅오사를 한 군데로 모으자 노진도 그들을 어떻게 처리할지 궁리하기 시작했다.

"채주님, 그냥 여기다 두고 관가에 신고하는 게 좋을 듯싶은데……."

"그래, 그게 낫겠다. 네가 알아서 해라."

나일도 괜히 그들을 끌고 가기엔 너무 멀고 하니 귀찮아서 그 일을 노진에게 맡겼다.

'에이, 자기가 벌인 일 끝까지 자기가 책임지지 왜 나한테 떠넘겨.'

노진은 마음속으로는 이렇게 생각했지만 자신이 맡은 임무가 기쁘다는 듯한 표정을 지었다. 어차피 할 일, 맞고 나서 하는 것보다는 웃으면서 하는 게 좋다.

"채주님이 이렇듯 저를 믿고 임무를 맡기시니 제가 기필코 이 일을 완수하겠습니다."

나일은 그런 노진을 물끄러미 바라봤다.

'너, 왜 도를 지나치니?' 라고 말하려다 잔뜩 흥분하고 뿌듯한 얼굴에 할 말을 잃었다.

"에이, 술맛 버렸네. 나는 그냥 기숙사로 갈란다. 너, 아무튼 잘해라."

"예, 무사히 완수하겠습니다. 조심해서 들어가십시오."

어떤 방법이든 간에 나일이란 혹을 떼어낸 노진은 집에 들어가서 하인을 시켜 그들을 관가에 신고했고, 나일은 학관으로 들어가려다 북향루를 지나치지 못하고 그곳에서 오랜만에 당민삼과 만나 하루 일과인 술을 마셨다.

나일과 당민삼이 북향루에서 만난 것은 우연이었다. 아니, 어쩌면 필연인지도 모르겠다. 아무튼지 간에 그 둘은 각자 혼자서 왔던 터라 곧바로 합석해서는 함께 술잔을 나누기 시작했다.

"당삼아, 오늘 어째 기분이 꿀꿀해 보인다?"

나일은 당민삼이 여느 때와 달리 술을 시키자마자 한마디 말 없이 술만 들이키자 평소의 당민삼 같지 않다는 생각에 그 이유를 물었다.

"그냥, 생각할 것도 있고 해서……."

말을 얼버무리는 당민삼에게서 나일은 어떤 느낌이 꽂혔다.

"너… 술값 없냐?"

"그런 거 아니야."

"휴우~ 그런데 왜 기분이 그래?"

나일은 우선 당민삼이 술값이 없어서 그러는 것이 아니라는 걸 확인하고는 농담 반 진담 반으로 가슴을 쓸어 내렸다.

"누가 너 괴롭하냐?"

"그런 것도 아니야."

"그럼 뭔데?"

나일은 자꾸 자신에게 감추려 드는 당민삼을 향해 집요하게 물고 늘어졌다.

"빨리 말해 봐. 이 형님이 도와줄게."

당민삼도 나일이 끈덕지게 잡고 늘어지자 더 참지 못하고 속에 있는 흉금을 털어놓았다. 이니, 그러려고 했다.

"너, 사랑이 뭔 줄 아냐?"

"사랑? 그걸 왜 묻냐? 내가 다른 건 다 자신있는데 그것만 젬병이다."

"휴우……."

그럴 줄 알았다는 듯이 당민삼이 나일을 쳐다보았다.

"야! 당삼이! 기분 나쁘게 그게 무슨 눈빛이냐?"

"휴우, 됐네. 술이나 마시자구."

당민삼이 술잔에 술을 따르고는 한 번에 마셔 버리자, 당민삼에겐 뭐든지 질 수 없다는 듯 나일도 거푸 술을 따라 마시기 시작했다.

얼마나 술을 마셨을까? 자신의 평소 주량보다 거의 배나 많이 먹은 당민삼의 입에서 나직하게 혼잣말 비슷한 말들이 나오기 시작했다.

"나일아~"

"왜?"

술 잘 먹던 놈이 갑자기 헤롱거리자 당민삼의 평소 바른생활 사나이 같던 모습이 생각나 나일이 실소를 지었다.

"너, 사랑이 뭔지 아니?"

"이 자식아, 그거 모른다고 했잖아."

자꾸 모르는 분야에 대해서 질문을 하자 나일은 당민삼이 슬슬 귀찮아지기 시작했다.

"후후, 맞아, 그렇다고 했지."

당민삼이 술잔에 다시 입을 가져다 대고는 입을 열었다.

"너, 사랑에 관해서 알고 있니?"

"이 자식이! 나 모른다고 했잖아!"

아무리 친구라지만 당민삼이 자신에게 주사를 부린다는 생각에 나일이 참지 못하고 당민삼의 목을 졸랐다.

"아, 아, 알았어. 목 좀 놔줘."

당민삼은 그제야 조금 정신이 들었는지 나일의 손을 움켜쥐며 말했다.

"흥… 정신 좀 차려. 겨우 이거 먹고 취했냐?"

다시 나일이 자리에 앉자 당민삼의 눈빛이 우울하게 변했다.

"너, 사랑해 본 적 있냐?"

"이런 썅!"

발작적으로 일어서려던 나일은 당민삼을 바라보다가 그가 술에 취해서 그런 것이 아니라는 걸 직감했다. 당민삼은 자신에게 무엇인가를 이야기하고 싶어한다. 자신의 넋두리 같은 그런 것들…….

"한 번만 더 사랑 타령 하면 너 죽고 나 죽는 거야."

나일이 술잔에 술을 따르며 다시 자리에 엉덩이를 붙이자 당민삼은 마치 독백처럼 담담히 한 남자의 이야기를 해 나갔다.

"한 남자가 있었어. 그리고 사랑 이야기니까 당연히 한 여자도 있었지. 아주 평범한 이야기야. 그 남자는 그 여자를 사랑해. 그런데 그 여자는 그 남자를 사랑하지 않아. 아~ 슬프다."

당민삼은 이미 더 들어가지도 않을 술을 습관처럼 술잔에 따랐다.

"그 여자는 다른 남자를 좋아하는 거야. 그래서 그 남자도 그 여자를 멀리서 보기로만, 아니, 잊기로 했어. 아~ 슬프다."

목이 마른지 술잔을 비우고는 읊조리듯 당민삼은 독백을 이어갔고, 그런 당민삼의 모습을 보며 나일은 마뜩치 않은 표정을 지었다.

"그런데 그 여자가 사랑에 실패했다는 것을 알았어, 그 남자가. 당연히 그 남자는 아직까지도 그 여자를 좋아하고 있었고. 이것이 기회라고 생각하고 부딪쳐야 하는데… 용기가 없는 거야. 우웩, 우엑!"

더 들어가지도 않는 술을 억지로 마시던 당민삼은 기어코 안주를 확인하고 말았다. 싸구려 닭고기가 야릇한 범벅이 되어 탁자 위를 덮어 갔다.

"점소이! 점소이, 여기 빨랑 치워줘."

나일은 점소이를 불러서 탁자를 치우라 이야기하고는 당민삼을 일으켜 세워 이미 정신을 잃은 그를 부축해 영웅학관으로 향했다.

"우엑, 우엑!"

나오자마자 시원한 공기를 마신 덕분인지 당민삼은 한 번 더 음식물을 게워내었다.

"업혀."

나일은 당민삼을 향해 말하고는 등을 빌려주었다.

"됐네… 나 정신 말짱하네."

"업히라니까."

"에구, 이놈 성질하고는. 어릴 때랑 똑같네."

나일이 신경질 내며 말을 하자 당민삼은 못이긴 척 나일의 등에 업혔다.

"나일아!"

"왜?"

"아니, 그냥 한번 불러봤어. 졸리네."

"그래, 그럼 자. 오늘은 내 방에서 자라……."

"아니, 그럴 수는 없지."

나일의 등에 업힌 당민삼은 강하게 고갯짓하며 소곤거렸다.

"그러던가… 그런데 너, 내일 시합 있잖아?"

나일이 영웅무제에 관해 묻자 당민삼이 고개를 끄덕였다.

"그래, 맞아. 내일 시합 있지, 마정화랑."

"자신있지?"

나일의 말에 한동안 자는 것 같던 당민삼이 조용히 말했다.

"나, 사실 자신없다. 그 녀석이랑은 내가 뒤지고 있으면 뒤졌지 앞선다고는 생각지 않아."

어느덧 나일은 영웅학관의 정문이 보이는 곳까지 왔다. 정문 앞에 있는 영웅호가 오늘따라 시원해 보였다.

"사천제일기재가 자신이 없으면 어떡하냐?"

나일이 비아냥대듯 말했지만 들려오는 당민삼의 목소리에는 진중함이 가득 찼다.

"나, 이번 영웅무제에서 정말 우승하고 싶어. 우승을 한다면 그녀에게 고백할 수 있을 것 같아……."

나일은 순간적으로 '이 녀석, 아직 술이 덜 깼구나' 하는 생각이 들었다.

"겨우 그 따위 이유로 우승을 하고 싶단 말이냐?"

"내게 그것보다 더 중요한 이유는 없어. 그 정도라면 그녀에게 자신 있게 다가갈 수 있을 것 같아."

"바보 같은 놈."

순간 나일이 당민삼을 팽개쳤다.

'야! 당삼아. 한 번이라도 진심으로 부딪쳐 봤냐? 너라면 어떤 여자가 싫어한다고.'

만약 자신이 여자라도 당민삼 같은 남자라면 무조건 좋다고 할 것 같은데, 그런 당민삼이 마치 자신이 그녀에게 모자라서 그런 것 같다고 하자 갑지기 열이 올라 그를 영웅호 안으로 던져 버린 것이다.

풍덩.

"하아~ 야! 나일! 이게 무슨 짓이야?"

"그건 네가 더 잘 알 거다. 당삼아, 용기를 내라. 나도 용기를 내볼게."

나일은 그 말을 남기고는 손을 흔들며 휘적휘적 걸어 기숙사로 향했다.

영웅학관의 영웅무제는 점점 막판으로 치달아가고 있었다.

이제 남은 인원은 고작 삼십이 명. 그래서 한 시합, 한 시합이 흥미진진했고, 그만큼 관생들 사이에서도 열기가 높아져 갔다.

지금 벌어지고 있는 시합은 광풍신룡 모용건 대 마협지의 대결이었다.

사실 마협지는 사람들이 기대했던 것만큼 출중한 무공을 보여주지 않으면서 올라왔다. 상대도 쉬운 상대를 만나온 것도 사실이고, 무엇보다도 그 자신이 극도로 다른 사람들의 시선을 받지 않도록 노력해 왔기 때문이다. 첫째는 나일 때문이었다. 고조숙이라는 그 존재의 눈에 최대한 띄고 싶지 않았고, 둘째로는 자신을 알아보는 사람을 또 만들고 싶지 않았기 때문이다.

두 사람의 무공은 서로 판이하게 달랐다.

마협지의 검은 도(刀)로 유명한 하북팽가(河北彭家)의 오호단문도를 검으로 바꾼 듯 일자형의 검이 아닌 약간 비스듬히 휘는 검이었다. 그리고 그것을 펼치는 검법 또한 검법이 아닌 듯 매우 패기가 있었다. 강맹하고 무거운 반면 빠르고 날카로운 면에서는 약간 뒤떨어졌다. 검의 효용을 버리고 도의 효용을 취했으니 당연한 결과이다.

반면에 모용건의 검은 연검과도 비슷한 날렵한 모양을 가졌다. 그 검은 빠르고 변화가 무쌍하기로 자타가 공인하는 우주검법을 펼치기에 적당한 보검이었다.

아직 어린 티가 채 가시지 않은 마협지와 영웅학관에서도 나이가 많은 편에 속하는 모용건이 판이한 무공을 펼치자 아주 흥미진진한 대결이 되었다. 관생들은 정신없이 두 사람의 격전을 바라보고 있었다.

파파파!

검풍(劍風)과 검기(劍氣)가 제각기 비무대를 날려 버릴 듯 매섭게 몰아치고 있었다.

역시 광풍신룡이라는 영웅칠룡 중 수좌 자리는 거저 얻은 것이 아니었다. 척 보기에도 모용건의 무공이 마협지보다는 한 수 위였다. 하나 마협지는 수세에 지치면서도 모용건이 힘으로 밀고 들어올 때면 뛰어난 내공의 힘으로 견디어내고 있었다.

모용건은 계속 마협지를 궁지에 몰면서도 결정적인 우세를 점하지 못하자 마음이 조금씩 초조해졌다. 그때 문득 그의 뇌리에 어떤 생각이 떠올랐다.

모용건은 즉시 우주검법의 절초인 창류유현(蒼流幽玄)을 펼쳐 마협지의 가슴을 노리고 짓쳐 들었다. 이 초식은 강맹하고 빠른 반면 일직선으로 뻗어간다는 단점이 있었다. 마협지는 칼날 같은 검세가 자신의 가슴으로 다가오자 커다랗게 대각선으로 검을 휘둘러 북선문의 유춘검법에 팔방횡통(八方橫通)의 초식으로 맞서갔다.

까깡!

불똥이 튀며 모용건의 검과 마협지의 검이 허공에서 멈춰 섰다.

'네 까짓 것!'

모용건이 손끝에 힘을 주며 밀고 들어가려 했다. 연약해 보이는 검이지만 모용건이 들고 있는 검은 보검을 잘 만들기로 유명한 제갈축이 만든 검이다. 모용건은 병기의 효용을 믿고 마협지의 병기를 부숴 버릴 듯이 힘을 주었다.

'윽……'

마협지도 입술을 꽉 깨물었다.

온몸의 혈관이 팽팽하게 당겨졌고, 조금씩 밀리던 기세가 그 순간에야 멈췄다. 그리고 한순간 모용건의 몸이 부르르 떨리며 오히려 두 발 뒤로 물러섰다.

'이런, 내가 내공에서 밀린단 말인가?'

모용건은 내공의 힘에서 자신이 밀리자 어이없다는 표정을 지었다. 반대로 마협지는 얼굴에 은근한 자부심을 드러내었다.

"엇!"

놀란 음성을 토한 후 모용건은 다시 한 걸음 물러섰다. 믿을 수 없었지만 정면 대결로써 내공에서 밀리자 모용건은 곧바로 자신이 마협지보다 내공에서 손색이 있다 판단하고 기회를 살피기 위해 일단 후퇴한 것이다.

"야압!"

아무리 어리다고 하지만 마협지가 한 번 잡은 승기를 놓칠 리 없었다. 즉시 유춘검법의 절초를 연거푸 펼쳐 모용건을 압박해 갔다.

유춘검법(有春劍法) 잠룡출해(潛龍出海), 화룡정점(火龍頂点)!

휘이잉!

매서운 검풍(劍風)이 모용건의 몸을 무서운 기세로 덮쳐 갔다.

"이얍!"

물러난 발걸음을 횡으로 비키면서 모용건도 검을 들어 우주검법의 구명절초인 만지반사(挽止反射)로 맞서갔다.

'좋았어!'

마협지는 내공에는 자신이 있는지라 모용건이 검을 또 맞서오자 내심 쾌재를 불렀다.

이렇게 정면 대결이라면 자신은 내공이 강하고 초식에서 모용건에게 떨어지는 그가 노리는 바였다. 그런데 오히려 모용건 쪽에서 이렇게 해주니 원이 없을 것 같았다. 더욱 공력을 돋우어 모용건의 검을 박

살 낼 듯 검을 휘둘렀다. 한데 검과 검이 막 부딪치려는 순간…

빙글!

모용건의 검이 슬쩍 비켜서며 자신의 검을 타고 흘러내려 오듯 떨어지는 것이 아닌가?

"어라?"

마협지는 설마 모용건이 이런 수법을 쓸 줄은 몰랐는지라 대경실색하여 급히 검을 자신의 몸으로 끌어당겨서 회수했다. 그 순간 모용건의 검이 노도처럼 밀려왔다.

차창!

"으윽!"

마협지의 입에서 신음이 터지며 그의 몸이 뒤로 비틀거리며 물러났다. 내공 대결을 위해 검끝에 힘과 기를 집중하던 중인지라 갑작스레 빠른 변화를 보인 모용건의 검을 따라잡지 못한 것이다. 만약 이것이 시합이 아니었다면 손목의 근맥이 잘려 나가고 말았을 것이다.

모용건은 검을 든 채 우뚝 섰다.

마협지는 아쉬운 표정을 지으며 왼팔을 부여잡은 채 서 있었다. 그의 왼팔은 검이 스친 탓에 피로 얼룩져 있었다.

사실 모용건은 이미 삼 초를 겨루고 나서 마협지의 장단점을 다 파악했다. 내공은 강하지만 아직 나이가 어린 만큼 초식의 정묘한 변화나 변칙적인 수법에는 약할 것이란 추측까지 끝마치고 마협지를 찬찬히 요리하기 시작한 것이었다.

마협지는 안타까운 시선으로 모용건을 바라보았다.

그 역시 자신의 모든 실력을 다 내비치지는 않았다. 아니, 그럴 마음이 애초에 없었다. 자신의 실력은 마교의 부승을 펼쳤을 때 나오게 되는 것이다. 비록 자신이 펼친 유춘검법이 강맹하고 패도적이기는 했지만 마교의 진산절학이 아닌, 마교에서 표면적으로 내세운 작은 문파용 검법이었기에 그 위력도 본래의 실력에 비하면 하찮은 것이다. 아니, 그 유춘검법만을 사용하면서 여기까지 올라온 것만으로도 기적이었다. 더군다나 내공도 마교의 심법을 제어하기 위해서 익힌 도가의 태을신공을 기반으로 검법을 펼쳤다. 이런 곳에서 자신이 마교인이란 것이 밝혀진다면 그야말로 죽음뿐이란 것은 세 살짜리 어린아이도 아는 사실이었다. 그래서 숨기고 또 숨겨가며 싸웠기에 아쉬운 마음이 많았다.

'아쉽기는 했지만 지금 내가 할 수 있는 최대한을 했다.'

라고 속으로 되뇌며 위안을 삼았다. 그리고는 얼굴에 미소를 지으며 검을 거두었다.

"제가 졌습니다. 사정을 봐주어 고맙습니다."

사실 조금 전 모용건은 더 독하게 손을 쓸 수 있었으나 승부만을 가리려는 생각에서 손을 늦추었던 것이다. 그것은 아무리 그가 광풍신룡이라 불리기는 하지만 일부러 원한을 만드는 성격도 아니고, 정면 승부를 원하는 상대의 허를 찌르는 방법을 사용했기 때문이다. 그는 설마 마협지가 이렇게까지 조숙하게 행동할지 몰랐기에 대범함에 크게 감탄했다.

"언젠가 다시 한 번 승부를 보자!"

모용건은 마협지의 어깨를 두드려 주었고, 영웅의원들이 뛰어나와 마협지의 팔을 지혈했다.

그리고 그 순간 연무장에는 환호성이 터져 나오기 시작했다.

"역시 광풍신룡이다!"

"와아!!"

"이번 우승도 광풍신룡이 따논 당상이야!"

마협지는 관중들의 환호성을 들으며 씁쓸한 표정을 지으며 비무대에서 물러갔다.

탕, 탕, 탕!

"누구세요?"

방문을 두들기는 소리에 당민삼은 문을 열었다가 문을 두들긴 사람이 바로 자신이 사모하는 이언지 소저라는 것에 아무런 말 없이 다시 자리에 앉았다.

"저기… 동혁이 어디 갔어?"

얼마나 듣고 싶어했던 목소리인가? 그러나 내색하지 않으며 당민삼은 아무런 감정이 실리지 않은 어조를 취했다.

"동혁이 지금 없는데."

"그래, 그렇구나. 만나기로 했는데 좀 있으면 오겠지. 여기서 기다려도 될까?"

당민삼의 차가운 분위기를 감지했는지 이언지가 조심스럽게 말했다.

"그래, 그래라."

허락이 떨어지자 이언지는 방 안에 들어와 한참 동안 가만히 앉아 있었다.

"저기……."

"왜?"

이언지가 할 말이 있는지 먼저 말을 꺼내자 당민삼이 물끄러미 쳐다보며 물었다.

"아니, 그냥. 너무 오래간만이라……. 그동안 잘 지냈어?"

이후 이언지는 이런저런 이야기들을 쉬지 않고 종알거렸다.

할 말이 꽤 많았던 모양이다. 집에 갔다 왔다고 당민삼이 맞대응을 하니 사천(四川)에 대해서 묻기도 하고, 자신도 여행을 해보고 싶다는 이야기도 했다. 또, 당민삼이 이제는 멋진 사내가 되었다며 칭찬하기도 했고, 사랑하는 사람은 있느냐며 짓궂은 질문을 던지기도 했다.

그녀는 연신 웃고 장난스럽게 혀를 내밀거나 어깨를 으쓱거렸다. 예전의 한마디 농에 부끄러워 어쩔 줄 몰라하며 얼굴 붉히던 그녀의 모습은 온데간데없었다.

하지만 당민삼은 그녀의 말이 제대로 귀에 들어오지 않았다. 쉽게 설명할 수 없는 복잡한 기분이 들어 마음이 뒤숭숭한 까닭이었다.

그는 이언지의 얼굴을 다시 한 번 들여다보았다.

그러고 보니 그녀의 얼굴이 작년보다 많이 변했다.

언뜻 볼 때는 변함없어 보였는데, 이렇게 자세히 바라보자니 많이 수척해졌다는 것을 금방 알 수 있었다. 왠지 가슴 한편이 아려왔다.

'사랑에 실패하더니 많이 변했구나. 난 너만을 생각하면서 변해왔는데…….'

지금이 기회라면 기회일 수도 있다는 생각을 하지 않은 것은 아니지만 용기가 나지 않았다.

낯간지럽고 어색해서 마음속에 담아둔 말을 하지 못하고 괜히 퉁명스럽거나 비꼬는 식으로 말이 나왔다.

'내가 왜 이러지? 내가 왜 이러는 거야?'

"저기, 이언지 소저."

"왜?"

"나를 어떻게 생각해?"

당민삼에게 이런 용기가 갑자기 어디서 나왔는지 모르겠다.

앞뒤 재지 않고 그냥 무작정 입으로 가슴속에 있던 말들을 끌어올렸다.

"어……."

이언지의 얼굴에 홍조가 피어오르고는 다시 분위기가 가라앉았다.

'나에 대해서 생각해 본 적이 없단 말인가?' 그런 생각이 들자 체한 것처럼 마음이 답답해졌다. 동시에 이언지를 바라보던 당민삼의 눈빛에 실망감이 서렸다.

벌컥.

"흠, 흠……."

이동혁이 들어온 것이다.

방 안의 분위기가 가라앉아 있는 것을 느끼곤 헛기침을 두어 번 했다.

"누나 왔네. 그래, 뭔 이야기 하고 있었어?"

"흠, 아니, 아무 얘기도 안 하고 있었어."

헛기침을 하며 이언지의 얼굴에 당황스러움이 스쳐 갔다.

"그래, 그냥 너 기다리고 있었어. 이동혁, 숙녀를 기다리게 하다니……."

당민삼이 재빨리 이언지를 위기에서 구해주었다.

"분위기가 수상한걸……."

이동혁이 당민삼과 이언지를 쓱 둘러보며 말했다.

"누나, 그런네 잘됐시?"

한쪽 눈을 이언지에게 깜박이며 이동혁이 말하자 이언지의 얼굴이 다시 빨개졌다.

"어, 그렇게 됐네."

당민삼은 그 둘이 무슨 말을 하는지 몰라서 어리둥절한 표정을 지었고, 이언지는 더 이상 이곳에 못 있겠는지 다시 방문을 열었다.

당민삼이 무슨 일이냐는 듯 눈짓을 주자 이동혁은 깜빡했다는 듯이 말했다.

"이런, 선애 소저를 만나러 가야 할 시간이네. 누나, 이제 나가야지. 그전에 당민삼한테 할 이야기 없어?"

"몰라."

짓궂게 묻는 이동혁의 말에 이언지는 내심을 들킨 듯 고개를 저으며 뛰쳐 나갔다.

"당민삼, 우리 누나한테 잘해줘야 해!"

이동혁의 말이 무슨 의미인지는 모르겠지만 당민삼은 싱긋 웃었다.

두근거리던 마음도, 경직되었던 눈빛도 이제는 차분하게 가라앉았고 답답했던 마음도 시원해졌다.

사실 오늘의 이 만남은 이언지와 이동혁이 일부러 만든 자리였다.

이언지는 영웅학관에 들어와 당민삼을 처음 본 순간부터 한눈에 반했었다.

그의 모든 것이 좋았다.

그리고 기다렸다. 그가 언젠가는 자신에게 고백해 올 것이라는 것을……

그런데 그는 쉽게 고백을 하지 않았다. 기다리다 지쳐 동생에게 한 남자를 좋아한다고 했다.

그렇게 오해는 시작된 것이었다. 이언지가 좋아하는 사람은 당민삼이었는데 당민삼은 그것도 모르고 다른 사람이라 생각하며 가슴 아파하고… 하마터면 그렇게 영영 인연이 엇갈리는 줄 알았다.

이동혁이 당민삼의 서랍 속에서 붓을 꺼내려다 발견한 한 장의 초상화…….

그 이야기를 듣고는 더 어긋나기 전에 당민삼의 마음을 떠보기 위해 오늘의 자리를 마련한 것이다. 확인해 보고 싶었다. 마지막이라는 심정으로…….

지금 제1연무장에는 영웅학관 무관도의 시선이 모두 모여 있다 해도 과언이 아닐 정도로 많은 사람들이 모여 있었다. 그들은 무엇인가를 간절히 기다리고 있는 것이다.

마침내 비무대 위로 녹색 장삼을 입은 준수한 사내가 먼저 뛰어오르자 분위기가 점점 고조되었고, 모든 관중들의 눈동자는 그곳에서 영원히 떼지 않으려는 듯 멈춰 있었다.

그리고 잠시 틈을 두고 백의 무복 차림의 사내가 단 위로 오르자 관중들은 참고 있던 환호를 질러대기 시작했다.

"와아!"

"당민삼, 당신의 능력을 보여주세요."

"뭐라고? 말이 돼! 니들이 무공을 알아? 마정화의 승리라고!"

드디어 시작된 것이다.

영웅칠룡 중 두 마리의 용 천안군룡 당민삼과 동황영룡 마정화의 8강 진출전의 막이 오른 것이다.

"마정화, 오랜만이군. 잘 부탁하네."

"무슨 말인가? 당민삼⋯ 나야말로 잘 부탁하네."

녹의를 입은 당민삼과 백의를 입은 마정화는 무관사의 시합 개시 신호가 울리기 전에 서로의 건투를 빌면서 악수하고는 다시 뒤로 물러나 이 장가량의 거리를 벌렸다. 두 사람의 행동은 자신감으로 충만하였고, 정중하였으며, 은연중에 서로를 향해 호승심을 일으키고 있었다. 이런 것을 과연 영웅칠룡답다고 해야 하나?

"시합 개시!"

무관사의 시합 개시 소리가 떨어지자 장내는 다시 한 번 당민삼과 마정화의 이름을 부르며 환호하였고, 어서 빨리 그 둘이 붙기를 바랬다. 그러나 정작 그들은 관중들의 염원을 못 들었는지 당장이라도 달려들 것 같은 자세이긴 했지만 고요함을 유지하며 상대의 이곳저곳을 재보고 있었다.

그 둘은 아까 겸양의 말을 서로 주고받은 것을 잊었는지, 서로를 바라보는 그 눈빛이 날카로우면서도 냉정해 보는 사람들이 소름 끼칠 정도였다.

작년 학관에 입학한 후 당민삼과 마정화는 죽림삼숙 303호에서 같은 방을 쓰는 친구였다.

아니, 지금도 친구이기는 하지만 지금의 상태는 친구라는 말보단 호적수라는 말이 더 어울릴 정도로 서로 상대의 무공 실력을 인정하고, 또 그런 상대보다 앞서기 위해 수련에 힘을 쏟았다. 그렇게 일 년의 세월 동안 서로 무수히 많은 대련을 해왔다. 그동안에는 항상 백중세를 이루어왔는데, 이 년 차가 된 후 기숙사가 국화숙으로 옮길 때 즈음하여 마정화가 명문 귀족들의 방으로 옮긴 후 대결이 뜸하게 되었다. 그렇기에 당민삼은 이번 비무를 통해 자신이 얼마나 성장했는지를, 그리고 자신이 마정화보다 강하다는 것을 자신과 마정화, 그리고 많은 사람들에게 확인시켜 주기를 원했고, 그것은 마정화도 마찬가지였다.

먼저 당민삼이 한 발자국 나서며 검을 뽑아 들었다.

당문에서의 기초는 암기도, 독도 아니다. 당문에서 제일 먼저 익히는 것은 당문 비전의 검법이다. 강호를 떨쳐 울리는 수많은 암기술과 용독술도 모두 검법 이후에 배우게 되는 것이다. 그 이유는 당문의 검법이 무엇보다도 빠르기 때문이다. 몸을 빠르게, 손을 빠르게 한 후에야 당가의 절기들을 익히게 되는 것이다.

당민삼은 지금껏 치른 시합에서는 당문의 자식답게 빠른 발검(拔劍)과 동시에 쾌속한 일검으로 쉽게 승부를 지어왔다. 하나 지금 자신의 눈앞에 있는 상대는 간단하게 끝낼 수 있는 상대가 아니라는 걸 알기에 조금이라도 최단거리에서 휘두르기 위해 검을 뽑아 든 것이다. 그런 당민삼을 흘낏 보며 마정화도 가슴에서 섭선을 뽑아 들었다. 마정화는 섭선의 채두가 당민삼의 검끝을 향하도록 하면서 당민삼의 눈동자를 바라봤다. 중인들이 바라본 마정화의 섭선(摺扇)은 산수화가 묵향을 그윽하게 머금어서 고아한 분위기가 물씬 풍기는 고급품이었다. 한눈에도 범상치 않음을 드러내는 섭선을 어깨 아래에 늘어뜨리며 마정화는 날카로운 눈빛을 빛냈다. 마정화가 들고 있는 섭선은 동창에서 제작한 특수 섭선이다. 섭선의 뼈대는 강하기로 소문난 곤륜의 철로 만들어졌고, 섭선 안에는 여러 가지 비밀 장치들을 작동할 수 있도록 해서 동창의 비밀 요원들이 임무 중에 사용하는 특수 섭선이었다.

"시작할까?"

당민삼은 나직하게 마정화에게 검을 흔들어 보인 후 가문의 절기인

당쾌검법을 펼쳐 나갔다.

"홍학만리(紅鶴萬里)!"

당민삼의 기합성이 맑게 비무대에 울려 퍼졌다.

당쾌검법의 제일초이자 가장 기본이 되는 일검양단(一劍兩端)의 자세로 홍학이 하늘로 비상하려는 듯했다. 관객들이 보기에도 붉은빛을 내며 바람을 일으키듯 소용돌이처럼 쏘아져 나가는 당민삼의 쾌검은 예사로워 보이지 않았다.

챙강!

당민삼의 쾌검이 마정화의 가슴을 노리고 들어갔지만 가볍게 검의 진로를 바꾸어놓는 마정화의 섭선도 만만치 않았다.

'역시 이것이군.'

오랜만에 대하는 것이었다. 그러나 그전에 마정화는 수도 없이 이 검초를 받아냈었고, 당민삼이 이 검초를 펼쳐 내려 한다는 것을 어느 정도 예상하고 있기에 이미 대비를 하고 있었다.

마찬가지로 당민삼의 검을 튕겨낸 마정화의 섭선은 적절한 시간을 두고 당민삼의 어깨 어림을 찍어 들어갔지만 슬쩍 몸을 뉘이고 공격해 들어갔던 만큼 빠르게 되돌아와 섭선을 쳐내는 당민삼의 검은 가벼워 보였다. 당민삼도 마정화의 공격 투로를 예상한 듯 자연스러웠다.

한 번의 격돌을 있은 후 둘은 조금 거리를 둔 후 서로를 향해 씨익 웃어 보인 후 본격적으로 비무에 임하기 시작했다.

당민삼의 가문인 사천당문은 알려지다시피 암기술과 독공으로 유명하지만 그것을 대성하기 위해서도, 아니, 명문이라는 이름을 갖는 대개의 가문이 그러하듯이 당문에도 기본적인 내가심법이 있다.

물론 암기나 독공도 자랑스런 무학의 한 갈래라고 생각하지만 한 번의 출수로 생명을 빼앗는 수법이기에 당문에서는 죽기를 각오한 생사대적이 아니라면 함부로 사용하지 않는다. 특히 인명을 살상할 수 없는 비무대회나 친선을 도모하는 자리에서의 암기나 독술 사용은 전면 금지였고, 그래서 당쾌검법을 펼친다. 당쾌검법은 당문의 암기술과 용독술을 펼치는 기반이 되는 무공이다.

그 오랜 시간 동안 무림이나 무림에서 벌어지는 일들을 이야기로 꾸며서 사람들에게 즐거움을 주는 만담가들에게도 알려지지 않은 베일에 가려진 내가심법을 익혀야만 당쾌검법은 빛이 난다. 그것이 바로 당산대형(唐山大形)이라는 이름으로 당문의 직계에게만 전해지고 있는 당문의 비전심법이다. 다른 여타의 중원 내공심법과는 다르게 당문의 내가심법은 기(氣)보다는 형(形)을 중시한다. 그것은 당문을 설립한 당문의 초대 가주가 동영에서 인자들이 형을 사용하는 것을 보고 감탄한 후에 일어난 일이다. 형을 사용하면 몸속에 거대한 잠력을 이끌어 낼 수는 없지만 몸놀림이니 팔괴 다리의 속도가 기(氣)를 사용하는 것보다 빨라진다. 그래서 옛날부터 동영의 무사는 쾌검을 장기로 했고, 형을 오래 익힌 무사의 경우에는 빨라진 몸 동작으로 잔상을 나타내어 은신의 한 방법으로 사용하기도 하였다. 초대 가주였던 당소룡은 자신이 중원에서 익힌 기와 그 당시만 해도 조잡스러웠던 형을 대형(大形)으로 만들었다. 모든 무공은 종내에는 하나를 의미하게 되리란 것을 깨달은 당소룡은 내기(內氣)에 이 푼의 정성을, 형에 나머지 팔 푼을 치중하면 빠른 손놀림과 움직임을 가지고 내기의 힘을 끌어올려 조화를 이룰 수 있다는 것을 발견한 것이다. 그것을 연구에 연구를 거듭하여 말년에야 이 당산대형이라는 내공심법을 남길 수 있었다. 그리고 지금 당민삼은 당산대형의 심법을 활용하여 전광석화 같은 손놀림으로 마정화를 압박해 들어갔다.

혼신의 힘을 다하는 당민삼의 모습에 마정화도 질 수 없다는 듯 섭선을 가슴 앞쪽에다 거의 고정시켜서 최단거리로만 움직이며 우선 몸을 보호하며 기회를 살폈다. 어차피 당민삼의 손놀림이 자신보다 빠르다는 것을 익히 알기에 검을 뻗는 속도에 맞춰서 섭선을 뻗으면 속도에서 뒤떨어진 자신은 검에 찔리기 십상이었다. 또한 섭선의 길이가 검보다 짧은 것 또한 하나의 이유였다.

차창, 챙, 차창.

그런 그들의 움직임은 관중석에서 탄성을 자아낼 틈도 주지 않으며 격렬하게 움직여 한동안 검과 섭선의 부딪침으로 울리는 장면과 소리가 마치 폭죽이 연속적으로 터지는 듯한 소음과 불꽃이 되어 현란하게 관중들의 눈을 즐겁게 해주었다.

'이건 아니야.'

마정화는 이 상태로 있다가는 자신이 불리해질 거라는 걸 알고 있었다. 지금 찌르기를 조심하느라 공격은 엄두도 내지 못하고 신경이 분산되어 체력과 심력의 낭비가 당민삼보다 훨씬 많이 소모되어 가고 있었다. 이 비무의 전환점을 만들어야만 승리의 기회를 손에 넣을 수 있다는 것을 본능적으로 느끼며 찔러 들어오는 당민삼의 검을 강하게 밀어낸 후 반 보가량 전진해 들어갔다. 그러자 당민삼은 검을 끌어당기는 동작과 더불어 반 보 정도 물러났다.

지금 그들의 시합은 서로를 찌르고 막는 것이 문제가 아니었다.

수많은 대련 동안 서로를 잘 파악했기에 아직은 승부가 날 시점이 아니라는 걸 너무나 잘 알고 있었다. 문제는 서로 간의 거리였다.

서로 간의 거리가 반 장인 지금 마정화가 반 보라도 나선다면 마정화의 장기인 유운선술(流雲扇術)을 이용해 유연한 몸놀림으로 당민삼의 행동 반경을 제약하려 들 것이고, 결국 당민삼의 검으로는 거리가 좁은 지역이라 지금처럼 자유로운 찌르기를 할 수 없다. 그렇지만 서로 간의 거리가 반 장쯤 된다면 무리없이 쾌검의 백미(白眉)라는 찌르기를 자유로이 할 수 있다. 그리고 종내에는 베기와 누르기를 통해서 섭선을 일순간 제압한 후 벼락같은 찌르기를 할 수 있다. 그렇기에 그들의 대결은 둘 사이의 거리를 얼마로 하느냐를 두고 치열한 신경전과 함께 복잡하게 펼쳐지고 있었다.

당민삼이 물러남에 따라 다시 반 보를 내디디려던 마정화의 발은 기다렸다는 듯이 차오는 당민삼의 나래퇴(拿來腿)에 막혀 다시 왔던 곳으로 돌아갔다. 그것을 기폭제로 당민삼은 반 장의 거리를 유지하며 검과 섭선의 공수에 주도권을 완전히 장악해 가기 시작했다.

당민삼이 이를 악물며 끝장을 보려는 듯 마정화의 가슴을 향해 세 번의 찌르기를 연속적으로 펼쳐 나갔다.

"태위현탁(太衛玄卓)!"

지금 당민삼의 세 번째 찌르기는 섭선을 위로 넘어서 아래로 낙하하여 다시 가슴을 노렸고, 한순간 그것을 막으려 가슴에서 멀어져 간 마정화의 섭선이 다시 돌아올 틈을 주지 않아 마정화는 위기일발의 상황이었다.

"하앗!"

마정화도 이미 섭선으로 막기에는 너무 늦었다는 것을 알고는 땅을 발로 차며 몸을 회전시켜서 간신히 피해냈다. 하나 이미 몸의 균형이 무너져 다시 노도처럼 밀려오는 당민삼의 검을 막아내기에는 무리인 것처럼 보였다. 이 모든 것이 찰나지간에 벌어진 일이었다.

'어쩔 수 없군. 그것을 사용할 수밖에.'

마정화는 당민삼을 만날 경우를 생각해서 그동안 아무도 모르게 꾸준히 수련한 공수입백인(空手入白刃)의 수법을 떠올렸다. 아직 화후가 칠성밖에 되지 않아 부족할지도 모르지만 이를 사용하기로 마음먹었다.

어차피 지금 상황에서는 당민삼의 검을 막을 수가 없으니, 이 수법을 사용하여 검을 잡아놓고 일거에 섭선으로 제압하는 것 외에는 달리 방도가 없다고 느꼈다.

"아자!"

다시 가슴을 찔러오는 검을 왼손의 중지와 검지 사이에 잡아넣기 위해 오른손에 들고 있던 섭선을 들어오는 당민삼의 얼굴을 향해 휘둘렀다. 순간 시야가 막혀 당민삼의 검이 주춤하자 마정화는 절묘하게 공수입백인의 수법을 성공시킬 수 있었다.

'당민삼아, 이젠 내 차례구나.'

공수입백인이란 수법은 고수의 전유물로써 정확한 관찰력과 순발력이 빛을 발해야만 성공할 수 있는 수법이었다. 맨손으로 무기를 받아낼 때 사용하는 무공인지라 관전하던 관중뿐 아니라 직접 당한 당민삼마저 수세에 몰렸던 마정화가 위기를 탈출하기 위해서 공수입백인이라는 상승의 무공의 펼치자 입이 벌어졌다.

비무대 위에 한순간의 정적이 흐른 후 자신의 검을 잡힌 당민삼이 정신을 차렸다. 하나 이미 한 박자가 지나가고 있는 찰나였다.

"이제 끝이다."

마정화가 들고 있는 섭선으로 자신을 찌르려 하자 당민삼이 손을 들어 보였다.

"잠깐만!"

"흠. 왜, 놀랐냐? 아무래도 오늘은 내가 이길 것 같구나, 당민삼. 하하하……!"

호탕하게 웃어 젖히는 마정화를 보며 당민삼은 자신의 검을 잡은 마정화의 손을 가리키며 조그맣게 목소리를 낮췄다.

"마정화……."

"왜?"

느긋한 모습을 보이는 마정화의 눈과 당황스런 모습을 보이는 당민삼의 눈이 허공에서 마주쳤다.

"니 손에 피나."

"헉……."

그 모습을 보고 있던 무관사 하나가 당민삼의 승리를 선언했다.

결국 치열했던 일선이 실로 어이없이 끝나 버린 것이다.

마정화는 마지막까지 숨겨두었던 비장의 기술 공수입백인으로 당민삼의 검을 검지와 중지 사이에 꼈다고 생각했지만 부족한 공력으로 인해 완전하게 잡지 못하여 당민삼의 검은 마정화의 손가락 사이를 찢고 들어가 뼈가 닿은 부분에서 멈추었던 것이다.

비록 마정화의 자세가 고고한 한 마리 학처럼 우아하게 당민삼의 검을 잡은 듯한 모습을 보여주었지만 검을 잡은 손에는 폭포수처럼 많은 피가 쏟아져 나오고 있었다.

이 한 편의 폭소극 같은 광경을 연출한 직후 마정화는 피가 솟는 손가락을 움켜쥔 채 머쓱한 표정이 되어 비무대를 내려갔다.

"크아악!"

"크크크!"

"하하하하… 헉… 와아~"

배를 움켜쥐던 관중들도 무관사의 당민삼의 승리를 알리는 소리에 환호를 질렀다.

승자 당민삼과 그에 못지않게 열심히 싸우고 끝에 가서는 모처럼 신나게 웃긴 마정화를 위해서.

〈제3권 끝〉